RACHE IM ALENTEJO

Catrin Ponciano wagte in Portugal 1999 ein neues Leben. Die frühere Küchenchefin legte das Messer 2006 aus der Hand und nennt seither einen Stift ihr Werkzeug. Sie veröffentlicht Reiseliteratur, Essays und Kriminalromane sowie kulturjournalistische Artikel über ihre Wahlheimat. Als Schreibende begegnet sie Menschen, die ihr bereitwillig ihre Geschichten anvertrauen. Sie organisiert Tagestouren, Krimiwochenenden sowie Literaturreisen nach Maß und hält Vorträge über portugiesische Literatur. Ponciano lebt mit ihrem Mann in Portimão. Ihr Debüt »Leiser Tod in Lissabon« wurde mit dem Stuttgarter-Kriminächte-Debütpreis 2021 ausgezeichnet. www.catringeorge.com

CATRIN PONCIANO

RACHE
IM ALENTEJO

Kriminalroman

emons:

Bibliografische Information der Deutschen Nationalbibliothek
Die Deutsche Nationalbibliothek verzeichnet diese Publikation
in der Deutschen Nationalbibliografie; detaillierte bibliografische
Daten sind im Internet über http://dnb.d-nb.de abrufbar.

© Emons Verlag GmbH
Alle Rechte vorbehalten
Umschlagmotiv: Joao/stock.adobe.com,
shutterstock.com/Honza Krej
Umschlaggestaltung: Nina Schäfer
Gestaltung Innenteil: DÜDE Satz und Grafik, Odenthal
Druck und Bindung: CPI – Clausen & Bosse, Leck
Printed in Germany 2022
ISBN 978-3-7408-1574-5
Originalausgabe

Unser Newsletter informiert Sie
regelmäßig über Neues von emons:
Kostenlos bestellen unter
www.emons-verlag.de

Für die Fischer im Land ohne Grund

Wer nie eingesperrt gewesen ist,
erkennt Freiheit nicht.

Tagebücher des Miguel Torga, »Diário V«

1

Herdade Carvalho, Freitag, 13. Juni

Keine Nacht ohne Wind. Immerzu toste er. Sobald es dämmerte, wirbelten Staubderwische umher, pusteten feine Sandkristalle aus der Dünenmarsch durch Fensterritzen und Türspalten. Im Winter blies Ostwind kalt aus Spanien durch den Alentejo. Im Sommer wehte Zephir aus Westen vom Atlantik heran. Trocken heiß piesackte er Mensch und Vieh. Auch an diesem Juniabend fegte er um das Herrenhaus der Familie Carvalho, das von Feldern und Wäldern umgeben war, die sich bis zum Meerbusen an der Mündung des Sado bei Tróia am Atlantik und weit gen Süden erstreckten.

Das Familienoberhaupt Américo Carvalho saß im Speisezimmer auf seinem angestammten Platz am Kopf der Tafel. Hinter ihm hing ein ausgestopfter Wolfskopf an der Wand. Das Tier hatte Carvalho vor vielen Jahren zur Strecke gebracht, als in den Wäldern und Hochebenen seiner von ihm verehrten Heimat Portugal noch Wölfe gelebt hatten. Zu seiner Rechten platziert Gustavo, sein einziger Sohn, zu seiner Linken Carlos, sein Enkel. Seine Schwiegertochter Lourdes fehlte. Sie aß auswärts mit Freunden. In Lissabon. Lourdes aß oft auswärts. Sie amüsiere sich lieber in der Metropole, sagte sie, als ihre Abende in einem mit Fensterläden verrammelten Landgut zu verbringen, kilometerweit entfernt von der Zivilisation, mitten in der Pampa, wo nachts einzig der Wind heulte und der angekettete Hofhund jaulte.

Américo fehlte Lourdes sicher nicht. Er schlürfte löffelweise Bohnensuppe, trank einen Schluck Wein und beobachtete Gustavo und Carlos aus dem Augenwinkel. Sie hüllten sich in Schweigen. Aber die Anspannung zwischen den beiden spürte er trotzdem. Daran war das gemischte Blut schuld, wusste er.

Gustavo war wie er selbst, Américo, und wie es sein Vater gewesen war: hart wie portugiesisches Eichenholz. Gustavo und er verdienten den Namen Carvalho, »Eiche«. Sie waren Herrscher. Sie wussten, was sie ihrer Familie und ihrem Land schuldig waren. Carlos hingegen wusste nichts von alldem. Er war ein verweichlichter, stets kränklicher und weinerlicher Bengel, der die Familie und den Besitz der Carvalhos als Joch der Unterdrückung betitelte. Scheußlich. Diese Verwahrlosung der Jugend.

Das hatte Portugal nun davon. Eine ganze Generation Weicheier hatte die dritte Republik hervorgebracht. Anstatt sich gemäß seinem Stand durchzusetzen, suchte Américos Enkel immerzu nach Kompromissen, wollte Künstler und nicht Herr über die Herdade werden. Deswegen kam es ständig zu Zwist zwischen Gustavo und Carlos, und Américo wusste, es würde auch heute Abend nicht mehr lange dauern, bis die zwei aneinandergerieten. Schon jetzt rutschte Carlos unruhig auf seinem Stuhl hin und her, während Gustavo die Bohnen im Teller zu hypnotisieren schien.

Américo war es leid. Er klopfte dreimal mit dem Löffel auf die Tischplatte neben seinem Teller. Sofort blinzelten ihn Gustavo und Carlos an. Aus dem Gesicht geschnitten waren sie ihm alle beide. Krause blonde Locken, markante Wangen, spitzes Kinn, dazu hellblaue Augen.

»Wollt ihr es ausbrüten?«, krächzte Américo.

Es dauerte eine Weile, bis Gustavo als Erster das Wort ergriff. Er erzählte vom Zusammenprall mit seinem Erzfeind Tomás Maia in der Dorfkneipe »Espelunca mágica« in Comporta und echauffierte sich darüber, dass Maia es gewagt hatte, in den Alentejo zurückzukehren.

Américo hörte sehr genau zu. Auch ihm war Tomás Maia ein Dorn im Auge. Die Fehde zwischen Gustavo und Tomás schwelte, seit beide noch Kinder gewesen waren, das Zerwürfnis zwischen ihm selbst und Tomás' Vater Guilherme hingegen hatte vor über fünfzig Jahren begonnen. Guilhermes Tod hatte dann den Abgrund zwischen den Familien nochmals vertieft.

Selbst schuld. Fußvolk sollte sich nicht in Angelegenheiten einmischen, von denen es nichts verstand. Guilhermes Sohn hatte das begriffen, nachdem Américo nachgeholfen hatte. Tomás war fortgegangen. Aber jetzt war er wieder da. Das war nicht gut. Gar nicht gut. Tomás machte Ärger. Immer.

Américo schöpfte den Rest Brühe aus seinem Teller und fasste einen Entschluss: Um Tomás würden sich Francisco Ramirez und seine drei Stammesbrüder kümmern. Dafür waren sie schließlich da. Um die Gegend zu säubern. Von Aufwieglern, Ausländern und von anderen, die niemand hierhaben wollte. Es wäre ja gelacht, wenn es Américo nicht ein weiteres Mal gelingen würde, Tomás zu verjagen. Damit wieder Ruhe einkehrte. In Comporta. In Grândola. Auf seiner Herdade.

»Lass nur, Gustavo. Ramirez wird sich Tomás vorknöpfen. Er ist Polizist. Er hat andere Möglichkeiten als du. Du hältst dich da raus. Verstanden?«

Gustavos Kiefer malmten, aber er schwieg. Américo erwartete auch gar keine Antwort von ihm, denn er wusste, Raushalten passte Gustavo keineswegs. Solange aber er als *o patrão* und Familienoberhaupt das Sagen im Haus hatte, musste sein Sohn ihm gehorchen.

»Verstanden?«, wiederholte er, diesmal eine Klangstufe schärfer.

Mit einem Ruck scharrten Stuhlbeine über die Fliesen. Carlos sprang auf. »Ich halte euch nicht mehr länger aus.«

Américo nahm ihn streng ins Visier. Gustavo gleichfalls.

Just in dem Moment betrat die Hauswirtschafterin das Speisezimmer. Sie ging zum Tisch, sagte: »Gestatten, bitte«, räumte die leeren Suppenteller ab und trug eine Platte mit Wildbraten, eine Schüssel Salat und einen Korb mit frischem Brot auf. Mit Guten-Appetit-Wünschen zog sie sich zurück und schloss die Tür hinter sich.

»Setz dich wieder hin und iss«, befahl Gustavo.

Carlos dachte gar nicht daran. »Könnt ihr nicht aufhören?«, rief er. »Nach all den Jahren. Nach all den Lügen.«

»Du hast deinem Zögling wirklich gar keine Manieren beigebracht«, stellte Américo fest und nahm sich Fleisch und Salat.

»Manieren?«, erwiderte Carlos fassungslos. »*Ihr beiden* habt keine. Ihr spielt euch auf wie Kaiser und König im rosaroten Königreich, ihr entscheidet, was hier geschieht. Wer kommt und wer bleiben darf und wer nicht. Dinge gehen vor sich. Leute werden weggejagt. Weil sie euch nicht passen. Maulkörbe verteilt ihr an diejenigen, die etwas beobachten, gar wissen. Wüste Drohungen außerdem. Und die verdammte Polizei mit Ramirez als Aufwiegler spielt auch noch mit bei der Burleske!« Er geriet immer mehr in Rage, seine Stimme überschlug sich. »Damit nicht genug! Mein Vater belügt seine eigenen Kinder. Zusammen mit Mutter, die gar nicht unsere biologische Mutter ist! Seit über zwanzig Jahren gaukelt ihr Liliana und mir eine heile Welt vor, dabei ist in diesem Haus längst alles kaputt.«

Gustavo stand auf, ging um den Tisch herum und verpasste seinem Sohn eine schallende Ohrfeige. Danach drehte er sich wortlos um, ließ den Teller mit Braten stehen und stapfte mit vor Zorn gerötetem Gesicht aus dem Speisezimmer.

»Bist du nun zufrieden, Bastardkind?« Américos Stimme klang erbost und dennoch müde. Müde von all den ähnlichen Szenen, die sich seit über zehn Jahren vor dem Kamin wiederholten.

Carlos schluckte und presste eine Hand auf die geschlagene Wange. »Ach. Du weißt es also auch. Und du lügst kräftig mit.« Er beugte sich vor, stützte sich auf dem Tisch ab und blickte seinem Großvater tief in die Augen. »Ihr seid wahnsinnig. Alle beide.« Dann ließ er Américo sitzen, stürmte durchs Foyer in den Hof zu seinem Auto und stieg ein.

Carlos' Worte ließen Américo unberührt. Sein Enkel lebte in einer Scheinwelt, erschaffen von Gustavo und Lourdes. Das Vermögen der Familie vergiftete seinen Enkel, weil er nicht dafür zu arbeiten brauchte.

In Ruhe aß Américo Fleisch und Salat, trank einen Roten dazu und telefonierte anschließend mit seinem Verbündeten bei der Polizei von Grândola, dem Dienststellenleiter Francisco Ramirez, um das Problem Tomás zu erörtern. Das Problem mit Carlos konnte er nicht so einfach lösen, dafür war Gustavo zuständig. Aber der hatte auf ganzer Linie versagt.

**

Gustavo schloss die Tür seines Büros hinter sich, das Licht ließ er aus. Unwirsch schritt er vor dem hohen Bücherregal auf und ab. Wieder einmal hatte Carlos es geschafft, ihn aus der Fassung zu bringen. Seine rechte Hand brannte. Dass er seinen über zwanzigjährigen Sohn geohrfeigt hatte, konnte er kaum glauben, doch es war das einzige Argument, das ihn zur Räson brachte. Américo hatte ihn seinerzeit genauso erzogen. Bei ihm hatte es gewirkt. Sein Vater war und blieb *o patrão* – der Boss. Carlos hingegen schien jeder Schlag nur noch mehr aufzuwiegeln. Er gehorchte ihm nicht. Nie hatte er ihm gehorcht.

Gustavo spürte unbändigen Zorn in sich aufwallen und wusste nicht mehr, wohin mit sich. Dagegen half bloß eines: ausreiten. Er zückte sein Mobiltelefon und rief seinen Gutsverwalter Ricardo Mendes an, der im Gesindehaus gleich neben dem Herrenhaus wohnte.

»Satteln Sie den Hengst, ich reite aus!«, bellte Gustavo ins Telefon, ging den Korridor entlang bis ans Ende in sein Ankleidezimmer, zog sich um und begab sich in den Pferdestall, wo Ricardo schon mit dem Lusitano auf ihn wartete.

Der prächtige Braune stand gesattelt und gezäumt bereit. Er schnaubte laut und scharrte ungeduldig mit den Hufen. Ricardo führte ihn am Zügel aus dem Stall in den Hof.

»Es wird gleich Nacht, Senhor Gustavo. Wollen Sie wirklich noch ausreiten? Der Braune ist unruhig.«

Gustavo stieg auf, nahm mit herrischer Geste die Riemen in die Hand und galoppierte ohne ein weiteres Wort hinaus Richtung Dünenmarsch, als wäre der Teufel hinter ihm her.

Was bildete sich Ricardo ein, seine Meinung kundzutun? Er arbeitete für ihn. Nicht mehr und nicht weniger.

Gustavo gab dem Hengst die Sporen. Nach kurzer Strecke erreichten sie den Dammweg, der direkt an der Düne entlangführte. Dort ließ er dem Pferd freien Zügel.

Erst im gestreckten Galopp löste sich der Knoten in Gustavos Brust. Tief holte er Luft und scheuchte die Geister der Vergangenheit mit jedem Sprung ein Stück weiter fort aus dem einsamen Ort in seiner Seele, der Gewissen hieß. Schuld daran, dass er sich wie ein Gefangener fühlte, waren die anderen. Seine Frau. Sein Sohn. Und vor allem sein Vater.

Weiter kam er in seinen Gedanken nicht. Etwas prallte mit voller Wucht gegen seine Brust. Er verlor das Gleichgewicht, stürzte in den Sand und sah den Hengst wie von Monstern gejagt davonrennen.

Gustavo rollte sich auf den Rücken, glaubte an einen Infarkt und schnappte panisch nach Luft, bevor sich im fahlen Mondlicht jemand über ihn beugte. »Ach, du bist das.« Er lächelte.

2

»*Viva Portugal, viva Lisboa, viva Santo António!*«, rief die Menschenmenge vor der Domkirche Sé de Lisboa. Mit geröteten Wangen standen die Leute dicht zusammengedrängt Spalier und warteten auf den Prozessionszug. Lissabon vibrierte. Wie jedes Jahr am 13. Juni pulsierte die historische Altstadt Alfama im Feiertaumel. Marschmusik erfüllte große und kleine Plätze. Mit Pauken und Trompeten stolzierten Blaskapellen umher. In jedem Viertel tönte das Konzert anders und überall leidenschaftlich laut. Mädchen und Frauen in Trachten tanzten wilde Polkas. In den Gassen des früheren arabischen Quartiers unterhalb der Festung Castelo de São Jorge lag der Duft von über Holzkohle gegrillten Sardinen.

Portugals Hauptstadt huldigte ihrem Stadtvater Santo António, der, als Fernando de Bulhões in Lissabon geboren, Mönch geworden war und eine Zeit lang in Italien gelebt hatte, der Legende nach gar Fische zur Predigt ans Ufer gerufen haben sollte und als Antonius von Padua heiliggesprochen worden war. Wie jedes Jahr verstummte das Konzert in dem Moment, in dem die Heiligenikone, geschultert von einem Dutzend Männern in Messdienergewändern, auf einer mit weißen Lilien geschmückten Sänfte ihre Kirche verließ. Der Menschenstrom setzte sich schweigend in Bewegung. Die Leute trugen Fackeln, deren Flammen tanzende Schatten an die jahrhundertealten Fassaden der schmalen, wie Würfel übereinandergestapelten Häuser rund um den Dom warfen.

Inmitten der wogenden Menge fühlte sich Dora Monteiro deplatziert. Eine Voyeurin war sie. Eine Zuschauerin am Rand des Geschehens. Zufällig nach einem genossenen Kammerkonzert in den mitternächtlichen Fackelzug geraten. Mehr nicht. Sie versuchte, begeistert zu sein. Über die Musik, über die Kostüme. Es gelang ihr nicht. Das alljährliche Heirats-spektakel in der Domkirche Sé de Lisboa am Todestag des Santo António verwirrte sie.

Sie drängte sich durch den Gläubigenstrom die Straße entlang von der Kathedrale abwärts bis zum Bischof an der Spitze des Zuges und überholte ihn. Weihrauch hüllte sie ein. Der Geruch ließ sie schwindeln. Zügig lief sie weiter durch die Rua da Conceição und bog wenige hundert Meter später rechts in die Rua Augusta ab.

Auf der Prachtstraße am Triumphbogen war es etwas ruhiger, dennoch herrschte auch hier reges Treiben. Die Esplanaden waren selbst um diese Uhrzeit noch immer voll besetzt. Lissabons Besucher genossen die laue Sommerluft.

Erst jetzt verlangsamte Dora ihre Schritte. Das Unwohlsein war verflogen. Die Luft roch nicht mehr nach Weihrauch, auch nicht nach Sardinen, dafür nach Gewürzen aus aller Welt. Nach Curry, Oregano und Knoblauch. Doras Magen knurrte. Sie witterte den Duft frisch zubereiteter Fischkroketten. Die hatte sie lange nicht mehr gegessen.

Kurz entschlossen stellte sie sich in der Warteschlange vor dem Restaurant »A Casa do Bacalhau« an. »Zweimal mit Käse, zweimal mit Kräutern, zweimal mit Tomate«, bestellte sie, als sie an die Reihe kam, und bezahlte zwölf Euro für ein halbes Dutzend Stockfischkroketten.

Mit ihrem Take-away-Päckchen in der Hand lief sie weiter und wich einer angeheiterten Gruppe von Angelsachsen aus, bevor sie den großen Platz Rossio im Herzen Lissabons erreichte, wo Studenten das Ende des Semesters wie üblich am Fuße des Aufklärerkönigs Dom Pedro IV mit einer feucht-fröhlichen Sause feierten.

Rasch überquerte Dora den Fußgängerüberweg vor dem Rossio-Bahnhof – bei Rot, so wie es alle Lissabonner machten – und ließ das emblematische Hotel »Avenida Palace« neben dem Bahnhof hinter sich. Sie verschwand über die Stufen in der Metro-Haltestelle Restauradores und wartete auf die blaue Linie Richtung Reboleira.

Bis die U-Bahn einrollte, dachte sie über Glauben und Nichtglauben nach. Viele Jahre lang hatte sie die Worte ihres Großvaters nicht verstanden. »Es kommt nicht darauf an, an was du glaubst, Kind. Hauptsache, du weißt, was es ist«, hatte er immer dann zu ihr gesagt, wenn sie mit sich und der Welt, mit Senhora Todin, »*a morte*«, und Senhor Bösewicht, »*o mau*«, gehadert hatte. Erst bei ihrem letzten Fall als Kriminalhauptkommissarin hatte sie seine Botschaft verstanden. Sie hatte auf ihren Bauch gehört, anstatt der Fährte der Indizien zu folgen. Danach wäre sie außerstande gewesen, weiter als Chefermittlerin in der Mordkommission nach Dienstvorschrift zu arbeiten. Hinter ihrer jahrelang aufgesetzten Senhora-Unnahbar-Maske glaubte sie nämlich insgeheim an eine bessere Welt und daran, dass jeder etwas dazu beitragen konnte, das Zusammenleben ein Stück weit besser zu gestalten. Gerechter. Gleichberechtigter. Humaner.

Doch ihre innere Überzeugung war immer öfter mit ihrer Arbeit kollidiert. Zu oft war sie Machtmenschen im Staatsapparat begegnet, denen es eher daran gelegen war, Verbrechen zu kaschieren, allem voran dann, wenn Leute aus dem öffentlichen Leben in einen Fall involviert gewesen waren. Das hatte Dora mürbe gemacht, und sie hatte eine Entscheidung getroffen. Um ihr Leben zu ändern, hatte sie vor zwei Jahren den Dienst quittiert. Seither arbeitete sie als Künstlerin. Dennoch glaubte sie weiterhin an Gerechtigkeit und daran, dass diese möglich war, obwohl ihr klar war, wie idealistisch sich das anhörte.

Mitten in ihren Grübeleien stieg sie an der Haltestelle Parque aus, erreichte nach kurzem Fußmarsch die Patriziervilla, in der sie wohnte, und nach vierstöckigem Treppenaufstieg ihre Wohnung. Dora schloss die Tür auf, trat ein, stellte ihr Leckerpäckchen im halbdunklen Wohnzimmer auf dem Tisch ab, schaltete die Stehlampe ein und traute ihren Augen nicht.

»Afonso-Henriques!«

Ihr Maskottchen, der nach dem ersten König Portugals

benannte Kolkrabe, saß auf der Fensterbank am geöffneten Fenster vor einer echten Postkartenkulisse mit Vollmond über den Dächern von Lissabon und drehte den Kopf zu ihr. »Dorrra«, krächzte er keck zur Begrüßung.

Zu Doras Entrüstung war er aber nicht allein. Ein anderer Rabe besuchte ihn und hockte obenauf.

»Afonso-Henriques!«, rief sie erneut, diesmal empörter, und schickte sich an, den fremden Vogel zu vertreiben, als ihr Mobiltelefon vibrierte.

Ein Anruf mitten in der Nacht? Noch dazu mit unterdrückter Nummer? Wer konnte das sein?

Sie fluchte und wollte den Anruf wegdrücken, doch ihre Neugier und ihr Finger waren schneller. »Wer spricht?«

Zuerst vernahm sie nur schweres Atmen, dann ein metallisches Geräusch. Während sie angestrengt lauschte, fixierte sie das Rabenpaar, das sich weiterhin ungeniert auf ihrer Fensterbank vergnügte. Uh! Sie hätte schwören können, Afonso-Henriques zwinkerte ihr zu. Oder war er gar kein Henriques, sondern eine Henriqua? Eine Rabenhenne? Dann würde sie jetzt wohl bald – *meu Deus* – Mutter.

»Wer spricht?«, wiederholte Dora bissig.

»Dora. Bist du das?«

Sie zog die Stirn kraus. Das war doch … Das konnte nicht wahr sein!

»Hier spricht Tomás.«

Ja, wer sonst?, wollte sie schnippisch in den Hörer zischen.

Der Rabe fing an, mit dem Schnabel zu klappern, der andere knabberte ihm am Ohr beziehungsweise dort, wo Dora das Ohr vermutete. Beide gaben vogelfremde Laute von sich. Der Begattende bellte heiser wie ein Hirtenhund, die Begattete wie ein Zwergpudel.

»Entschuldige, du bist nicht allein.«

Tomás Maias Worte erreichten Dora zwar, aber seine Anspielung auf einen möglichen Besucher überhörte sie schlichtweg. »Mein Rabe feiert Hochzeit. Ich werde Rabenmutti.«

»Rabenmutti?«

Natürlich klang das absurd. Die gesamte Situation war vollkommen absurd. Die Peepshow auf der Fensterbank. Das Telefonat. Die Uhrzeit. Tomás Maia. Nicht zu fassen. Die Schimäre ihrer jugendlichen Verliebtheit leibhaftig am Telefon. »Tomás Maia aus Carrasqueira.«

Sein Seufzer verriet Erleichterung. »Du weißt noch.«

»Ja.« Doras Unmut wuchs.

Nach jahrelanger sogenannter Blutsbrüderschaft war ihr einst bester Freund nämlich verschwunden. Husch und weg. Wie im Zauberstückchen das Karnickel im Zylinder. Seither hatte sie nichts von ihm gehört, nichts gesehen, nichts erfahren. War er in den Himalaja, an den Amazonas oder zum Kap Hoorn ausgewandert? Zu ihm gepasst hätte alles davon. Unerhört! Der ganze Kerl war unerhört!

»Eines muss ich dir lassen, *amigo*, du hast Chuzpe. Wir waren *compadres*. Vertraute«, fauchte Dora in den Hörer. »Deine Geheimnisse hast du bei mir abgeladen, mir den Himmel auf Erden versprochen. Du hast gesagt, du würdest mich niemals alleinlassen.« Sie holte Luft. »Und dann hast du mich sitzen gelassen.«

»*Mamã* ist tot.«

Doras Wut löste sich auf. Emília? Tot? »Rufst du deswegen an? Lädst du mich zu ihrer Beerdigung ein?« Das klang genauso traurig, wie sie sich fühlte.

»Nein. Sie ist schon vor einem halben Jahr gestorben.« Tomás sagte eine Weile nichts. »Ich konnte vor zwanzig Jahren nicht bleiben«, sagte er schließlich.

Dora wusste, was er meinte. Die Sache mit seinem Vater. Das hatten weder er noch seine Mutter verkraftet, und Emília war an der Ungerechtigkeit des Mordes an ihrem Mann, der von der Familie Carvalho und seitens der Polizei als Selbstmord deklariert worden war, zerbrochen. Als Dora und Tomás sich kennengelernt hatten, war er bereits siebzehn gewesen. Er war erst zwölf gewesen, als er seinen Vater verloren hatte. In den fünf Jahren dazwischen hatte Tomás darum gekämpft, dass dessen Tod aufgeklärt wurde. Umsonst. Niemand hatte ihm als Kind geglaubt. Tomás' Trauer hatte sich in blinde Wut verwandelt, der er in Sabotageakten gegen die Carvalhos Luft gemacht hatte. Dora hatte ihm drei Sommer lang beigestanden, obwohl sie sich aus seinen Aktionen herausgehalten hatte. Doch deswegen rief Tomás sie sicher nicht an.

»Hast du deinen Traum wahr gemacht?«, fragte sie.

Er lachte, doch es hörte sich bitter an. »Habe ich. Ich habe auf einem Handelsschiff als Leichtmatrose angeheuert, bin nach Brasilien gefahren, habe mich durchgeschlagen und in São Paulo Meeresbiologie studiert. Seit einigen Monaten bin ich wieder in Carrasqueira. Jetzt arbeite ich in Setúbal im Institut für Meeresforschung, engagiere mich im Wasserschutzgebiet am Sado und an der Costa Azul. Für die Tümmler. Die Aale. Ich habe geerbt. Das Fischerhaus in Carrasqueira. Das Grundstück. Es gehört jetzt mir.«

Dora spürte, dass er ihr noch nicht alles erzählt hatte, und wartete ab.

»Die Vergangenheit holt mich ein, Dora. Sie klopft jeden Tag an meine Tür. Jede Nacht träume ich von *papá*. Wie er an der Korkeiche hängt. Ich träume von Américo und von Gustavo und davon, wie sie mich jahrelang ausgelacht haben. Es passiert einfach. Obwohl ich es gar nicht will.«

Dora rieb sich die Stirn. Sie musste sich eingestehen, dass sie sich Tomás trotz allem innig verbunden fühlte. Er war der Bruder, den sie nie gehabt hatte. Der einzige wahre Freund in ihrem Leben, der ihre Ängste, ihre Träume, ihre Zweifel gekannt hatte. Die kleine Narbe an ihrem Unterarm erinnerte sie an ihren Schwur, für immer Freunde zu bleiben, und an die Blutstropfen, die sie dafür vergossen hatte.

Sie waren beide Einzelkinder. Immer auf sich gestellt gewesen. Bis sie sich eines Tages in den Schulferien beim Schnorcheln am Strand von Comporta kennengelernt hatten. Von da an waren sie zu zweit gewesen. Drei ausgelassene, lebenslustige Sommer lang. Sie waren aufmüpfig gewesen, hatten die Natur geliebt, Freud und Leid geteilt. Bis Tomás verschwunden war.

»Hast du etwas angestellt?«

»Nein, habe ich nicht, aber sie behaupten es. Dora, du musst mir glauben.«

Ihm glauben sollte sie. Das fiel ihr verdammt schwer. Nach ihm hatte sie niemandem mehr vertraut. Die Innigkeit zwischen ihnen hatte Tomás mitgenommen.

»*Mamã* hat deine Nummer aufbewahrt, in ihrem roten Notizbüchlein, du weißt, welches. Das auf dem Kaminsims. Und nun brauche ich deine Hilfe.« Seine Stimme klang jetzt anders. Nicht mehr nach einsamem Wolf, nein, sie klang ängstlich. »Dora.«

»Ich bin hier.« Sie lauschte seinem flachen Atem.

»Ich bin in Grândola. Genauer gesagt in der Polizeistation. Die Guarda hat mich verhaftet. Sie sagen, ich sei der Mörder.«

»*Calma*, was ist passiert?«

»Ich habe schon geschlafen, als sie ins Haus eingedrungen sind. Aus dem Bett haben sie mich gezerrt, ich konnte gerade noch Hose und T-Shirt anziehen, bevor sie mir Handschellen angelegt haben. Stell dir vor, aus meinem Haus ins Polizeiauto gestoßen und hierhergebracht haben sie mich. Ohne mir zu sagen, warum. Jetzt bin ich eingesperrt wie ein Schwerverbrecher. Als sie mir endlich gesagt haben, wer getötet worden ist, musste ich lachen.«

Dora sortierte das Gehörte. »Und? Wer ist das Opfer, das dich zum Lachen gebracht hat?«

Tomás holte tief Luft. »Gustavo Carvalho.«

Dora war baff. »Und wie hast du es gemacht?«

»Schütte ruhig Salz in die Wunde, Dora Monteiro, das konntest du schon immer gut.«

»Das war ironisch gemeint.«

»Er baumelte am Baum. An *dem* Baum, Dora. An der Korkeiche draußen in der Marsch. An demselben verfluchten Baum, an dem mein Vater damals gehangen hat, bevor die Polizei in Grândola uns glauben machen wollte, er hätte sich selbst aufgehängt.«

Routiniert durch ihre Polizeiarbeit sagte Dora: »Kein Wort über die Korkeiche. Sonst drehen sie den nächsten Strick für dich.« Sie war nun entschlossen, Tomás zu helfen, denn allein hatte er keine Chance. Genau wie damals. Carvalhos Einfluss war zu groß, und die Polizei wurde bestimmt auch heute noch von ihm kontrolliert.

»Dora.« Tomás senkte die Stimme. »Der Bluthund ist immer noch im Dienst.«

Genau das hatte Dora befürchtet. »Dann weiß ich wenigstens, mit wem ich mich anlege.«

»Er ist gefährlich. Das war er damals als Sergeant schon, heute ist er der Chef hier in Grândola. Willst du trotzdem kommen?«

»Ja«, sagte sie, ohne lange zu überlegen. »Gleich nachher mache ich mich auf den Weg.«

Sie legten auf. Das Mobiltelefon in der Hand, verharrte Dora minutenlang regungslos und blickte aus dem Fenster des Wohnzimmers über die Dächer Lissabons gen Süden. In ihren Ohren hallten Tomás' Worte. *Der Bluthund ist immer noch im Dienst.*

Ramirez! Der Polizist, dem Tomás und Dora den Spitznamen »Bluthund« verpasst hatten, war damals schon ein schweres Kaliber gewesen. Einer von denen, die ihre Autorität gern heraushängen ließen und meinten, die Uniform legitimiere sie dazu, über andere zu richten. Ja, vor diesem Mann und seinesgleichen musste man sich in Acht nehmen. Sie beugten das Gesetz nach ihrem Belieben. Dora erinnerte sich noch gut an einige haarsträubende Anschuldigungen gegen Tomás. Angetrieben vom *patrão*, Américo Carvalho, der ihn unbedingt ins Gefängnis hatte bringen wollen. Damit Tomás stillhalten und niemand aus der Mordkommission Lissabon auf die Idee kommen würde, den mysteriösen Todesfall seines Vaters genauer zu untersuchen.

In Doras Bauch rumorte es. Sie lauschte in sich hinein. Ihre Enttäuschung vermischte sich mit Wut und brodelte durch den Kanal des Vergessenwollens hoch bis in ihr Bewusstsein. Tomás hatte ihr wehgetan. Ihr Vertrauen verletzt. Doch jetzt brauchte er sie. Sie und ihre jahrelange Erfahrung bei der

Kriminalpolizei, sonst würde Américo Carvalho gemeinsam mit dem Bluthund das Gesetz wie damals zu deren Gunsten beugen.

Sie ging ins Schlafzimmer und packte einen Koffer mit Sommersachen. Außerdem in eine Umhängetasche das Nachtsichtglas, das ihr Jorge geschenkt hatte. Eine Packung Latexhandschuhe. Das Jagdmesser, ein Geschenk ihres Großvaters. Das Alles-Könner-Taschenmesser. Natürlich den Laptop samt Aufladekabel. Und die Glock – es war lange her, dass Dora den antiken Nachttopf aus Porzellan vom Regal genommen und die Waffe daraus hervorgeholt hatte. Sie war ein Fundstück gewesen. Nun ja, nicht ganz. Niemand hatte je explizit nach der Pistole gefragt, die an einem Tatort liegen gelassen worden war und für den Fall keine Relevanz gehabt hatte. Dora hatte sie unbemerkt eingesteckt, und seither gehörte sie ihr. Dass sie keine Polizistin mehr war, verdrängte sie.

Mit dem Rollkoffer und der Tasche ging sie zurück ins Wohnzimmer und ließ beides neben dem Sofa stehen. Auf dem Tisch stand das unberührte Take-away-Gericht. Ihr Bauch erinnerte sie daran, dass sie etwas essen sollte. Und etwas trinken. Zur Beruhigung.

Sie gönnte sich ein Glas eisgekühlten Weißwein und trank es in einem Zug leer. Der fruchtige Wein wärmte ihren Magen. Sie füllte das Glas bis zur Hälfte nach, zog eine Papierserviette aus dem Spender auf der Küchenanrichte und setzte sich im Schneidersitz neben die Raben auf das Sofa. Einen Teil der Kroketten verfütterte sie an das gefiederte Paar, das ihr den fischigen Imbiss gierig aus der Hand pickte.

»Für dich Galan müssen wir noch einen Namen finden, hm? Wie wäre es mit Egas?« Dora kraulte den neuen Raben am Hals. Er ließ es geschehen und gab gutturale Laute von sich, was Dora als Zustimmung interpretierte. »Egas, nach Egas Moniz, Mentor und Fürsprecher des ersten Königs Afonso Henriques, der ihm bei der Loslösung Portugals aus der spanischen Fronherrschaft geholfen und dem Vatikan die Seele seines Landes zum Geschenk gemacht hat.«

Der neue Rabe sah Dora an, als verstünde er jedes Wort. Was natürlich Unsinn war.

»Afonzine-Henriqua und Egas. Ihr seid nun Ehe-Raben.« Das flaue Gefühl in Doras Bauch ließ nach, das Emotionschaos nach Tomás' Anruf war mit dem Weißwein besänftigt worden. Selbstverständlich hatte Tomás Gustavo Carvalho nicht umgebracht. Glaubte sie. Doch auf der Herdade Carvalho und in der Polizeistation in Grândola gab es definitiv eine Menge Leute, die anderer Meinung waren und zahlreiche Indizien finden und zusammentragen würden, um Tomás' angebliche Schuld zu beweisen. Das bedeutete, Dora musste genau das Gegenteil tun und Indizien finden, die seine Unschuld bewiesen. So weit, so gut. Nur wie sollte sie das anstellen? Schließlich war sie keine Kriminalhauptkommissarin mehr, die andere Polizisten nach ihrer Pfeife tanzen lassen konnte – geschweige denn Zeugen befragen durfte. Wie sollte Ermitteln jetzt funktionieren? Ohne Polizeimarke und Inspetora-Chefe-Titel?

Sie musste improvisieren. Verdeckt arbeiten, wie eine Detektivin. Eine Rolle spielen. Rollen spielen konnte sie schließlich gut. Bluffen noch besser. So lange wie möglich wollte sie den Moment hinauszögern, in dem ihre Kollegen von der Polizei in Grândola sie identifizieren würden. Schließlich hatte ihr letzter Fall als Inspetora-Chefe mehr Staub im Polizeiapparat aufgewirbelt als die U-Boot-Affäre im Parlament. Ihr Konterfei war in Polizeikreisen immer noch bekannter als das eines gestreiften Zwergponys.

Mitten in ihre Gedanken hinein klopfte es. Das war sicher Cardoso. Ihr früherer Partner und Inspetor, der jetzt ihren Posten in der Mordkommission innehatte und kürzlich bei seinem Lebenspartner Pedro, Doras Nachbarn, eingezogen war. Niemand sonst klopfte um diese unsägliche Uhrzeit bei ihr an.

Dora kannte den Grund. Die Polizei in Grândola hatte den Fund der Leiche bereits der Mordkommission in Lissabon gemeldet. Man hatte unverzüglich Cardoso in Kenntnis gesetzt, der daraufhin die Leitung der Ermittlungen im Mordfall Gustavo Carvalho übernommen hatte. Bestimmt kannte Cardoso auch schon den Namen des mutmaßlichen Täters. Tomás Maia. Der Name war Cardoso keineswegs neu. Dora selbst hatte ihm eines Nachts in einem nostalgischen Moment von ihrer Jugend und ihren drei Sommern in Carrasqueira erzählt. Und von Tomás Maia. Hin und wieder ereilte sie eben solch ein Nostalgieanfall. Vor allem wenn sie Rotwein trank. Deswegen bevorzugte sie Weißwein. Der stimulierte ihre Sinne, Rotwein hingegen deprimierte sie. Das lag vielleicht am Tannin. Oder an der Farbe. Rot wie Blut.

Dora ging vom Sofa zur Tür und öffnete. »Brauchst du Milch für deinen Nachttee?«

»Spar dir dein Süßholzraspeln«, sagte Cardoso, drängte herein und baute sich in ihrem Flur auf. Er trug einen penibel gebügelten Pyjama, seine nackten Füße steckten in Plüschpuschen mit Bommeln. Kaum hatte er die Tür hinter sich geschlossen, zischte er: »Vor einer halben Stunde hat mich ein Anruf aus dem Alentejo erreicht, von der Polizeistation in Grândola. Ein Mordfall. Auf einem Landgut. Aber nicht auf irgendeinem Landgut. Nein, auf dem der Carvalhos. Auf dem größten Privatbesitz Portugals. Gustavo Carvalho heißt das Opfer. Und stell dir vor, wen die Polizei als Tatverdächtigen verhaftet hat. Tomás Maia.«

»Ach, die Polizei im Alentejo hat Telefone?«

»Ha! Sei ruhig weiter zynisch. So bist du schon gewesen, als du noch meine Chefin warst.«

»Schickt ihr euch im Präsidium neuerdings Höflichkeitsgesuche?«, konterte Dora.

»Manchmal ist es echt schwierig, dich zu mögen.«

»Tu es oder lass es.«

Immer noch standen sie vor der Garderobe, beide die Hände in die Hüften gestemmt.

»Dein Tomás sitzt tief in der Tinte.«

»Weil ihn da jemand hineingetunkt hat.«

»Ist das deine berühmt-berüchtigte Ferndiagnose als nicht mehr ermittelnde Kripobeamtin?«

»Selbstverständlich, Sérgio, den Instinktkompass habe ich doch aus dem Präsidium mitgenommen. Hast du das noch gar nicht bemerkt?«

Cardoso schloss für einen Moment die Augen, dann öffnete er sie wieder. Sein Kinn schob sich vor. »Demnach hat mich meine Ahnung nicht getäuscht. Tomás hat dich angerufen.« Mit dem Zeigefinger deutete er auf Doras gepackten Koffer neben dem Sofa. »War wohl doch mehr als nur ein Jugendfreund.« Er nahm sie ins Visier. Keineswegs freundlich gestimmt. »Die Polícia Judiciária ermittelt, Dora. Und du gehörst nicht mehr zu uns. Punkt. Ich warne dich, misch dich nicht ein.«

Dora ließ sich nicht reizen. Nicht jetzt und nicht hier und schon gar nicht von Cardoso. »Ich gehe zum Wellenreiten.«

»Du? Du steckst nicht einmal deinen großen Zeh ins Meer.«

»Ich habe einen Anfängerkurs gebucht.«

Cardoso wedelte mit der Hand unter Doras Nase herum. »Tomás Maia wurde in der Dünenmarsch auf dem Weg zum Fischerhafen beobachtet. Und eindeutig identifiziert.«

Allmählich reichte es ihr. »Aber sicher. Vom Heiligen Geist höchstpersönlich.«

Cardoso wurde laut. »Dora. Du bist nicht mehr im Polizeidienst. Lass mich den Täter schnappen und halte dich vom Tatort fern.«

»Mit Tomás habe ich doch gar nichts am Hut«, sagte sie mit leiser Stimme.

»Dorrra, Dorrra«, krächzte das Rabenpaar im Chor.

Cardoso blinzelte. »Da sitzen zwei Raben auf deiner Fensterbank.«

»Blitzhochzeit.«

»Schau, wie süß sie poussieren.«

Für einen herzerwärmenden Moment herrschte wieder die gewohnte Innigkeit zwischen Cardoso und ihr, während sie zusammen die schwarzen Vögel betrachteten. Aber nur bis zum nächsten Atemholen.

»Erwische ich dich an meinem Tatort, lasse ich dich polizeilich entfernen und erwirke eine einstweilige Verfügung.«

»Pass auf, dass dich der Polizeiapparat nicht noch mehr einwickelt, Sérgio. Das wäre echt schade.«

Cardoso wich zurück, als hätte Dora ihn geohrfeigt. Er hob die Hand zum Abschied und verließ ohne ein weiteres Wort ihre Wohnung.

Dora zitterte vor Wut. Der Gedanke, dass Cardoso korrumpiert worden war, war unerträglich. Dass er ihr gedroht hatte, sie vom Tatort abführen zu lassen, war geradezu grotesk. Wenn sogar ihr ehemaliger Inspetor von vornherein an Tomás' Schuld glaubte, wollte sie diesem erst recht beistehen.

Sie stapfte in die Küche und stellte den frisch vermählten Raben Glasschälchen mit Nüssen, Rosinen und Sonnenblumenkernen auf eine aufgeblätterte Zeitung unter das Fenster, daneben eine Schale mit Wasser. Nach kurzer Überlegung holte sie den nun leeren Nachttopf vom Regalschrank und legte ein weiches wollenes Tuch hinein. Das würde ein prima Nest abgeben.

»Sturmfreie Bude«, sagte sie zu dem Rabenpaar, nahm ihre Handtasche, die Umhängetasche und den Rollkoffer und machte sich auf den Weg zur Tiefgarage.

3

Alentejo, Samstag, 14. Juni, Morgengrauen

Kaum hatte sie die Ponte Vasco da Gama über den Tejo und den Industriehafen von Alcochete am Ufer hinter sich gelassen, verließ Dora den Speckgürtel Lissabons und fuhr mitten durch die Heimat der Korkeichen und Schirmpinien in den Alentejo. Am Autobahnkreuz A 6/A 2 nahm sie die Ausfahrt Richtung Algarve. Die Tachonadel ihres Mustangs zitterte konstant bei hundertachtzig Kilometern pro Stunde. Sie fuhr viel zu schnell, aber sie liebte die Geschwindigkeit und den Kick der Ungewissheit, ob sie von der Verkehrspolizei erwischt werden würde oder nicht. Sie raste über die A 2 und fädelte sich achtzig Kilometer weiter in die Ausfahrt nach Alcácer do Sal ein. Die maurische Burganlage zeichnete sich im Mondlicht schattenhaft auf dem Hügel ab, die Stadt duckte sich unter der Bastion an den steilen Hang bis zum Fluss. Dora überquerte den Sado über die Gustave-Eiffel-Brücke und folgte der Bundesstraße Richtung Comporta. Es war halb sechs am Morgen. Bald sollte es dämmern.

Im ländlichen Alentejo tickten die Uhren anders als in Lissabon. Der Alltag passte sich den Jahreszeiten an. Zwischen Reisernte und Korkernte. Zwischen Getreidesäen und -ernten. Man versuchte nicht, sich die Zeit untertan zu machen. Nicht so wie in der Stadt, wo einzig Leistung und Geld zählten, um jemand zu sein. In der Provinz südlich des Tejo war angesehen, wer aufrichtig, fleißig, hilfsbereit und integer war. Ob das Haus groß oder klein war, das Auto teuer oder Schrott, spielte hier keine Rolle. Es kam auf Taten an, nicht auf Worte. Eine vielleicht utopische Lebensanschauung, die sich ehern an ihren eigenen Strohhalm klammerte, der jedoch unentwegt dem Mainstream trotzen musste, wie Dora bedauerte, und sie hoffte, der Strohhalm würde auch künftig standhaft genug bleiben.

Der V8-Motor röhrte unter der Haube. Die Straße erstreckte sich überschattet von mächtigen, ausladenden Schirmpinien gen Westen. Dora kurbelte das Seitenfenster hinunter. Morgendliche, feuchtkühle Luft streifte ihre Wangen und hielt sie wach.

An der einzigen Tankstelle weit und breit machte sie halt, trank einen doppelten Espresso und aß zwei Schokoladendonuts. Der Tankwart nutzte die Gelegenheit für Konversation. In dem im Alentejo üblichen breiten Slang und in rasantem Tempo sprach er über die Mückenplage. Jedes Jahr fielen die Mücken über die Gegend her, aber an den Reisfeldern am Sado war es besonders schlimm, erfuhr Dora.

Sie sagte »*Pois*« und »Ach so«, doch wirklich Gehör schenkte sie dem Mann nicht. Ihre Gedanken weilten bei Ramirez, dem Polizisten, den Tomás und sie Bluthund getauft hatten. Feist, fett und nach rechts gerückt war er. Auf seiner Stirn glänzte eine auffällige Warze. Er hatte hellgraue Augen, die keine innerliche Regung verrieten. Zuletzt hatte Dora ihn gesehen, als er durch den Garten von Tomás' Mutter Emília gestapft war. Die Sohlen seiner Reitstiefel hatten Wildblumen auf dem Weg zur Tür begraben. Das Barett hatte er pietätlos aufgesetzt gelassen, Emília unhöflich mit Du angesprochen und herablassend verkündet: »Dein Sohn hat sämtliche Reifen an sämtlichen Fahrzeugen auf dem Gutshof Carvalho zerstochen. Jetzt sitzt er ein. Das wird teuer, ihn da rauszuholen. Und der Schaden erst.«

Das gehässige Grinsen hatte Dora nie vergessen. Am liebsten hätte sie ihm damals das Gesicht zerkratzt. Doch stattdessen hatte sie Emília in die Arme genommen und getröstet.

Es war ein stürmisch regnerischer Morgen gewesen, als sie und Emília einige Tage später nach Grândola aufgebrochen waren und bei der Staatsanwaltschaft die Kaution für Tomás hinterlegt hatten.

Eine Woche nach seiner Freilassung war Tomás verschwunden. Ohne eine Erklärung für Dora oder seine Mutter. Kein Wort des Abschieds.

Nach all den Jahren ohne Kontakt sollte Dora nun in den Fischerort Carrasqueira zurückkehren – und Tomás wiedersehen. Das klang völlig surreal. Sie hatte nie wieder nach Carrasqueira an die Blaue Küste kommen wollen, wo der Ozean karibisch türkisfarben an die Dünenstrände brandete. Dorthin, wo Feen lebten und den Menschen Liebe schenkten. So hatte es sich damals als Jugendliche für sie angefühlt.

Doch dann hatte das Paradies Risse bekommen. Tomás hatte immer öfter Unsinn angestellt und war mit dem Gesetz in Konflikt geraten. Hin- und hergerissen zwischen dem Bedürfnis, aus Freundschaft für ihn zu lügen, und Ehrlichkeit hatte sich Dora letztendlich fürs Ehrlichsein entschieden. Es war die richtige Entscheidung gewesen. Sonst hätte sie sich eine Vorstrafe eingehandelt und ihre Karriere als Polizistin vergessen können. Das war die erste schmerzhafte Lebenserfahrung gewesen, die sie bis heute nicht vergessen konnte. Es deprimierte sie noch immer, dass sie die Freundschaft, die sie sich gewünscht hatten, nach all den Schwüren und gegenseitigen Versprechen dann doch nicht hatten aufrechterhalten können. Vielleicht schafften sie es dieses Mal besser.

Sie schluckte den letzten Bissen Gebäck herunter, trank den Kaffee aus, bezahlte und setzte ihre Fahrt fort.

Das Meer kommt, das Meer geht, aber es bleibt immer das Meer. Dora wusste, warum ihr diese alte Fischerweisheit ausgerechnet jetzt einfiel. Sie würde wieder genauso handeln wie damals und ehrlich bleiben. Tomás würde stets zuerst an seine Belange denken. Womöglich lag aber gerade in dieser Wahrheit das Eingeständnis für wahre Freundschaft – und für ihre Bedingungslosigkeit.

Die Fischer wussten verdammt noch mal mehr vom Leben, als die meisten Leute ihnen zutrauten. Dora würde ihren Prinzipien treu bleiben und Tomás den seinen.

Nachdem sie das verinnerlicht hatte, löste sich ihre Anspannung. Beherzt gab sie Gas.

Die Nationalstraße hinter Alcácer do Sal verlief parallel zur Mündung des Sado. Noch waren es etliche Kilometer bis Carrasqueira, doch rechts und links dehnten sich schon die Korkeichenwälder, Reisfelder und Pinienhaine der Carvalhos aus. Annähernd dreißigtausend Hektar Land insgesamt. Schnurgerade zerschnitt der Asphalt die Wälder zu beiden Seiten der Straße. Die Wurzeln der Bäume hatten den Belag an vielen Stellen hochgehoben. Schneller als sechzig zu fahren ging auf keinen Fall. So brauchte Dora für die dreißig Kilometer von Alcácer nach Comporta fast vierzig Minuten.

Nach Tomás' Verschwinden war sie noch oft nach Carrasqueira und zu Emília gefahren. Bis zu ihrem Examen an der Polizeiakademie jeden Monat mindestens einmal. Danach immer seltener. Irgendwann hatten sich Emílias und ihre Hoffnung auf Tomás' Wiederkehr wortlos aufgelöst, und eines Tages hatte Emília unvermittelt verkündet: »Du brauchst nicht mehr zu kommen, ich schaffe das allein.«

Das hatte Dora ohne Einspruch akzeptiert, sogar Erleichterung darüber verspürt – und sich dafür gehasst. Emília war für mehrere Sommer eine Art Ersatzmutter für sie gewesen, die sie immer verstanden hatte, die sie stets getröstet und ihre Träume niemals in Frage gestellt hatte. Nicht wie Doras eigene Mutter, die bei jeder Träumerei den Rosenkranz hervorholte und Jesus um Gnade für ihre Tochter bat.

Nun war Emília tot. Doras Mutter lebte, aber ihr Verhältnis zueinander war bis heute distanziert geblieben.

Die Abzweigung zum Gutshof der Carvalhos tauchte in der Morgendämmerung auf. Dora bog von der Bundesstraße ab und folgte der sandigen Piste durch dicht bewachsenen Pinienwald bis in die Dünen des Sado. Dort gabelte sich der Weg. Dora folgte ihm nach links gen Westen, hielt Ausschau nach einem geeigneten Parkplatz und fand eine Nische zwischen zwei Büschen, in die sie den Mustang hineinrollen ließ. Das Knistern des abgeschalteten Motors konkurrierte mit einem ohrenbetäubenden Froschkonzert in der Lagune, die sich im morgendlich fahlen Licht graublau zwischen moosgrünen Reisfeldern ausdehnte. Ab hier wollte Dora zu Fuß weiter.

Sie nahm den Feldstecher und das Handy mit und machte sich auf den Weg. In flottem Joggingtempo kam sie gut voran. Sie hörte ihren eigenen Atem, der Sand unter ihren Sohlen knirschte, und ein Seeschwalbenpaar keckerte. Ein Adler zog seine Kreise. Im Schilf standen Kraniche. Ein Eichelhäher kündigte ihr Kommen mit seinem typischen Warnschrei an. Vom Häherruf aufgeschreckt, flatterte ein Schwarm Drosseln in die Höhe. Draußen in der Lagune dümpelte ein Fischerboot.

Dora blieb stehen und hob das Fernglas an die Augen. Ein einzelner Fischer in einem Kahn zog Aalkäfige an Bord. Die angestrengte Mimik des Mannes verriet, dass sie gut gefüllt waren. Dora prägte sich den Namen des Bootes ein. »Santa Aukta«. Wie die Reliquie, die Kaiser Maximilian seiner Cousine Eleonore von Portugal zur Einweihung des Klosters Convento da Madre de Deus geschenkt hatte.

Der Fischer, gleichfalls gewarnt vom Ruf des Hähers, sah auf und winkte Dora grüßend zu. Sie winkte zurück. Es war José, Mários und Anas Onkel. Dora nahm sich vor, die beiden bald in ihrer urigen Kneipe »Espelunca mágica« zu besuchen.

Sie lief weiter bis zu einer kleinen Anhöhe, von der aus sie die Korkeiche sah, an der im November 1992 Tomás' Vater und in der vergangenen Nacht Gustavo Carvalho erhängt worden waren.

Dora rieb sich über die Nasenspitze. Zwei Morde, ein Tatort. Ein Zufall war das ganz sicher nicht – eher ein Zeichen. Nicht nur Tomás wusste um den Mythos des Baumes. Es gab eine Menge Leute, die die Geschichte des mysteriösen Galgentods seines Vaters kannten und die aus verschiedenen Gründen Groll gegen die Carvalhos hegten. Der Schauplatz an sich hinterließ also bereits eine Botschaft. Dora musste sie nur richtig deuten, um den wahren Täter zu entlarven.

Hinter einem Wacholderbusch fand sie Deckung. Die Sonne stieg am östlichen Horizont flammend orange auf und versprach einen brütend heißen Tag. Die Frösche beendeten ihr

Konzert. Dafür begann ein Schwarm Flamingos unweit des Ufers sein exotisch klingendes Schwätzchen.

Dora zog die Kapuzenjacke aus. Ihre Lockenpracht bändigte sie mit einem Gummiband und knotete sich die Jacke um die Taille. Die Ellbogen aufgestützt, legte sie sich auf den Boden, das Fernglas in beiden Händen, und linste durch das Sichtglas. Die Leiche lag zum Abtransport in die Pathologie bereit, aber noch nicht im Leichensack. Vermutlich warteten die Beamten noch auf Cardoso. Ein Fotograf beugte sich über den Toten und schoss Bilder. Der Galgenstrick hing nach wie vor am dicksten Ast, der so aussah, als strecke ein Mann seinen Bizeps aus. Sogar daran hatte der Täter gedacht und genau denselben Ast wie damals als Galgen ausgewählt.

Dora robbte ein Stück weiter nach vorne durch das Buschwerk, um den Tatort besser heranzoomen zu können.

Die Beamten der Guarda Nacional Republicana aus Grândola hatten rund um die Korkeiche ein Absperrband gespannt. Die Spurensicherung nahm den Boden, den Weg, den Leichnam und den Strick in Augenschein. Sie trugen keine Schutzkleidung. Dora schnappte empört nach Luft. Das war ganz und gar unprofessionell.

Aus ihrem Versteck heraus, keine fünfzig Meter vom Baum entfernt, betrachtete sie den Toten. Ein Knebel steckte ihm im Mund. Er trug eine Reithose, Reitstiefel und ein grob gewebtes Hemd. War Gustavo etwa im Dunkeln auf einem Ausritt unterwegs gewesen? Krauses blondes Haar fiel ihm ins Gesicht. Die Ähnlichkeit mit Américo war frappant. Gustavo sah aus wie sein Vater vor zwanzig Jahren. Dora kannte beide von früher. Es waren unschöne Begegnungen gewesen. Die Carvalhos hatten sich herablassend verhalten und andere stets wissen lassen, wie vermögend und mächtig sie waren. Typisches imperialistisches Benehmen, Überbleibsel der Diktatur, reflektierte Dora als Erwachsene. Damals als Jugendliche hatte sie sich von den Carvalhos einfach boshaft herabgesetzt gefühlt.

Sie entsann sich, wie Américo ihr einmal sehr deutlich gesagt hatte, dass »Mischlinge« in »seiner Gegend« unerwünscht seien. Das hatte er so betont, als sei er der Alleinherrscher über Grândola.

Dora konzentrierte sich wieder auf den Tatort.

Gustavo hing ein Blatt Papier an der Brust. Doch sie schaffte es nicht, es zu entziffern.

Ein untersetzter Polizist lief in Doras Sichtfeld. Sie erkannte ihn auf Anhieb wieder. Ramirez! Die Warze leuchtete wie ein Horn auf seiner Stirn.

Er war zum Dienststellenleiter der Polizei in Grândola aufgestiegen, hatte Tomás am Telefon erwähnt. Ein Klacks mit Américo Carvalho als Fürsprecher.

»Was sucht ihr denn so lange?«, rief er ungeduldig und stampfte quer durch den Sand.

Der dumme Ziegenbock zertrampelt noch sämtliche Spuren, und niemand aus dem forensischen Team scheucht ihn fort, dachte Dora.

Die alte Leier. *O Chefe é que manda …* Der Chef befahl und sonst niemand. Als hätte die Revolution erst vor ein paar Tagen stattgefunden und nicht vor fünfzig Jahren. *O patrão* diktierte. So lief das hier. Damals und heute immer noch.

Der Eichelhäher rief ein zweites Mal, doch Dora schenkte ihm keine Aufmerksamkeit. Sie bemerkte vielmehr eine Staubwolke, die rasch größer wurde. Ein golden lackierter Kleinwagen-Hybrid pflügte durch den Sand.

Cardoso, dachte Dora grinsend. Reichlich verspätet, er hat sich vermutlich im Wald verfahren. Ein Stadtkind eben.

Kaum aus dem Wagen gestiegen, wies der fast zwei Meter hochgewachsene Inspetor-Chefe von der Kriminalpolizei aus Lissabon die Kollegen aus Grândola an, *seinen* Tatort zu verlassen.

Der Bluthund plusterte sich sogleich auf wie ein Auerhahn.

»Sie sollten vorsichtig sein, wem sie hier auf *meinem* Territorium Befehle erteilen.«

Cardoso hob mit ausgestrecktem Zeigefinger den Arm in Richtung Wald. »Wird's bald, Ramirez?«, herrschte er den Dienstälteren an.

Genau. Ramirez mit z, fiel es ihr wieder ein. Wie in Spanien geschrieben. Das hatte sie damals schon gewundert.

»Na, *linda menina*? Beobachtest du Flamingos?«

Dora erschrak und richtete sich auf. Hätte sie doch auf den zweiten Warnruf des Hähers reagiert und sich umgeschaut. Jetzt war sie ertappt worden. »Heute Morgen sind besonders viele unterwegs.«

Vor ihr stand ein Mann ihres Alters in Jägerkluft, ein Gewehr geschultert, auf dem Kopf ein *bonnet* – ein Käppi aus Schafwolle, braun-beige kariert, wie alle Männer es im Alentejo trugen.

»Und Kraniche«, fügte sie hinzu.

Die Augen des Mannes glänzten dunkel und misstrauisch. »Ja, Kraniche habe ich auch gesehen.« Ein fein getrimmter Schnurrbart tanzte bei jedem Wort, in der Stimme schwang etwas Lauerndes mit.

Natürlich wusste er ganz genau, was sie wirklich beobachtet hatte, und fragte sich vermutlich, woher Dora diese Stelle hier in den Dünen mit Aussicht auf *den* Baum kannte und woher sie von dem Gehängten wusste. Doch sie wollte ihm weder das eine noch das andere auf die Nase binden. Den Rückzug antreten sollte sie. So diplomatisch wie möglich.

»Du könntest der *linda menina* verraten, wo noch mehr Flamingos und Kraniche stehen.« Ihr Lächeln gefror.

»Den Weg zur Hauptstraße gewähre ich dir und gebe dir den guten Rat, künftig auf der anderen Seite der Bucht Vögel zu beobachten.«

»Bist du immer so maskulin forsch?« Sie zog kess das Gummiband aus ihren Locken, sodass diese ihr bis über die Taille fielen.

Die Augenbrauen des Mannes schossen in die Höhe. Übertölpelt von Doras Dreistigkeit, blitzte ein amüsiertes Funkeln in seinen Augen auf. »Ich schlage vor, ich habe dich hier nie gesehen. Das erspart uns beiden eine Menge.«

Dora verkniff sich jeden weiteren Kommentar. Sie verstand. Bis hierher und nicht weiter. Der Fremde war deutlich, dennoch charmant. Dass er sie »hübsches Fräulein« nannte, ließ sie ihm deswegen ausnahmsweise durchgehen.

»Ich kenne den Weg.«

»Davon bin ich überzeugt.«

***

Ricardo Mendes wartete, bis die fremde Frau mit den veilchenblauen Augen verschwunden war, danach kehrte er zurück zu den Beamten an der Korkeiche. Die Kunde des Mordes hatte sich längst auf dem Landgut verbreitet, und ein Dutzend schaulustige Landarbeiter von der Herdade standen nun am Absperrband und begafften den Leichnam. Einige von ihnen sahen betreten aus, nahmen die Schirmmützen ab und falteten die Hände, andere glotzten den Toten teilnahmslos an. Ricardo kannte die Arbeiter alle. Ihre Namen. Ihre Dienstjahre. Ihre Fähigkeiten. Auch ihre Unzulänglichkeiten. Die meisten von ihnen trauten ihm nicht, wusste Ricardo. Denn er war nicht von hier. Er stammte aus Aveiro und wusste nur vom Hörensagen von den Zuständen für Landarbeiter auf der Herdade Carvalho vor der Revolution. Von den generationenübergreifenden Verflechtungen, von blindem Gehorsam und Stillschweigenbewahren zwischen den auf der Herdade beschäftigten Familien hatte er persönlich nichts mitbekommen. Dafür war er zu jung. Alles, was er über die Diktatur und ihre Auswirkungen im Alentejo wusste, hatte ihm ein ehemaliger Landarbeiter der Carvalhos erzählt. Nur deswegen hatte er eine Ahnung von der erduldeten Schmach der Knechtschaft, von den Schlägen, die o patrão Américo verteilt hatte, und von der kollektiven Schuld, die auf dem Gut lastete.

Ausgelöst durch den Tod eines Fischers vor dreißig Jahren, hieß es. Seither liege ein Fluch über der Herdade, wurde behauptet.

Ricardo glaubte jedoch nicht an Fluch und Segen. Er glaubte an Integrität. Und an Gerechtigkeit. Denn er war in einem Landstrich Portugals aufgewachsen, wo es während der Diktatur keine Latifundien wie im Alentejo gegeben hatte. Das Joch der Unterdrückung war ihm unbekannt – und seine Eltern hatten es auch nicht gekannt. Sein Vater war stolzer Besitzer einer Seegrasfarm und eines *moliceiros* gewesen. Er hatte Seegras für Matratzen angebaut, bis Schaumstoff das Seegras abgelöst hatte. Seine Mutter war Hausfrau gewesen und hatte den Garten und die Familie versorgt.

Ricardo war Berufssoldat gewesen, hatte die Offizierslaufbahn eingeschlagen und war bei den UN-Blauhelmen stationiert gewesen. Danach hatte er Agrarwirtschaft studiert und arbeitete nun seit drei Jahren auf dem Gutshof der Carvalhos. Dafür war er aus Aveiro fortgezogen. Die Natur rund um die Mündung des Sado mochte er sehr, die Landschaft erinnerte ihn an seine Heimat, an das Mündungsdelta des Rio Vouga und an die Ria de Aveiro mit all den Salinen und der mäandernden Marsch.

Mit der hiesigen gesellschaftlichen Struktur wurde er hingegen gar nicht warm. Ricardo war daran gewöhnt, eine Meinung zu haben und sie zu vertreten. Die auf dem Anwesen der Carvalhos herrschende Duckmäuserei stieß ihn ab. Américo Carvalho spielte sich auf, als hätte es die Nelkenrevolution nicht gegeben und als wäre er nach wie vor *o patrão*, der Alleinherrscher über Land und Leute. Zu Ricardos Erstaunen dachten das seine Landarbeiterinnen und Landarbeiter ebenfalls.

Wirklich viel hatte Ricardo nicht mit dem Senior zu tun, er verwaltete dessen Waffenkammer und bewahrte die Schlüssel zu den Gewehrschränken auf. Américo bildete sich ein, er könne auf die Jagd gehen, wann immer es ihm beliebte. Die geltenden Jagdgesetze interessierten ihn nicht.

Eingestellt hatte Gustavo ihn. Ricardo hatte sich gleich am ersten Arbeitstag mit Gustavo ausgesprochen und ihm klargemacht, dass er Gutsverwalter war und kein Aufseher. Ricardo setzte auf Kollegialität, nicht auf Befehlsmacht. Gustavo hatte das zähneknirschend akzeptiert, denn er selbst stieß bei seinen Landarbeitern an Grenzen. Sie gehorchten nicht ihm, sondern seinem Vater.

Mit den jüngeren Landarbeiterfamilien funktionierte das ganz ordentlich. Mit den Knechten, die vor der Nelkenrevolution auf der Herdade aufgewachsen und ihr Leben lang hier gearbeitet hatten, kam Ricardo hingegen über den üblichen »*Bom dia*«-Morgengruß nicht hinaus, und deren Ehefrauen grüßten ihn gar nicht. Zwar befolgten sie seine Anweisungen prompt und gut, aber sie blieben ihm gegenüber genauso misstrauisch wie am ersten Tag. Es hatte eine Weile gedauert, bis Ricardo begriffen hat, warum. Sie hatten Angst, er würde sie bei *o patrão* anschwärzen. So wie es die beiden Vorabreiter Manuel und Ruben machten. Sie hatten sich gleich bei Ricardo angebiedert und wollten ihm von den Unzulänglichkeiten der anderen erzählen. Ricardo könne sich auf sie verlassen, denn sie würden das unter sich regeln. So wie immer, hatten sie betont.

Petzen waren Ricardo jedoch zuwider, und er hatte klargestellt: Falls jemand Unzulänglichkeiten regele, dann sei er selbst das. Woraufhin Manuel und Ruben ihm gedroht hatten, er solle besser aufpassen, auf wessen Seite er sich stelle.

Seither passte Ricardo auf, dass ihm die beiden Vorarbeiter keine Falle stellten und eine Intrige einfädelten, nur um ihn loszuwerden, damit sie die Dinge auf der Herdade wieder wie gehabt »unter sich« regeln konnten. Das Aufpassen kostete Kraft und außerdem Überwindung, denn dazu musste Ricardo Gespräche der Landarbeiter belauschen. Auf diese Weise hatte er häppchenweise von der Tragödie rund um den unaufgeklärten Tod von Guilherme Maia erfahren. Die Begleitumstände rumorten nach wie vor durch die Gedanken der Leute. Die einen glaubten an den von der Polizei damals proklamierten Selbstmord, andere prangerten den Tod als Mord an und taten lauthals kund, wen sie für den Mörder hielten: nämlich *o patrão*.

Ricardo konnte sich darauf keinen Reim machen. Deswegen wollte er herausfinden, warum die Leute dies dachten. Und dazu musste er mehr über die Lokalgeschichte von Comporta wissen. In seiner Freizeit hatte er deshalb mehrmals das Heimatmuseum von Grândola besucht, das Archiv von Setúbal und die Bibliothek in Comporta durchstöbert. Über den Mord von damals hatte er zwar so gut wie nichts erfahren, aber er verstand nach und nach die Hintergründe, warum sich die Bauern und Fischer von Comporta und Carrasqueira entzweit hatten. Die einen trauerten noch immer Diktator Salazar nach und beäugten Fremde, Ausländer und Andersdenkende mit Ablehnung. Manche von ihnen schreckten sogar vor rechtsradikalen Äußerungen nicht zurück und hatten, kaum war die Nelkenrevolution vorbei, noch vor den ersten freien Wahlen 1975 eine nach rechts gerückte Partei gegründet. Während die anderen glücklich befreit lebten und jeden Tag dankbar dafür waren, dass die Diktatur längst Geschichte war.

So prallte die einst in die Bevölkerung einzementierte Mutterlandsliebe auf die hart erkämpfte Freiheitsliebe und sorgte für gegensätzliche Gesinnungslager. Dazwischen lag ein tiefer Abgrund voller Lügen, Schweigen und Schuldzuweisungen – und womöglich das wahre Motiv für den Mord an Guilherme Maia.

Dieser Abgrund würde sich jetzt nach dem Mord an Gustavo nur noch vertiefen, ahnte Ricardo. Doch es war nicht sein Abgrund. Er stand weder auf der einen noch auf der anderen Seite und schob seine Gedanken deshalb rigoros von sich. Ihn interessierte vielmehr brennend, wer die Frau auf der Anhöhe gewesen war. Gesehen hatte er sie in Carrasqueira noch nie, und eine Touristin war sie auch keine. Eines war ihm klar: Sie hatte nicht auf der Lauer gelegen, um Vögel zu beobachten. Noch dazu mit einem Militärfeldstecher.

4

Carrasqueira, 7 Uhr

Dora fand die Fischerhütte der Maias genau so vor, wie sie sie in Erinnerung hatte. Mitten in einem verwilderten Garten, umgeben von Haselnussbüschen, überwuchert von Goldregen und Buschröschen. Die Außenwände waren blau gestrichen und abwechselnd in breiten Querstreifen mit Kalk geweißt, die Tür war aus Holz, das Dach mit Schilf gedeckt.

Dora ließ den Mustang in der Einfahrt stehen, holte den Haustürschlüssel unter dem Topf mit Lavendel hervor, wo er schon gelegen hatte, als sie hier noch ihre Sommerurlaube verbracht hatte. Der Schlüssel wog so schwer wie ihre Erinnerung an die schönen Tage bei Emília. Dora seufzte und trat ein.

Der Boden war mit Lehmziegeln ausgelegt. Innen waren die Wände grob verputzt und gekälkt. Der Giebel offen. Zwischen den Balken steckte Reet. Auf dem Feuerofen stand eine Karaffe mit Wasser. Die Vase auf dem Esstisch war leer. Es fehlten Blumen, der Duft nach Gekochtem, Radiomusik. Emília fehlte.

Tomás hatte bisher nichts verändert, schien es Dora. Die Möbel standen da wie früher, als sie und Emília und Tomás an dem Holztisch in der Wohnküche gesessen und Emílias köstliche Suppen oder ihren leckeren Bolo caseiro gegessen hatten. In ihrem gedanklichen Erinnerungsalbum hörte Dora sogar Emília singen. Immerzu hatte Emília gesungen, auch während der Arbeit. Doch an manchen Tagen war sie still geblieben und hatte geweint. Wegen Tomás und des Blödsinns, den er angestellt hatte. Mit der Zeit hatte sie immer seltener gesungen und irgendwann gar nicht mehr.

Dora schob die aufsteigenden Bilder beiseite und stellte Teewasser auf. Nostalgisch konnte sie später noch werden. Sie setzte sich an den Küchentisch, automatisch auf den lilafarben Stuhl, so wie als Mädchen, und notierte alles, was sie bislang über den Mord wusste:

Erstens: Tomás hat Gustavo nicht umgebracht.
Zweitens: Die Korkeiche. Der Täter muss über die Bedeutung des Baumes Bescheid gewusst und damit gerechnet haben, dass der Verdacht sofort auf Tomás fallen würde.
Drittens: Gustavo hat vermutlich einen nächtlichen Ausritt unternommen. Wer wusste davon, und wer kannte die Strecke?
Viertens: Gustavo ist unterwegs seinem Mörder begegnet. Vielleicht hat er das Pferd sogar arglos angehalten und seinen Mörder gekannt. Wäre Tomás tatsächlich der Täter, hätte Gustavo dem Pferd die Sporen gegeben und Tomás über den Haufen gerannt.
Fünftens: Hat Tomás ein Alibi?
Sechstens: Wer hat Gustavo gefunden?
Siebtens: Warum schreibt sich Francisco Ramirez mit z wie in Spanien üblich?

Die Kesselpfeife tönte. Dora goss kochendes Wasser über Bela-Luisa-Blätter in eine große Tasse. Sie ließ den Aufguss ziehen, bis sich ein appetitlicher Duft von Zitrone im Raum verbreitete, und fischte die Blätter wieder heraus. Zum Tee knabberte sie Schokoladenkekse.

Natürlich hatte die Polizei in Grândola sofort an Tomás als mutmaßlichen Täter gedacht, allein wegen dessen aktenkundiger Vergangenheit. Schließlich hatte er die Carvalhos jahrelang terrorisiert. Einmal hatte er ihren Pinienwald anzünden wollen, ein anderes Mal hatte er vorgehabt, mit gestohlenem Sprengstoff aus einer Pyrit-Mine in der Nähe das Herrenhaus in die Luft zu jagen. Tomás hatte Américos Jagdhund vergiftet und Gustavos Katze ertränkt. Die Liste im sinnbildlichen Kampf Tomás' als David gegen *o patrão* Goliath war lang. Und grausam.

Im Nachhinein betrachtet, war es ein andauernder Aufschrei gegen das Unrecht gewesen, das Tomás und seiner Familie widerfahren war. Doch niemand hatte Tomás und seiner Sicht der Dinge Beachtung geschenkt. Die Polizei nicht, der von Emília beauftragte und teuer bezahlte Anwalt nicht und der der Carvalhos erst recht nicht. Der bestellte Anwalt erhob nicht einmal Einspruch. Vermutlich war auch er zuvor von Ramirez eingeschüchtert worden.

Es war am 11. November geschehen. Am Martinstag São Martinho. Die Dorfgemeinschaft, die Arbeiter vom Gutshof, die Nachbarn aus den umliegenden Weilern – alle waren auf dem Dorfplatz in Comporta vor der Kirche zum alljährlichen Magusto-Fest zusammengekommen und hatten das Ende der Erntezeit gefeiert. Mit gerösteten Maronen und Jeropiga, dem ersten Rotwein der Saison. Alle waren sie gekommen, alle – bis auf Guilherme Maia.

Dora fröstelte. Sie dachte an Tomás und an alles, was er ihr über den Todestag seines Vaters erzählt hatte. Durch die Dünen war er gerannt. Das Gewehr seines Vaters in der Hand. Bis zur Korkeiche war er gelaufen, wo sein Vater aufgeknüpft gehangen hatte. Tomás war am Stamm hochgeklettert und hatte den Galgenknoten am Ast durchgeschnitten. Den Toten im Arm, war er unter dem Baum sitzen geblieben. Weinend. Wimmernd. Wütend. Obwohl Dora selbst nicht dabei gewesen war, hatte sie sich seinen Schmerz vorstellen können, als sei es ihr eigener gewesen. Erzählt hatte Tomás ihr davon an der Korkeiche. Mitten in der Nacht waren sie dorthin gelaufen. Da waren sie beide siebzehn gewesen.

Seither hatte sie Tomás' Aufbegehren, die Wut, die Trauer besser verstanden und hatte ihm als Freundin beistehen wollen.

Die örtliche Polizei hatte damals wohl alles versucht, um Tomás vom Leichnam seines Vaters fortzulocken, doch der Zwölfjährige hatte den Lauf der Flinte auf jeden gerichtet, der sich ihm zu nähern versucht hatte.

Mitten in der Nacht hatte sich schließlich Gustavo angeschlichen und Tomás gehänselt. »Dein Vater war ein Träumer. Arm, dumm, aufmüpfig. Mit meinem Vater wollte er sich anlegen. Armer Irrer. Jetzt hat er sich aufgehängt. Der elende Versager.«

Völlig außer sich hatte Tomás den Leichnam seines Vaters im Sand liegen lassen, die Flinte daneben, war aufgesprungen, hatte sich auf Gustavo gestürzt und ihn gewürgt. »Ich kriege euch, erst deinen Vater und dann dich«, hatte er damals geschworen.

Nun war Emília tot, Gustavo ermordet und Tomás verhaftet. Der Mord an Gustavo sah nach dieser Vorgeschichte eindeutig nach Rache aus. Erwartungsgemäß versuchte die Polizei mit *o patrão*, Tomás den Mord anzuhängen. Das war naheliegend – und vor allem sehr bequem. Egal, ob Tomás der Täter war oder nicht. Die Verurteilung musste schnell vonstattengehen, damit niemand wegen Guilhermes unaufgeklärten Todes in der alten Akte herumstochern würde. Jemand wie Dora zum Beispiel.

Denn als ehemals tatsächlich legitimer Vertreter des Gesetzes des Latifundiums zwischen Comporta, Alcácer do Sal und Grândola hatte Américo während der Diktatur das Vertuschen sogar zugestanden. Wegen seines Ehrenrechts als Regimetreuer.

Eine Scheißehre war das, dachte Dora. Ein scheinheiliges politisches Lockmittel eines durch eigene Gnaden ernannten Autokraten für ein Dutzend Männer mit Macht und Geld, denen ihr Führer symbolisch ein Zepter in die Hand gegeben hatte. Gemeinsam mit der Geheimpolizeimeute namens PIDE war es Regimeführer Salazar gelungen, die Nation nach faschistischer Angstmanier fast ein halbes Jahrhundert lang in ein Korsett zu zwängen und Portugal außenpolitisch gänzlich vom europäischen Zeitgeist zu isolieren. Mit Parolen ähnlich denen des Dritten Reiches wie »Arbeit macht frei« oder »Der Platz der Frau ist das Heim, denn sie ist der Schoß der Nation« waren die Portugiesinnen und Portugiesen jahrzehntelang infiltriert worden. Etliche hatten sich die menschenverachtenden Parolen aber nicht aufzwingen lassen, sondern sich gegen das Regime aufgelehnt und den Widerstand begründet. Einer davon war Guilherme Maia gewesen. Deswegen hatte *o patrão* ihn im Visier gehabt, weil er befürchtet hatte, dass Guilherme die anderen Landarbeiter gegen ihn aufstacheln würde.

Dora drehte gedankenverloren den Stift zwischen ihren Fingern. Ihr Blick wanderte durch die Wohnküche. Sie suchte den Raum nach Gegenständen ab, die Tomás gehörten, sie fahndete nach Hinweisen, die ihr etwas über den Tomás von heute erzählen konnten. Aber sie entdeckte nichts. Auf dem Kaminsims standen aufgereihte Fotografien von der einst glücklichen Familie. Hochzeitsfotos. Tomás als Kind. Tomás am Tag der Einschulung. Mit feinem Garn geklöppelte halbe Gardinen hingen mittlerweile vergilbt im Fenster. Der Flickenteppich, von Emília aus alten Stoffresten zusammengenäht, lag unter dem Tisch. Das Häuschen war ein Reliquienschrein. Vielleicht hatte Tomás noch nicht die Kraft zum Umräumen gefunden. Vielleicht wollte er gar nicht bleiben, sondern das Haus verkaufen. Samt Fotos, Flickenteppich und Küchenbüfett. Das traute Dora ihm durchaus zu. Nichts aus seiner Kindheit würde er mitnehmen. So wie damals. Oder er wohnte gar nicht hier.

Sie trank die Tasse Tee aus, packte ihr Notizbuch ein und machte sich auf den Weg nach Grândola.

5

Grândola, Vormittag

Dora wählte den kurvenreichen Feldweg an den Dünen entlang. Die gleiche Idee hatten jedoch eine ganze Menge Urlauber – die Autos bis unters Dach mit Strandequipment bepackt. Normalerweise war der Feldweg von Carrasqueira nach Comporta eine Abkürzung. Heute nicht. Denn an Santo António fingen der Sommer und die Schulferien in Portugal an. Von einem Tag auf den anderen füllten sich leere Häuser und Wohnungen am Meerbusen und entlang der Costa Azul bis nach Tróia mit Touristen. So kroch die Autoschlange dahin und staute sich an der Gabelung nach Tróia, Grândola und Alcácer do Sal. Die einen wollten nach rechts an die Blaue Küste, die anderen nach links zu den Stranddünen von Melides, und Dora wollte geradeaus.

Endlich an der Kreuzung am Museu do Arroz mit seiner Ausstellung über den Reisanbau am Sado angekommen, bog Dora auf die N 261 nach Grândola ab.

Die Kreisstadt erreichte sie um halb zehn. Das Gebäude der Guarda-Nacional-Republicana-Dienststelle stammte aus der ersten Hälfte des vergangenen Jahrhunderts, errichtet in der damals üblichen Behördenarchitektur. Eine Mischung aus aristokratischem Stadtpalais und portugiesischem Barock mit zwei Stockwerken und ornamentierten Kalksandsteinrahmen um Fenster und Türen. In die Dachkantenmauer hatte ein Stuckhandwerker das Wappen der Gardisten mit zwei Drachen und einem Schwert modelliert und in den Farben Grün und Gold abgesetzt. Über dem Eingang flatterte die portugiesische Nationalflagge einträchtig mit der Fahne des Polizeikorps.

Dora parkte ihren Mustang in einer Seitengasse am Straßenrand und betrachtete im Rückspiegel drei Gardisten. Sie trug en die Uniformjacken aufgeknöpft, das Barett unter die Schulterschleife gesteckt, und sahen aus, als würden sie nach einer Nachtschicht Feierabend machen.

Dora stieg aus. Einem Impuls nachgebend, folgte sie dem Trio in ein Café, bestellte einen Galão und dazu gebutterten Toast.

Den bullig gebauten Typen sah man das tägliche Training im Gym an. Der Stoff ihrer Uniformen spannte über den Oberarmen und Oberschenkeln. Sie standen neben Dora an die Theke gelehnt. Den einen erkannte Dora vom Tatort wieder. Unauffällig ging sie einen Schritt näher, stippte ihren Toast in den Milchkaffee, tat so, als tippte sie konzentriert auf ihrem Smartphone, und spitzte gespannt die Ohren.

»Der Chef hat eben angerufen. Er ist mit dem Pferd im Transporter auf dem Weg nach Lissabon. Der Gaul soll auch zur Spurensicherung. Ramirez ist stinksauer. Wegen des Jüngleins von der Kripo.«

Das »Jünglein« war Cardoso, kombinierte Dora.

»Die aus der Kripozentrale in Lissabon werden uns den Fall nicht allein bearbeiten lassen, nicht mehr so wie früher«, gab der zweite Gardist zu bedenken.

Der erste erwiderte: »Das Jünglein aus der Stadt spielt sich als Chefe auf.«

»Das geht nicht. Das hier ist unser Revier.«

»Das sollte der aus Lissabon respektieren.«

Der dritte Polizist mit frischer Glatze brummte: »Sollte er sich noch mal aufspielen, müssen wir ihm Manieren beibringen.«

Die drei stießen mit ihren Bierflaschen an.

»Was macht der Maia?«

»Läuft Amok. Will sich sonst wo beschweren. Armer Irrer. Hier hilft ihm niemand. Denn wer ihm hilft, kriegt es mit uns zu tun.«

Der dritte Polizist deutete seinen Kollegen gestenreich etwas an. »Der Chef hat da was an der Hand, sagt er.«

Dora bestellte einen Espresso und rührte vor lauter Aufregung wie in ihren alten Zeiten als Ermittlerin vier Päckchen Zucker hinein.

Der Polizist mit dem glatt rasierten Schädel beobachtete sie dabei und zwinkerte ihr zu. »Du bist wohl eine ganz Süße.« Das war ein starkes Stück. Erst nannte der Typ in der Dünenmarsch sie *»linda menina«* und jetzt so ein dahergelaufener *bófia* eine »ganz Süße«.

Sie trank den Kaffee auf ex und ging auf den Polizisten zu, bis sie dicht vor ihm stand. Erst las sie das an seine Uniform angenähte Namensschild, dann hob sie den Blick und fixierte ihn mit finsterer Miene. Dieser kleine psychologische Trick wirkte immer. Auch bei dem Muskelprotz mit Glatze. Dass sie ihm derart nahe kam, hatte er nicht erwartet, weshalb er reflexartig mit dem Oberkörper zurückwich.

»Gomes heißt du.« Dora zog beide Augenbrauen in die Höhe. »Merke ich mir.« Die Namen der anderen beiden, Ares und Moutinho, hatte sie blitzschnell an deren Uniformen abgelesen.

Sie bezahlte und verließ das Café, folgte der Straße bis zur Einfahrt in den Hofbereich des Polizeigebäudes, stellte sich beim Pförtner als Tomás Maias Cousine vor und bat darum, ihn besuchen zu dürfen. Der Pförtner tippte ihre Daten in den Computer, druckte einen Passierschein aus und telefonierte, um im Hauptgebäude eine Begleitung für sie zu organisieren.

Kurz darauf holte ein Sergeant sie am Pförtnerbüro ab. Er schlurfte voraus und zog das linke Bein nach. Nach Doras Erachten gehörte der Sergeant längst pensioniert. Sie folgte ihm durch den Haupteingang ins Foyer und treppab ins Kellergeschoss zu einem Zellentrakt, der sie an Gefängnisspielfilme aus den sechziger Jahren erinnerte. Neonröhren an der Decke. Estrich am Boden. Türen aus Metall, mit Schlössern, zu denen vermutlich kiloschwere Schlüssel gehörten. Das Ganze in Eierschalenbeige. Der Putz bröckelte. Schimmelpilz malte abstrakte Bilder an die Wände. Es roch modrig. Aus drei Verwahrräumen drangen laute Schnarchgeräusche.

»Typisch Ferienbeginn.« Der Sergeant zuckte mit den Achseln.»Ab heute sammelt die Patrouille jeden Abend Alkohol-komatöse an der *costa* ein, noch bevor sie Unsinn anstellen können, und lassen sie hier ihren Rausch ausschlafen.« Dora lächelte zaghaft.»Die Jugend von heute.«

»Das war in unserer Jugend noch ganz anders.«

Sie nickte scheinbar zustimmend und dachte: Fürwahr, da-mals musstest du parieren und deine Kindheit auf dem Schei-terhaufen verbrennen, die Arschbacken zusammenkneifen und auf dem Feld deines Vaters ackern, sonst setzte es Gürtelstrafe.

Der Sergeant wurde zutraulicher.»Ihr Cousin steckt in ernsthaften Schwierigkeiten. Besorgen Sie ihm einen guten Anwalt, den Rat gebe ich Ihnen.«

Dora bedankte sich artig.

Er ließ ihr den Vortritt ins Besucherzimmer. Sie hoffte, die Zeit mit Tomás möge ihr reichen, um sich ein besseres Bild von ihm zu machen – bevor Cardoso eintraf.

»Hallo, Dora.«

Tomás war hereingekommen. Seine Stimme zu hören, in echt und direkt hinter ihr, war gespenstisch. Noch gespensti-scher als am Telefon. Erst jetzt wurde Dora bewusst, dass sie sich auf ein Wiedersehen mit ihm niemals vorbereitet hatte. Weder in den vergangenen Jahren noch seit seinem Anruf. Nie hatte sie darüber nachgedacht, wie es sich anfühlen würde, ihm gegenüberzutreten.

Wie in Zeitlupe stand sie auf und drehte sich um. Vor ihr stand ein erwachsen gewordener Tomás und nicht mehr der halbstarke Jungmann, an den sie sich erinnerte. Braun gebrannt war er. Fältchen gruben sich in beide Augenwinkel. Das stör-rische dunkle Haar stand ihm vom Kopf ab. Er trug einen Dreitagebart. Entschlossenheit zeichnete sein Gesicht.

Tomás nahm jetzt auch sie von Kopf bis Fuß in Augen-schein, als wollte er sich alles an ihr einprägen. Jede Locke. Die Narbe an der Wange, die er nicht kannte. Die Mehrpfunde auf ihren Hüften. Unter anderen Umständen eine rührende Situation. Jetzt eher stressbehaftet.

Dora eröffnete den ersten Akt des angeblichen Familientreffens, das sie und Tomás dem Sergeanten vorspielten, damit dieser nicht den Verdacht schöpfte, dass Dora zu Ermittlungszwecken hergekommen war. »Cousin, was machst du für Sachen?«

Tomás kam näher, umschlang sie mit beiden Armen und zog sie an sich, so dicht, dass sie ihren Herzschlag gegenseitig spüren konnten. »Du bist gekommen.« Seine Stimme klang heiser.

Nach einer Weile lösten sie sich voneinander und nahmen sich gegenüber am Tisch Platz.

Tomás war ein attraktiver Mann, ausgestattet mit diesem sehr eigenen »Ich mache, was ich will«-Charisma. Er war wie ein Wolf, ständig auf Wanderschaft. Ihn eingesperrt zu sehen tat ihr weh.

Dora wollte gerne eine Hand ausstrecken, sie tröstend an seine Wange legen, aber deswegen war sie nicht hier. Also holte sie unauffällig ihr Mobiltelefon aus der Gesäßtasche, schaltete es ein, öffnete die Applikation für Gesprächsaufzeichnung und klickte auf »Start«. »Erzähl mir, was gestern Abend passiert ist«, bat sie.

Tomás rieb seine Finger und spähte durch das vergitterte Fenster nach draußen. »Zwanzig Jahre sind eine lange Zeit, Dora. Ich war durch damit. Verstehst du? Durch mit meinem Zorn auf die Carvalhos. Dem Misstrauen gegen Gott und die Welt. Das ist vorbei. Nur *mamãs* Tod hat mich hierhergerufen. Weißt du, in Brasilien habe ich eine andere Wirklichkeit kennengelernt. Der Kampf ums Überleben bleibt dort jedem selbst überlassen. Das schafft Distanz. Zur Vergangenheit. Zu sich.«

Das glaubte Dora ihm blind. Seine Distanz zur Vergangenheit hatte sie schließlich deutlich erfahren. Und Emília auch. Doch daran schien Tomás sich im Gegensatz zu ihr nicht zu erinnern.

Endlich drehte er den Kopf in ihre Richtung. Seine Miene wirkte entrückt, als wäre er gedanklich ganz woanders. »Damals wollte ich beide töten. Nein, sogar alle drei. Den Alten, den Jungen und den Polizisten. Das ist so lange her. Ich war ein anderer Tomás. Damals. Jetzt will ich bleiben, um Carrasqueira und den Stelzenpier zu retten. Den Sado. Die Tümmler. Die Natur. Die Meersalzsalinen.« Er machte eine kurze Pause, dann sprach er leise weiter. »Und wegen der Sehnsucht.«

Sehnsucht? Ein großes Wort für einen Gefühlsmischmasch, der letzten Endes immer mit Liebe zu tun hatte, überlegte Dora. Doch alles, was Tomás in Carrasqueira geliebt hatte, war tot. Dass er sich nach Hause gesehnt hatte, hielt sie deswegen für unwahrscheinlich, schließlich hatte sich das gesamte Drama seiner Existenz hier abgespielt. Keinen Meter ohne deprimierende Erinnerungen konnte er gehen. Überall lauerten Trigger.

Dora wollte seinen Exkurs zwar nur ungern unterbrechen, aber ihnen lief die Zeit davon. »Gestern, Tomás.«

»Ich arbeite im Institut für Meeresforschung in Setúbal. Jeden Morgen fahre ich mit der Fähre hinüber und am Nachmittag zurück. Gegen fünf, halb sechs bin ich meistens fertig und gehe vom Institut zum Hafen quer durch die Innenstadt. Gegen sechs steige ich auf die Fähre und bin eine Viertelstunde später in Tróia.«

»Du lässt dein Auto in Tróia?«

»Der Meeresbiologe fährt kein Auto, er fährt Elektroscooter.«

Den einen Meter fünfundneunzig großen Tomás stellte sich Dora auf einem Scooter sehr komisch vor. »Wo finden deine Füße Platz?«

»Gute Frage.« Tomás grinste schief.

»Bist du gestern nach der Arbeit direkt nach Hause gefahren?«

Tomás schüttelte den Kopf. »Nein. In Comporta habe ich mir erst eine Zeitung gekauft und bin anschließend auf ein Bier bei Mário eingekehrt.«

»In die ›Espelunca mágica‹?« Dass ihr gemeinsamer Freund von früher immer noch die Snackbar in Comporta betrieb, freute Dora aufrichtig. Gleich nachher wollte sie hinfahren, sich ein Glas grünen Wein vom Fass gönnen und Hallo sagen. »In den anderen Kneipen von Comporta kann ich mir mit meinem Gehalt das Bier nicht leisten. Plötzlich ist Gustavo aufgetaucht. Wie eine Muräne ist er vorgeschnellt. Ob ich seine Familie jetzt wieder terrorisieren wolle, hat er gefaucht. Dann hat er gelacht und etwas echt Kryptisches gesagt: Endlich habe er mir alles weggenommen. Meine Vergangenheit und meine Zukunft.«

Dora fragte sich, was Gustavo wohl damit gemeint haben könnte. »Hast du Gustavos Mund mit deiner Faust verschlossen?«

»Die landete in Mários Hand. Aber die Geste hat gereicht. Gustavo ist auf und davon.«

»Die anderen Gäste haben das gehört und gesehen.«

»Klar. Du kannst dir ja vorstellen, wie voll es gestern am Santo-António-Abend bei Mário war. Fischer, Bauern, Landarbeiter. Allesamt beim Feierabendbier.«

Dora sah sie leibhaftig vor sich. Die Gesichter der Männer, ihre stoppeligen Bärte, die Schiebermützen schräg auf dem Kopf, die aufgeknöpften Flanellhemden. Ihre von Kerben zerfurchten Hände. »Wann bist du nach Hause gefahren?«

»Weiß ich nicht mehr genau. Weitergetrunken habe ich. Bier und Schnaps. Irgendwann hat Mário mir nichts mehr ausgeschenkt und mir den Schlüssel zum Roller abgeknöpft. Die Blamage war perfekt. Tomás Maia darf nicht einmal mehr Elektroscooter fahren. Also bin ich zu Fuß gegangen. Da war es schon dunkel, also mindestens zehn Uhr. Vielleicht sogar später.«

Betrunken drei Kilometer von Comporta nach Carrasqueira zu laufen, das dauerte. »Das heißt, du bist gegen elf zu Hause angekommen?«

Er sagte Richtung Tisch: »Ich bin nicht nach Hause. Ich habe einen Umweg nach Carrasqueira gemacht, zu Paula in die ›Tasca Central‹.«

Dora fragte besorgt nach: »Und dann?«

Er senkte den Kopf noch weiter und nuschelte: »Dann hat Paula Zapfenstreich eingeläutet und um Mitternacht dichtgemacht. Danach habe ich die Abkürzung genommen.« Dora hatte es geahnt und bis eben gehofft, Tomás hätte einen anderen Heimweg genommen. An der Schule vorbei oder an der Post. Vor allem aber: vor Mitternacht. Weit vor Mitternacht. Zwar kannte Dora die exakte Tatzeit noch nicht, aber Tomás hatte sie gegen halb zwei angerufen, und da war er bereits verhaftet worden und hatte in Grândola in der Verwahrungszelle gesessen. Der Zeitpunkt, an dem er sich auf den Heimweg gemacht hatte, rückte dem Mordmoment gefährlich nahe. »An der Korkeiche vorbei.«

»Ja. Und die *bófia* sagt, ich wurde gesehen.«

»Und du? Hast du auch etwas beobachtet?«

Über seinen Blick fiel ein Vorhang aus Trotz. »Nein. Aber ich habe an die Korkeiche gepinkelt.«

Dora liebte das Absurde. Normalerweise. Aber dies war das Absurdeste, das überhaupt in der Mordnacht noch hatte passieren können. Oder hatte er sich das ausgedacht? Quatsch, das wäre gänzlich widersprüchlich. Helfen konnte Dora ihm nur, solange er ehrlich zu ihr war. Sie weigerte sich, in Erwägung zu ziehen, dass Tomás sie absichtlich belügen könnte, aber ausschließen wollte sie es dennoch nicht.

Sie beließ es vorerst dabei, fasste das Gehörte zusammen und stellte sich den gestrigen Abend folgendermaßen vor: Gustavo hatte nach dem Zusammenstoß mit Tomás in Mários Zauberspelunke einen Ausritt unternommen. Das Pferd kam jedoch ohne ihn zurück zur Herdade. Américo schickte seine Knechte auf die Suche nach seinem Sohn im Marschland und benachrichtigte Ramirez. Der rückte sogleich mit Verstärkung an, und sie durchkämmten die Dünenmarsch. Bis sie Gustavo fanden. Nicht nur verletzt vom Sturz, sondern gehenkt. Ausgerechnet an derselben Korkeiche, an der Guilherme Maia den Galgentod gefunden hatte.

Dora stoppte die Aufnahme und steckte ihr Handy ungesehen ein. Sie beugte sich noch ein Stück vor, damit nur Tomás hören konnte, was sie sagen wollte. »Hör zu, Tomás. Ich bin damals, kurz nachdem du verschwunden warst, zur Polizei gegangen und habe nach meinem Abschluss auf der Akademie bei der Mordkommission gearbeitet. Aber jetzt bin ich keine Polizistin mehr, denn ich habe vor zwei Jahren den Dienst quittiert.« Laut sagte sie: »Du sitzt echt in der Bredouille, *primo*. Ich werde versuchen, dir zu helfen. Aber ich werde an Grenzen stoßen. Scheitern nicht ausgeschlossen.« Sie wollte aufrichtig sein und sich nicht als Verräterin fühlen, sollte sie es nicht schaffen, ihn zu entlasten.

»Dora, nur du kannst mir helfen. Sonst habe ich niemanden.« Er appellierte an ihren einstigen Schwur. Doch Dora wehrte sich gegen den Appell und fragte sich, ob Tomás und sie überhaupt noch Freunde waren oder ob sie auch dieses Mal am Ende wieder beide ihrer Wege gehen würden. Ziemlich wahrscheinlich sogar, ahnte sie, würden sie das tun.

Sie schob den Gedanken beiseite und drehte sich zu dem Sergeanten neben der Tür um. »Können Sie mir bitte ein Glas Wasser besorgen?« Der Sergeant nickte und ließ sie und Tomás allein. Dora sprach im Stakkato weiter. »Du warst keine Sekunde lang in der Nähe der Korkeiche, hörst du? Alles andere erzählst du dem Inspetor-Chefe von der Mordkommission Lissabon, und zwar haarklein, vor allem die Vorgeschichte. Lass nichts aus. Erzähl ihm vom Tod deines Vaters, von deinen Zweifeln, von deiner Wut und von der Carvalho-Maia-Fehde. Damit er versteht, was hier in Comporta vor sich geht, und er in Erwägung zieht, dass dir jemand den Mord anhängen will. Vor allem muss er über Ramirez und seine Machenschaften Bescheid wissen, über Américo Carvalho und über ihr Netzwerk. Der leitende Ermittler heißt Cardoso. Und er besitzt einen messerscharfen Verstand.«

Tomás hatte ihr aufmerksam zugehört. »War Cardoso dein Sub-Inspetor?«

»Ja, das war er.«

»Hast du ihm beigebracht, was du weißt?«

»Ich habe es versucht.«

Der Sergeant kehrte zurück, in der Hand einen Becher mit Wasser. Dora bedankte sich und trank ihn in einem Zug leer. Dann stand sie auf. »Ich muss los.«

»Fängt dein Cardoso den wahren Täter?« Tomás erhob sich ebenfalls und wollte sie zum Abschied umarmen.

Sie wich ihm und seiner Frage aus. »Dabei kann ich ihm nicht helfen.«

»Und du?«

»Ich versuche, deine Unschuld zu beweisen. Nicht mehr und nicht weniger.«

Der Sergeant begleitete Dora den Flur entlang zurück bis ins Foyer. Dort entdeckte sie Ramirez und den Polizisten Gomes. Dora hob das Kinn und durchquerte federnden Schrittes die Eingangshalle, die Augen stur geradeaus gerichtet. Dabei sprang ihr Pulsschlag an ihrem Hals auf und ab wie ein Flummi.

Gomes bemerkte sie und nahm sie ins Visier, wie sie aus dem Augenwinkel sehen konnte. Er neigte sich vor und flüsterte Ramirez etwas zu. Der zog die Augenbrauen zusammen und drehte ebenfalls den Kopf zu ihr.

Mist! Beim Pförtner konnten sie ihren Namen erfahren. Wenn sie den in die Suchmaschine ihres Handys eintippten, würden sie astreine Fotos von ihr als erfolgreiche Ermittlerin der PJ Lisboa finden.

Dora verließ das Polizeigebäude zügig, setzte die Sonnenbrille auf und passierte die Schranke. *Caramba.* Nun wussten Ramirez und sein Trio Bescheid, dass sie hier war – und sie ahnten, warum. Unter diesen Umständen würde es schwer werden, Nachforschungen anzustellen, die Beweise für Tomás' Unschuld zutage fördern könnten. Ramirez würde sie ab sofort von seinen drei Muskelbergen beobachten lassen. Sie musste vorsichtig sein und sich häufiger als erwartet vergewissern, dass ihr niemand folgte.

Zusätzlich waren während des Gespräches mit Tomás Zweifel an seiner Aufrichtigkeit in ihr aufgekeimt. Hatte er ihr wirklich alles über den gestrigen Tag gesagt, oder hielt er Informationen zurück? Sie rief sich seinen Gesichtsausdruck, seine Miene, seine Körperhaltung ins Gedächtnis. Das war nicht mehr der Tomás, den sie gekannt hatte, er wirkte fahrig und verbittert, war ihrem Blick ausgewichen. Hinter seiner »Ich mache, was ich will«-Maske witterte Dora Einsamkeit. Sie warf Zweifel und guten Willen in die Waagschale. Hatte sie zu voreilig zugestimmt, ihm zu helfen? Schließlich war sie gar nicht darauf vorbereitet gewesen, eines Tages wieder zu ermitteln. Noch dazu privat und aus einem emotionalen Impuls heraus, tadelte sie sich.

Dabei wartete zu Hause in Lissabon eine neue Ausstellung in einer renommierten Galerie auf sie, für die sie die Exponate noch fertigstellen musste.

Ja, sie sollte nach Hause fahren und nicht im Alentejo herumspazieren und als Nicht-mehr-Polizistin in alten Wunden herumstochern.

Und dann?, meldete sich ihr Gewissen. Rabenmutter werden und Tomás vergessen? Das hörte sich zwar verlockend an, aber Dora kannte sich besser. Gäbe sie auf, würde sie sich schäbig fühlen. Außerdem kitzelte sie die Herausforderung. Ungemein sogar. Sie sehnte sich richtiggehend nach einem Adrenalinkick.

Nach kurzem Fußmarsch erreichte sie die Seitenstraße, in der sie ihren Mustang abgestellt hatte. Zuerst sah sie einen golden lackierten Kleinwagen hinter ihrem Auto stehen, dann Cardoso. Er lehnte an der Motorhaube ihres Oldtimers, das Gesicht der Sonne zugewandt. Auf der Nase eine Sonnenbrille mit gelb getönten Spiegelgläsern. Dazu trug er ein eng anliegendes schwarzes T-Shirt, das seine schlanke Statur und die Muskeln an seinen Oberarmen unterstrich, eine Jeans und Slipper. Seine Finger schlugen irgendeinen Beat auf den Kotflügel, den nur er in seinem Kopf hörte. Es fehlte im Prinzip nur noch der *chewing gum*, und er wäre der perfekte Roadmovie-Partner gewesen. So wie früher. Als sie noch gemeinsam ermittelt hatten und Dora seine Chefin gewesen war. Vielleicht konnten sie es schaffen, auch im Fall Tomás Maia als Team zu agieren, wagte sie zu hoffen.

»Sérgio.«

»Dora.« Das Trommeln stoppte. »Du warst also bereits bei Tomás.« Seine Arme verschränkten sich vor der Brust. »Wozu hast du ihm geraten?«

Sie reckte das Gesicht nun auch gen Sonne. »Dir alles zu erzählen, damit du weißt, auf was du dich hier einlässt.«

»Könnte Senhora Monteiro freundlicherweise präzisieren?« Er klang sauer.

Kein Wunder. Sie besaß Heimvorteil und kannte die Schatten der Vergangenheit zwischen den Carvalhos und den Maias. Cardoso nicht. Zumindest noch nicht. »Hör zu, Sérgio. Das hier ist der Alentejo. Die Dinge funktionieren anders und die Leute auch. Die Polizisten denken, sie seien die Herren und alle anderen ihre Lakaien.«

Cardoso schnalzte mit der Zunge. »Die örtliche Brigade glaubt sogar, sie kann tun und lassen, was sie will. Stell dir vor, der Dienststellenleiter, Ramirez heißt er, und die Kollegen von der Spurensicherung aus Grândola sind doch tatsächlich ohne Schutzkleidung am Tatort herumstolziert. Ist das zu fassen?«

»Nein, wirklich?«

»Ramirez hat mich sogar nachgeäfft.«

»Er wollte sich aufspielen.«

Skeptisch blinzelte Cardoso sie über den Rand der Sonnenbrille hinweg an. »Von wegen! Er hat mich sogar ›Schwuchtel‹ genannt. Die wollen hier solche wie mich nicht.«

Die wollten niemand hierhaben, der nicht nach ihrer Pfeife tanzte, Fragen stellte und womöglich kausale Zusammenhänge rekonstruierte, wusste Dora. »Wieso begleitet Mendonça dich nicht? Warum ermittelst du allein?«

Cardoso lachte trocken. »Der Vorgesetzte Coordenador-superior meint, ich brauche keinen zusätzlichen Kollegen aus Lissabon, schließlich stehe mir Ramirez zur Verfügung.«

Was Dora von Mendonça hielt, wusste Cardoso. Deswegen ließ sie das Thema fallen und erzählte ihm von ihren Beobachtungen im Café. »Hier laufen einige Typen herum, die Leute von auswärts misstrauisch beäugen. Da sind zum Beispiel drei Polizisten. Drei Muskelberge namens Gomes, Ares und Moutinho. Die haben über dich geredet.«

»Pfff. Typisch Dora. Kaum bist du hier, weißt du gleich über alles Bescheid.« Sein Zeigefinger wedelte vor ihrer Nase herum. »Halte dich zurück. Ich meine es ernst.«

»Das habe ich zufällig aufgeschnappt«, flunkerte sie. »Manieren wollen sie dir beibringen, haben sie gesagt, weil du aus der großen Stadt kommst und hier Befehle erteilen willst.«

»Gomes, Ares und Moutinho, sagst du?«

Sie nickte.

»Merke ich mir. Wie geht es deinem wiederaufgetauchten Märchenprinzen?«

Von wegen Märchenprinz. »Schlecht. Er hat kein Alibi. Vor dir liegt ein Höllenritt. Du musst auf Tomás aufpassen, auf dich selbst und darauf, dass die hiesigen Kollegen Tomás keine falschen Beweise unterjubeln.«

»Du redest so, als wüsstest du, was als Nächstes passiert.«

»Hör dir an, was Tomás zu sagen hat.«

»Und was machst du, während ich mich um den Hauptverdächtigen kümmere?«

»Elektroscooter fahren.«

»Kennst du dich zufällig mit Pferden aus?«

»Nein.« Dass sie früher liebend gern geritten war, bedeutete noch lange nicht, dass sie sich mit Pferden *auskannte*. Es bedeutete lediglich, dass sie reiten konnte, aber das hatte er sie ja nicht gefragt.

»Wo finde ich dich?«, wollte er von ihr wissen.

Sie war in ihren Wagen eingestiegen. »Ich weiß nicht, wie lange ich bleibe.«

Cardoso nahm die Sonnenbrille ab, beugte sich vor und sah Dora durch das geöffnete Seitenfenster durchdringend an. Schweigend setzte er die Brille wieder auf und schlenderte in

Richtung Polizeistation davon. Er schien vollkommen entspannt. Wie ein Urlauber.

Im Rückspiegel sah Dora ihn winkend die Hand heben, bevor er um die Hausecke bog.

6

Comporta, gegen Mittag

Die Strecke über die N 261 führte mitten durch frisch gemähte Getreidefelder. Ingwergelb standen die geschnittenen Ähren da. Wo Mähdrescher dem Korn des Lebens den Garaus machten, wirbelte ein Staubteppich gen Horizont. Wo Traktoren die Erde unterpflügten, glänzte Ackerkrume im Sonnenlicht. Nirgends sonst im Alentejo leuchtete Muttererde so kräftig irdenrot wie in der Region von Grândola und schenkte den Menschen Arbeit und Brot. Das metergroße Hochglanzwerbeplakat am Straßenrand wirkte in dieser Idylle völlig fehl am Platz. Eine Immobilienfirma warb für eine ökologisch gebaute Ferienhaussiedlung mit anliegendem Yachthafen. Dora las im Vorbeifahren den Slogan: »Tróia for future. Investieren Sie in die Zukunft Ihrer Kinder.« Sie überlegte, wo auf der Halbinsel Tróia die Siedlung und der Hafen gebaut werden sollten. Vermutlich südlich vom Strandbad Tróia an der Blauen Küste.

Tja, so änderten sich die Zeiten. Fünfzig Jahre zuvor hätte sich niemand touristisch oder gar unternehmerisch für die Gegend rund um Grândola interessiert, in der lediglich Getreide, Korkeichen und Reis angebaut wurden. Die Landarbeit war zudem anstrengend und unterbezahlt gewesen. Niemand hatte hierherziehen wollen. Mitten in die Pampa am Sado. Sogar bis zur Autobahn fuhr man fast eine Stunde. Zwar lag Lissabon, seit es die Brücke Vasco da Gama gab, nur eineinhalb Stunden entfernt, doch zwischen der *capital* und dem Alentejo schien sich ein Zeitsprung von einem halben Jahrhundert Fortschritt aufzufalten. Lissabon war längst im dritten Jahrtausend angekommen, der Alentejo hingegen noch nicht.

In der größten Provinz des Landes hatten früher schon am wenigsten Menschen gelebt. Die Ebene rund um Grândola breitete sich durch die Serra de São Luís bis nach Odemira im Süden aus, ein bergiges Waldgebiet größer als Luxemburg. Eine völlig abgelegene Region, hätte es nicht die Fischerstadt Sines mit ihrem Industriehafen, den Raffinerien und dem Braunkohleabbau gegeben. Damals hatte noch niemand Urlaub an der inzwischen weltweit bekannten Costa Azul verbracht.

Heute war die Costa Azul, ein Eldorado für Wellenreiter, längst kein Geheimtipp mehr.

Dora fuhr bis nach Comporta, hielt dort in der Nähe der Pfarrkirche nach einem Parkplatz Ausschau und schlenderte schließlich über den Markt. Kleinbauern boten Obst und Gemüse feil. Beglückt von der Auswahl, kaufte Dora ein. Salat, Oliven, Tomaten, Orangen, Ofenbrot, Koriander, Knoblauch, Ziegenkäse, Olivenöl. Bei einem Muschelbauern wählte sie Venusmuscheln.

Den Platz mit seinen Geschäften hatte sie anders in Erinnerung. Bäuerlicher. Früher hatten die Läden Schrauben und Nägel einzeln verkauft. Saatgut und Tierfutter nach Gewicht. Es hatte Werkzeugmacher, Kesselflicker und Schuster gegeben. Einen Bäcker. Einen Metzger. Einen Zeitungskiosk, der auch Gasflaschen und Zigaretten verkauft hatte. Und einen Mini-Mercado, in dem man alles für den Haushaltsbedarf auf engstem Raum gestaut gefunden hatte.

Comporta hatte sich insgesamt verändert. Auch wenn es nicht gleich auffiel. Die Häuser rund um den Markt waren wie früher weiß gekälkt und hatten mächtige Schornsteine. Türen und Fensterrahmen waren blau und rot lackiert.

Nur wer genauer hinschaute, bemerkte die Veränderung. Türen und Fenster waren aus Kunststoff, nicht mehr aus Holz. Der Kopfstein war unter einer Schicht Teer verschwunden. Nirgends parkten mehr knatternde Dreiradmotorräder, Kleinwagen mit gedrosselter Geschwindigkeit, Traktoren oder Autos, die älter waren als Dora. Dafür Sportwagen, Elektroautos und Hybride. Die Händler auf dem Markt antworteten ihren Kunden auf Englisch. Radebrechend, aber immerhin.

Wo der Schraubenladen gewesen war, gab es nun ein Feinkostgeschäft, genannt »Loja Gourmet«. In der früheren Schusterwerkstatt wurden vegane Produkte angeboten, und niemand kümmerte sich mehr um geplatzte Nähte oder abgebrochene Absätze. Statt Schinkenspeck vom schwarzen Schwein gab es nun Sojawurst.

Vielleicht wächst ja längst auch im Alentejo Soja, dachte Dora, aber in dem Moment, in dem sie mit ihrer vollgepackten Einkaufstasche Mários Zauberkneipe »Espelunca mágica« betrat, lösten sich ihre Grübeleien in Wohlgefallen auf. Die Schenke sah noch genauso aus wie früher. Krimskrams überall. Fotos und Postkarten von Gästen aus aller Welt waren an die Wände gepinnt. Von der Decke baumelten Fischernetze, Reusen und Aalfallen. Bücher noch und nöcher lagen gestapelt in Regalen und auf Fensterbänken. Dora blieb in der Nähe der Tür stehen. Sie war lange nicht hier gewesen. Ob Mário und Ana sie überhaupt erkennen würden? Regungslos in die Ecke neben den Eingang gedrängt, beobachtete sie das Geschehen und lauschte dem Thekengespräch.

Mário Ramalho stand mit umgebundener Schürze hinter der Theke und zapfte Bier. Seine Locken waren inzwischen grau meliert. Der Bauch war runder geworden, aber es war immer noch derselbe Mário, der seinen Gästen gerade erklärte, warum es eben nicht gut war, eine Feriensiedlung mit Yachthafen anstelle des Stelzensteges in die Marsch zu bauen.

Dora schmunzelte. Schon damals hatte Mário über das Tagesgeschehen besser Bescheid gewusst als die meisten Dorfbewohner. Außerdem wusste sie nun, wo die angepriesenen Ökohäuser und der Hafen gebaut werden sollten.

»Wenn die Baugesellschaft uns einen Yachthafen vor die Nase setzt, verlieren unsere Fischer ihre Existenz, die schließlich auf Unabhängigkeit aufbaut. Versteht ihr Ziegenböcke das denn nicht? Unsere Großväter haben sich als Fischer verdingt, um sich von Fronarbeit zu befreien.« Mário referierte in einem fort, während er Tulpengläser befüllte.

Ein Gast meldete Zweifel an. »Nicht alles, was modern ist,

muss man gleich verteufeln. Auf dem Bau verdiene ich dreimal besser als mein Vater mit dem Fischkutter.«

Mário stellte das Glas ab und drehte den Zapfhahn zu, dann hob er beide Arme. »Es geht um das, was wir durch das geplante Bauprojekt als Gemeinschaft im Marschland aufgeben.« Die Gäste lachten, und einer meinte versöhnlich: »Ach, Mário. Das kumpelhafte Modell des *compadre* ist doch längst ausgestorben. Heute denkt jeder nur noch an sich. Gemeinschaft. *Pá!* Die findest du höchstens noch in der Ehe.«

Unvermittelt tauchte Mários Schwester Ana neben Dora auf der Schwelle am Eingang auf. Sie blieb abrupt stehen und rief: »Nein! Das ist ja eine Überraschung. Dora, bist du es wirklich?«

Erst jetzt bemerkte auch Mário sie und kam freudestrahlend hinter seiner Theke hervor.

Ana und Mário umarmten Dora abwechselnd und drückten sich *beijinhos* zur Begrüßung auf beide Wangen.

»Ja. Ich bin es.« Was sollte sie sonst sagen? Es war gewöhnungsbedürftig, der eigenen Erinnerung und den Menschen darin derart geballt wiederzubegegnen. Schließlich waren Ana und Dora Herzensfreundinnen gewesen, *amigas do coração*.

Sie umarmten sich noch einmal, dieses Mal noch fester.

»*Aloha, menina*«, sagten sie gleichzeitig und prusteten los.

Es wärmte Dora das Gemüt, so herzlich begrüßt zu werden. Obwohl sie all die Jahre nicht einmal daran gedacht hatte, einen Ausflug hierher zu unternehmen. Sie hätte anrufen können. Oder den beiden eine Nachricht via soziale Medien schicken. Nichts davon hatte sie getan.

Dora folgte Ana in die Küche. Dort setzten sie sich an den Ecktisch und steckten die Köpfe zusammen.

Aus dem blassen, schmalbrüstigen Mädchen mit Zopf war eine gestandene Frau mit frechem Kurzhaarschnitt geworden. Dora hörte von Anas Mann, ihrer Ehe und ihren süßen *pestinhas*, den »Nervensägen«, wie sie ihre drei Töchter liebevoll nannte. Ana hatte sogar auf der Herdade Carvalho im Büro gearbeitet, aber nur kurz, sagte sie. »Américo Carvalho hat mich ständig herumkommandiert, als sei ich ein dummes Ding, das habe ich mir nur einen Monat lang gefallen lassen. Die Überheblichkeit der Carvalhos ist nicht zum Aushalten. Außerdem mögen sie keine Fremden. Dabei brauchen wir die ausländischen Arbeiter für die Landwirtschaft und für die Urlauber. Die jungen Leute, die hier wohnen, reichen nicht für den hiesigen Arbeitsmarkt. Überall wird nach Mitarbeitern gesucht.«

Dora berichtete von ihrem Polizeidienst, von ihrer Karriere bis zur Inspetora-Chefe, vom Schlussakkord nach ihrem letzten Mordfall in der Igreja de São Miguel in Lissabon und dass sie jetzt als Künstlerin arbeite.

Ana rief begeistert:»Dora! Wie schön! Malen war damals schon dein Steckenpferd. Deine Bilder sind so wunderbar poetisch gewesen. Weißt du noch – das Porträt von mir, das du am Strand gemalt hast? Mein Gott, wie jung wir waren, wie lang das alles her ist. Es hängt jedenfalls seitdem im Wohnzimmer. Ach, wie oft schaue ich es an und frage mich, was aus dir geworden ist. Und ob ich dich je wiedersehe. Jetzt sitzt du vor mir. Höre ich mich schrullig an?«

Dora kicherte.»Aber nein.« An das Porträt und daran, dass sie in den Ferien in Comporta viel gemalt hatte, hatte sie gar nicht mehr gedacht. Dass Ana das Bild all die Jahre aufbewahrt hatte, rührte sie.

Mário kam in die Küche und legte Dora einen Schlüssel hin.»Wir wissen natürlich, was passiert ist. Mit Gustavo. Dass Tomás deswegen verhaftet worden ist, hat sich gestern Nacht schon herumgesprochen. Ana hat sofort gemeint, Dora kommt und hilft ihm. Jetzt bist du leibhaftig da. Nimmst du den Scooter mit?«

Dora staunte. Was Mário sagte, hörte sich ganz danach an, als seien nur ein paar Tage seit ihrem letzten Zusammentreffen vergangen und nicht zwei Jahrzehnte. Irgendwie fühlte es sich auch genauso an wie damals. Die Kneipe, Mário, Ana, die Fischer an der Theke. Sie nahm den Schlüssel und steckte ihn ein.

»Ana hat richtig vermutet. Ich bin hier, um zu helfen. Ja,

den Scooter nehme ich mit, aber erst später. Sagt mal, der Streit gestern zwischen Tomás und Gustavo. Was ist da passiert?« Mário blies die Wangen auf. »Wie verrückt gewordene Gockel sind die beiden aufeinander losgegangen. Wie früher. Angefangen hat Gustavo. Er hat Tomás einen Ziegenbock genannt, einen Clown, einen Versager. Tomás hat Gustavo von sich weggestoßen und ihn einen faschistischen Speichellecker geschimpft, der von seinem eigenen Vater gegängelt wird. Danach wurde Gustavo handgreiflich, und Tomás hat ausgeholt, aber den Schwinger habe ich abgefangen, und mit Hilfe zweier Fischer konnte ich die beiden trennen, bevor die Situation eskaliert ist. Hätte mir gerade noch gefehlt, dass Ramirez und sein Dreiergespann hier aufgetaucht wären. Sie sind später trotzdem gekommen, aber da war Tomás längst weg.«

»Weißt du noch, wann er gegangen ist?«

Mário zuckte mit den Schultern. »Es war schon dunkel. Das muss nach zehn gewesen sein.«

Ana mischte sich ein. »Kannst du Tomás denn helfen, obwohl du gar keine Polizistin mehr bist?«

»Allein schaffe ich es nicht. Es gibt bestimmt eine Menge mögliche Motive für den Mord und mindestens genauso viele Leute, die Gustavo lieber tot …« Dora brach den Satz ab, weil sie sah, dass ein Gast den Schankraum betrat. Er trug einen kurz getrimmten Schnurrbart und hatte ein Jagdgewehr geschultert. Sie erkannte ihn sofort wieder. Es war der Typ, der sie beim Ausspionieren an der Korkeiche erwischt hatte.

Mário verließ die Küche und beeilte sich, ihn zu bedienen. »Ricardo, *bom dia*, was darf es sein?«

»Pedras-Mineralwasser, raumtemperiert.« Ricardo sah Dora in der Küche sitzen.

Sie grüßte ihn forsch mit »*Olá*«.

Ana beugte sich über den Tisch. »Das ist Ricardo Mendes. Der neue Gutsverwalter auf der Herdade Carvalho, aber er ist nicht von hier.«

Dora scannte Ricardo. War er eher Freund oder Feind? Stand er im Carvalho-Ramirez-Lager? Er war nicht von hier, also konnte er nur wenig über die schmutzige Wäsche zwischen den Maias und den Carvalhos wissen. Jedenfalls ein stattlicher Typ, gestand Dora sich ein und erwischte sich dabei, dass sie ihn von der Seite von oben bis unten betrachtete. Abrupt stand sie auf. »Ich muss los«, sagte sie zu Ana, drückte ihr beide Hände und verließ die Küche.

Mário rief ihr zu: »Kommst du morgen zur Demo in Tróia?«

»Was für eine Demo?«

»Na, wir protestieren gegen das Bauprojekt.«

»Du meinst dieses Ökobauprojekt?«

»Öko oder nicht öko – wir sind dagegen. Durch Tomás kennen wir überhaupt erst das Ausmaß. Das wird ja eine halbe Stadt. Den Stelzensteg in Carrasqueira wollen die Bauträger auch abreißen, eine Straße mitten durch die Marsch bauen.« Mário tippte sich mit dem Zeigefinger an die Schläfe.

Dora stand jetzt dicht neben Ricardo an der Theke. »Kommst du auch zur Demo, Ricardo?«

Ricardo verzog keine Miene, doch in seinen Augen tanzte wieder dieses amüsierte Teufelchen wie schon bei ihrer ersten Begegnung. »Wenn du kommst, bin ich auch dabei«, antwortete er, trank den Rest Mineralwasser aus, legte die abgezählten Münzen für sein Getränk auf den Tresen und verließ die Kneipe.

»Na, bei dem hast du ja mächtig eingeschlagen.« Ana knuffte Dora neckend in die Seite.

»Blödsinn«, murmelte Dora. »Ich muss jetzt wirklich los.«

**

Zurück in der Fischerhütte, machte Dora etwas, das sie in ihrer Wohnung in Lissabon nur selten tat: Sie kochte.

Sie breitete ihre Einkäufe auf dem Küchentisch aus und versenkte die Nase in dem Koriandersträußchen. Der Knoblauch roch kräftig, die Tomaten versprachen saftige Süße, und die Muscheln verströmten das unvergleichbare Aroma des Atlantiks. Während sie Salatblätter in Stücke zupfte und Tomaten würfelte, summte sie ein Lied ihrer Vorfahren. Es war ein Volkslied der Kapverden, das die Sehnsucht besang.

Mit dem Handballen zerquetschte sie Knoblauchzehen auf dem Schneidebrett und gab sie in das Olivenöl, das sie in einem Topf auf kleiner Gasflamme erwärmt hatte. Die Venusmuscheln wusch sie behutsam unter klarem Wasser ab und breitete sie in der Kasserolle aus. Anschließend schnitt sie den Koriander fein und streute die Hälfte über die Muscheln. Bedeckt simmerten die Muscheln vor sich hin. Den Tomatensalat würzte Dora mit Meersalz und Olivenöl. Dazu schnitt sie eine dicke Scheibe Ofenbrot ab und deckte draußen auf der Veranda den Tisch. Vom Zitronenbaum im Garten pflückte sie eine reife Zitrone und presste den Saft über die Muscheln und in den Salat.

Aus dem Holzfass neben dem Küchenbüfett zapfte sie ein Glas Rotwein und schnupperte daran. Er roch süffig aromatisch. Sie probierte einen Schluck. Er mundete, wie ein ordentlicher Wein aus dem Alentejo schmecken sollte. Nach Sonne, nach Erde, nach Holz.

In der Pfanne klapperte es munter vor sich hin. Die Muscheln öffneten sich. Dora streute den Rest Koriander ein, stellte den Herd aus, nahm Topf, Salatschüssel, Brot und Weinglas mit und setzte sich unter die Bougainvilleen auf der Terrasse. Mit Appetit aß sie die Muscheln mit den Fingern, tunkte Brotstücke in den köstlichen Sud und genoss ihren Salat dazu. Die Amêijoas à bulhão pato waren ihr vorzüglich gelungen. Das Gericht war nach einem Poeten benannt, der für sein Leben gern Venusmuscheln mit Koriander gegessen hatte. Nicht einmal im Kultlokal »Solar dos Presuntos« in Lissabon kochten sie Amêijoas besser. Der Rotwein, der vermutlich von Tomás' Cousin aus Reguengos de Monsaraz im unteren Alentejo stammte, wärmte Dora die Kehle und den Magen.

Immer mehr Muschelschalen türmten sich auf ihrem Teller, das Brot war aufgegessen, das zweite Glas Rotwein getrunken. Dora rülpste zufrieden und deckte den Tisch ab. Sie wusch das Geschirr ab, räumte es in das Küchenbüfett und brühte Kaffee auf. Das grob gemahlene Pulver dafür fand sie in einer Dose auf dem Regal über dem Herd. Dazu wollte sie sich einen Zigarillo und ein Telefonat mit ihrem Großvater Maurice gönnen, der aller Wahrscheinlichkeit nach schon in ihrer Wohnung gewesen war. Er besuchte sie fast jeden Tag und dürfte bereits bemerkt haben, dass sie verreist war.

Beim zweiten Freizeichen nahm Maurice ab.

»Erbarmst du dich meiner und verrätst mir, wo du bist?«, fragte er.

Dora lächelte. »Wie geht es den Frischvermählten?«

Maurice lachte trocken. »Sie vermählen sich.«

»Bist du noch in meiner Wohnung?«

»Nein. Ich bin schon wieder zu Hause und esse mit deiner Großmutter zu Mittag. Natürlich Sardinen.«

Was sonst?, dachte Dora und paffte an ihrem Zigarillo. Ganz Lissabon aß rund um Santo António nichts als Sardinen.

»Gibt es Paprikasalat dazu?«

»Unbedingt. Und du, Kind? Hast du schon etwas gegessen?«

»Ich habe sogar gekocht.«

»Nein!«

»Doch. Hör mal, *avôzinho*, ich bin in Carrasqueira. Tomás hat mich gestern spätnachts angerufen und um Hilfe gebeten.«

»Tomás?« Maurice' Stimme kletterte die Tonleiter hinauf. »Sprechen wir etwa über *den* Tomás, der dich zuerst in seinen verqueren Rachefeldzug gegen die Carvalhos mit hineingezogen hat und dann auf Nimmerwiedersehen abgehauen ist?«

Dora wusste, es klang widersinnig. »Er wird des Mordes verdächtigt und sitzt seit gestern Nacht in Untersuchungshaft.«

»Wen soll er abgemurkst haben?«

»Gustavo.«

»Tzz. Wen sonst. Glaubst du an verspätete Rache?«

»Ich weiß nicht, was ich glauben soll.«

»Hast du ihn schon im Untersuchungsgefängnis besucht?«

»Habe ich.«

»Wie hat sich das angefühlt?«

Sie presste die Unterlippe gegen ihre Schneidezähne. »Unvorbereitet.«

»Aha.«

Am Gartenzaun tauchte eine Elster auf, eine zweite gesellte sich dazu, und sie fingen einen Streit an. »Ich weiß nicht, ob ich es schaffen kann, ihm zu helfen, *avôzinho*.«

»Willst du es denn?«

Eine Weile sagten beide nichts. Dora beobachtete die Elstern und dachte an ihr Rabenpaar. Plötzlich verspürte sie unglaubliches Heimweh. »Niemand will alleingelassen werden.«

Maurice seufzte, als suche er noch nach den richtigen Worten. Die er immer fand. So auch jetzt. »Manchmal, Kind, ist man mehr Freund als sonst. Was dich hinterher erwartet, weiß keiner. Die Frage lautet demnach nicht: Ist Tomás noch immer dein Freund? Sondern sie lautet: Bist du seiner?«

»Es hat schon einmal wehgetan.«

»Dann weißt du ja, wie es sich anfühlen wird.« Seine Stimme berührte sie wie eine Liebkosung.

»Ich lege jetzt auf.«

»Ich weiß.«

Dora trank den mittlerweile bloß noch lauwarmen Kaffee aus und versenkte den aufgerauchten Zigarillo in einer Dose voll mit Sand. Auf der Terrasse machte sie es sich in der Hängematte bequem, schaukelte noch eine Weile mit dem Mobiltelefon auf dem Bauch hin und her, beobachtete, wie die Elstern im Garten umherhüpften, und schlief darüber ein.

Sie träumte von riesigen Muscheln, nach denen sie tauchte, und davon, Tomás an der Korkeiche zu treffen, von der ihnen ein Toter entgegenglotzte. Allerdings war der Gehenkte nicht Gustavo, sondern Ramirez. Um ihn herum standen die drei Polizisten Ares, Moutinho und Gomes. In Zeitlupe drehten sie sich zu Dora und Tomás um. Doch ihre Gesichter waren verschwunden. Sie sahen aus wie Affen mit langen Bärten, knurrten böse und kamen auf allen vieren auf sie zu, als unverhofft Ana erschien, im Arm einen Korb mit frischen Erdbeeren, die sich in Aale verwandelten. Als Nächstes erschien *o patrão* und drohte:»Dich kriege ich auch noch.« Das Klingeln eines Mobiltelefons ließ sie aufschrecken. Ihr Telefon war es nicht. Das spielte bei einem Anruf das Carmina-Burana-Thema »Fortuna Imperatrix«. Was Dora hörte, war Beethovens »Für Elise«. Schlaftrunken rollte sie aus der Hängematte und lauschte. Das Klingeln kam aus der Stube. Barfuß stakste sie durch die Küche. Das Handy lag auf einem Querbalken im Giebel. Sie rückte einen Stuhl heran, stieg auf die Sitzfläche und tastete auf dem rauen Holz umher, bis ihre Finger das Handy fanden. Das Klingeln hatte inzwischen aufgehört.

Dora drückte auf die Starttaste. Ein Delphin erschien auf dem Display. Das Telefon war passwortgeschützt. Natürlich. Vielleicht zusätzlich biometrisch gesichert. Sie legte es auf den Küchentisch. Es war ein nagelneues Smartphone. Emília hatte es bestimmt nicht gehört. Ergo gehörte es Tomás. Aber er hatte ihr kein Wort davon gesagt. Hatte er es vergessen – oder vor ihr verheimlicht? Oder war das gar nicht die richtige Frage? Ihr Zeigefinger schubste das Handy an. Lautete die eher, warum es auf dem Querbalken versteckt gelegen hatte? War darin etwas verborgen, was Tomás korrumpieren könnte? Das wollte sie herausfinden. Am liebsten sofort. Aber um das Passwort zu entschlüsseln, benötigte sie Hilfe von ihrem Bekannten, dem Schweizer IT-Spezialisten Romain. Doch Romain war in Lissabon und sie eine Galaxie weit entfernt im Alentejo in Carrasqueira.

Sie schnalzte mit der Zunge. Ihr war etwas eingefallen, und sie zog die Bestecklade unter der Tischplatte auf, wo sie fand, wonach sie suchte. Eine Stecknadel. Die führte sie in das winzige Loch am Kartenschlitz ein, öffnete ihn und fummelte die Memorykarte heraus. Das Gleiche wiederholte sie mit ihrem Handy und tauschte ihre gegen Tomás' Karte aus. Ungeduldig öffnete sie das Menü in ihrem Telefon, klickte auf »Dateien« und dann auf »SD-Karte«.

»Ha!« Der Kartenspeicher bot Dora Ordner mit Fotoalben und Musiksammlungen an. Nichts sonst. Keinen Mailordner, kein einziges Dokument. Wonach sie fahndete, war in Tomás' Smartphone im internen Speicher abgelegt, und da kam sie momentan nicht dran. *Caramba!* Ihre Faust landete auf dem Tisch. Aus Wut auf Tomás, der anscheinend ein doppeltes Spiel mit ihr spielte. Was hielt er noch alles vor ihr geheim?

Sie sah sich suchend um. Es sah nicht danach aus, als ob hier ein junger, alleinstehender Meeresbiologe wohnte. Es gab keinen Fernsehapparat, keinen Laptop. Ein Meeresbiologe brauchte für seine Arbeit aber bestimmt einen PC, und zwar ein Hochleistungsgerät mit hoher Grafikauflösung. Eine unterwassertaugliche Kamera. Eine Taucherausrüstung sowieso, Sauerstoffflaschen, einen Neoprenanzug, Flossen, eine Taucherbrille. In Emílias Hütte befand sich jedoch nichts von alldem. »Tomás wohnt woanders. Hat er etwa vergessen, mir das zu sagen?« Sie stellte die Frage laut dem halb leeren Raum und erschrak.

Sein Handy klingelte ein zweites Mal. Mit einem Satz war Dora am Tisch und hob es hoch. Auf dem Display erschien eine Nummer ohne Namen. Dora drückte auf »Anruf annehmen«. »Wer spricht?«

»Du weißt genau, wer spricht.« Eine Anruferin. Sie klang wütend. »Du warst gestern Abend sturzbetrunken.«

Dora glaubte sich verhört zu haben. Es hatte doch noch eine Begegnung in der Mordnacht gegeben? Darüber wollte sie mehr wissen.

»Hören Sie bitte zu. Tomás sitzt seit gestern Nacht in Untersuchungshaft. Ich bin Dora Monteiro und versuche, ihm zu helfen. Wann können wir uns treffen?«

Die Frau am anderen Ende schwieg. Dora hörte sie atmen, dann legte sie auf. Der Bildschirm wurde dunkel. Die Nummer verschwand. Bislang wusste Dora sicher, dass der gestrige Abend mit einem Streit zwischen Tomás und Gustavo begonnen und mit dem Mord an Gustavo geendet hatte. Dazwischen hatte Tomás gegen zehn Uhr die »Espelunca mágica« in Comporta verlassen, war zu Fuß durch die Dünenmarsch zu Paulas »Tasca Central« in Carrasqueira gegangen und hatte sich dort – vielleicht – mit der unbekannten Anruferin getroffen. Sie könnte Tomás möglicherweise ein Alibi verschaffen. Oder ihn belasten. Das würde erklären, warum Tomás die Begegnung verschwiegen hatte. Dora musste die Anruferin finden und wollte Ana bitten, ihr dabei zu helfen. So wie es in ländlichen Gegenden üblich war, kannte Ana schließlich alle im Dorf und deren Verhältnisse untereinander. Sie wusste bestimmt Bescheid, ob Tomás eine Freundin hatte – und wenn ja, wer sie war.

Entschlossen steckte Dora beide Mobiltelefone in ihre Handtasche und machte sich zu Fuß auf den Weg nach Comporta.

Sie folgte demselben Pfad, den Tomás am Abend zuvor gegangen sein musste. Die Strecke führte durch die Marsch am Meerbusen entlang und weiter zum Fischerhafen von Carrasqueira mit seinem Stelzenpier.

Es war noch immer brütend heiß. Die See in der Bucht von Setúbal dampfte. Der Horizont flimmerte. Seehaferbüsche standen welk und vertrocknet am Wegesrand. Strandiris ließen ihre weißen und lilafarbenen Blütenköpfe müde hängen. Dem Ginster waren längst alle gelben Blüten abgefallen. Queller lagen büschelweise flach im Sand, rotbraun ausgedörrt wie zertretene Regenwürmer mit Sonnenbrand.

Dora machte die drückende Luft nichts aus, sie liebte die Hitze und schritt zügig voran.

Hinter der nächsten Kurve befanden sich der Fischerhafen und sein Cais Palafítico, der dem umstrittenen Bauprojekt offenbar demnächst zum Opfer fallen sollte. Abertausende Stöcke, Balken, Kanthölzer und Rohrschilfstängel steckten dicht aneinandergedrängt vertikal im Schlick, zusammengebunden mit Draht, Stricken und Hanf. So war im Laufe der Jahrzehnte ein wackliges, aber stabiles Labyrinth auf Stelzen gewachsen.

Über uneben verlegte Bohlenbretter leitete der Steg die Fischer vom Ufer bis zu ihren Booten, die an dem abstrakten Gebilde vertäut lagen. Abenteuerlich zusammengezimmerte Hütten verliehen dem Pier zusätzlich ein sehr eigenwilliges, beinahe schon exotisches Flair. Trittsicher musste man auf jeden Fall sein. Bei Ebbe außerdem schwindelfrei, denn man balancierte gut und gern drei Meter über dem schmatzenden Watt entlang. Dora legte eine Hand an die Stirn. Das Meer hatte sich in den Meerbusen zurückgezogen, beinahe einen Kilometer weit vom Ufer Richtung Sado-Mündung. Die Fischerboote lagen alle seitlich gekippt mit dem Kiel im Schlamm. Mückenschwärme tanzten über den Prielen, die die Hafenbucht kapillarartig durchzogen. Silberreiher stolzierten umher und pickten nach Leckerbissen.

Dora blieb am Stelzenpier stehen und inspizierte eine Tafel mit Landkarte. Darauf waren Wanderwege eingezeichnet, Aussichtspunkte zur Vogelbeobachtung, eine Legende erklärte die heimische Flora und Fauna. Das abgebildete Gelände war an einigen Stellen durchweg schraffiert.

»Natur- und Wasserschutzgebiet, gefördert mit EU-Mitteln«, las Dora. Irgendetwas störte sie an der gekennzeichneten Fläche. Aber was? Sie holte ihr Handy aus der Tasche und fotografierte die Karte.

Danach lief sie weiter und erreichte bald Comporta und Mários Zauberspelunke, in der jetzt die Klimaanlage surrte. Im Fernseher flimmerte ein Fußballspiel. An der Theke standen Fischer und Handwerker, Landarbeiter und ein paar Schwerenöter, alle mit Bierflasche in der einen und irgendetwas zum Essen in der anderen Hand, und konzentrierten sich auf das Spiel rund um den Ball.

Dora schnupperte Gesottenes.

Mário briet Fleisch auf einer Grillplatte. »*Olá*, da bist du ja schon wieder«, rief er ihr über die Schulter zu.

Sie lachte. »Ich habe die Abkürzung durch die Marsch genommen«, sagte sie und ging an ihm vorbei in die Küche. »Hallo, Ana.«

Ana stand am Herd und widmete sich den Kochtöpfen.

»Das ging ja flott. Hast du Hunger?«

Dora verneinte. »Ich habe einen Berg Venusmuscheln vertilgt.«

»Was hast du nachher noch vor?«

»An den Strand fahren. Ich muss nachdenken.«

Ana rührte in den Töpfen und Pfannen. Sie hatte eine Schürze umgebunden und ihre Haare unter einer Kochmütze versteckt. »Klingt kompliziert.«

Dora hätte sehr gerne zustimmend geseufzt, doch sie fragte Ana stattdessen aus. »Sag mal, hat Tomás eine Freundin?«

Ana schob die Unterlippe vor. »Falls du Clara meinst, das ist nicht seine Freundin. Sie kämpft für unsere Sache.«

Dora setzte sich an den Tisch. »Du meinst, sie protestiert mit Tomás gegen die geplante Feriensiedlung und gegen den Abriss des Stelzenhafens?«

Ana stellte vier Teller auf den Rand des Ofens und richtete Fischpfannküchlein und Tomatenreis darauf an. »Clara kümmert sich um Plakate und darum, dass alle, die mit uns marschieren wollen, Bescheid wissen, wann und wo man sich trifft.«

»In einem Verein?«

»Genau, die ›Rettet Carrasqueira‹-Bewegung.«

Dora stibitzte Pommes frites von einer Platte auf dem Tisch, schob sich gleich mehrere auf einmal in den Mund und redete munter weiter. »Tomás ist auch in dem Verein?«

Ana stellte die gefüllten Teller auf die Durchreiche zum Gastraum und drückte die Klingel als Zeichen für Mário, das Essen abzuholen. »Genau wie ich. Mário ist auch Mitglied. Und im Vorstand.«

Dora kribbelten hundert Fragen über den Verein auf der Zunge, doch sie hielt sich zurück und wollte scheinbar beiläufig wissen: »Wohnt Clara in der Nähe?«

Ana schälte nun in Hochgeschwindigkeit Kartoffeln und schnitt sie in Stäbchen. »Clara ist meine Großcousine.«

»Ach was. Der Wonneproppen, mit dem ich damals ›Hoppe, hoppe, Reiter‹ gespielt habe?«

»Genau. Clarazinha.«

»Kann ich mit ihr sprechen?«

»Wieso denn das?«

Bildete sie sich das nur ein, oder schwang in Anas Stimme Skepsis mit? »Ich möchte wissen, wann und wo sie Tomás gestern getroffen hat.«

Ana ließ das Schälmesser sinken. »Ich telefoniere nachher mit ihr und bitte sie hierherzukommen. Sie arbeitet immer bis neun.«

Dora wäre es zwar lieber gewesen, wenn Ana ihre Cousine sofort angerufen hätte, aber sie zwang sich zur Geduld. In der Zwischenzeit wollte sie zum Strand gehen. Das Meer anschauen. Und in Ruhe über Tomás und sein Verhalten nachdenken. »Wo steht denn der Scooter?«

»Im Hof.« Ana wies zur Hintertür.

Dora verabschiedete sich. »Bis nachher. Um neun bin ich wieder da.«

Gänzlich ohne Motorgeräusch unterwegs zu sein gefiel ihr. Gleichwohl konnte Dora das leise Dahingleiten nicht genießen, denn auf der N 253-1 zwischen Comporta und Tróia herrschte reger Verkehr. Neben dem Schild, das in die Richtung der Praia da Comporta wies, lachte ihr schon wieder die Werbefamilie für das Ökobauprojekt »Tróia for future«, gegen das die Leute in Comporta und Carrasqueira demonstrieren wollten, von einem mehrere Meter großen Plakat entgegen.

Dora setzte den Blinker und bog links von der Hauptstraße ab. Hier sollten demnächst ökologische Ferienhäuser gebaut werden? Sie bremste scharf. Das Hinterrad rutschte weg. Dora verlor die Balance, schaukelte hin und her und fiel samt Scooter in den Sand.

Sie rappelte sich auf, klopfte den Staub von ihren Beinen und Armen und wischte mit Spucke eine kleine Hautabschürfung am rechten Ellbogen sauber. Den Scooter ließ sie liegen, nahm den Helm ab und legte ihn auf den Boden. Mit ihrer Handtasche über der Schulter lief sie bis zu dem Plakat zurück.

An dieser Stelle hatte früher ein anderes Schild gestanden, erinnerte sie sich. Eine verwitterte Blechtafel, die aus der Zeit vor der Nelkenrevolution stammte und auch danach nicht abgebaut worden war. Eine vollbusige Blondine mit grellrot geschminktem Mund war darauf abgebildet gewesen. Eine staatliche Bauträgerfirma hatte damals mit dem Bau von Luxusvillen mit Privatstrand geworben. Und zwar zwischen Comporta und Tróia.

Die Villen standen heute rund um einen Golfplatz mit Aussicht auf den Atlantik. Es hieß, dass sich vor allem amerikanische Millionäre am Strand von Tróia *property* gekauft hätten. Für sie und andere Vermögende aus aller Welt war schon während der Diktatur an der Spitze der Halbinsel ein Strandbad mit Luxusferienparadies erbaut worden. Mit Spielcasino à la Monte Carlo, Golfplatz, exotischen Parkanlagen, Yachthafen und Hubschrauberlandeplatz.

Das Blechschild von damals war weg. Stattdessen warb nun eine Immobilienfirma für ein neues Projekt. Jetzt wusste Dora, was sie auf der Tafel am Stelzenhafen gestört hatte. Das geplante Bauland breitete sich in der Dünenmarsch zwischen Comporta und Carrasqueira aus. Es lag in dem mit EU-Mitteln geförderten Naturschutzgebiet an der Mündung des Sado – und gleichzeitig auf dem Privatbesitz der Carvalhos.

Sollte sich hinter Gustavos Mord womöglich etwas ganz anderes verbergen? Ein Korruptionsskandal zum Beispiel? Schließlich durfte in einem Naturschutzgebiet gar nicht gebaut werden, schon gar nicht eine halbe Stadt. Öko hin, öko her. Dora fotografierte mit ihrem Handy den Bauplan, schlenderte zurück zum Scooter, hievte ihn hoch, behielt den Helm am Arm und rollerte weiter bis zum Parkplatz am Strand. Dort bockte sie das Gefährt auf, zog die Schuhe aus und lief zum Wasser.

Die auslaufende Gischt kitzelte zwischen den Zehen. Die Luft schmeckte nach Algen und nach Salz. Sollte hier tatsächlich gebaut werden, verschwände das blaue Paradies unter Beton und Teer. Straßen würden durch die aufgetürmten Dünen pflügen und alles Ursprüngliche unter sich begraben. Doras Puls beschleunigte sich. Musste der Mensch die Natur wirklich überall mit Gewalt zurückdrängen?

Als hätte er ihre Gedanken gehört, kreiste plötzlich ein Seeadler direkt vor ihr über den heranbrandenden Wogen. Wie erhaben er wirkte. Losgelöst und frei, unwissend, dass sein Lebensraum in Gefahr war. Dora kniete sich in den Sand, griff nach ihm und ließ ihn durch ihre geschlossenen Fäuste rieseln. Die Zeit verschwand darin, stellte sie sich vor, und mit ihr die Schönheit des Vergänglichen. Sie konnte Tomás immer besser verstehen, dass er dafür kämpfen wollte, dass das nicht geschah. Es musste sich gut anfühlen, für etwas zu kämpfen. Wie lange war es her, dass sie das getan hatte? Zuletzt in ihrem letzten Fall. Nun bot sich ihr die Chance, für Carrasqueira zu kämpfen. Sich für etwas einzusetzen, wovon sie ganz und gar überzeugt war, tat gut, erinnerte sie sich. Verdammt gut sogar. Besonders wenn es anderen half.

Falls es einen Zusammenhang zwischen dem geplanten Bauprojekt, Gustavo und Tomás geben sollte, wollte sie ihn aufdecken. Falls es eine Verbindung zwischen dem Tod von Tomás' Vater und dem Mord an Gustavo gab, wollte sie diese aufspüren. Falls Américo Carvalho hinter alldem steckte, wollte Dora ihn zur Strecke bringen. Vor allem aber wollte sie Tomás' Unschuld beweisen.

In dem Moment landete der Seeadler kaum drei Meter von ihr entfernt im Sand, neigte den Kopf zur Seite und spähte zu ihr herüber, fast so, als wollte er sagen: ein guter Plan.

7

Comporta, Sonnenuntergang

Als Dora mit dem Elektroscooter den Hinterhof der Zauberspelunke erreichte und in die Küche eintrat, wischte Ana gerade den Herd sauber. »*Olá*, Dora.« Ana wies Richtung Tür zum Gastraum. »Das ist meine Cousine Clara und Tomás' Freundin aus unserem Verein ›Rettet Carrasqueira‹.« Clara saß breitbeinig auf einem Stuhl, beide Arme fest vor der Brust verschränkt. Sie trug ein T-Shirt mit Batikdesign, einen Leinenrock und Franziskaner-Sandalen, ihre Rastalocken hatte sie zu einem Zopf zusammengebunden. Aus dem Baby von damals war eine junge Frau geworden. »*Olá*, Clara. Ich bin Dora. Eine alte Jugendfreundin von Tomás. Und dich kenne ich noch als Baby.« Clara zog eine Schnute. »Und was willst du von mir?« Die Stimme kannte Dora schon, es war tatsächlich die der Anruferin auf Tomás' Handy. »Bisschen freundlicher könntest du ruhig sein, Clara«, rügte Ana. »Dora ist hier, um Tomás zu helfen. Er sitzt im Knast. Unter Mordverdacht. Das ist kein Spiel.« Clara verdrehte die Augen. »Was kann ich tun?« Dora war es gleichgültig, ob Clara ihr wohlgesonnen war oder nicht. Einzig die Infos, die sie ihr geben konnte, zählten. »Hast du Tomás gestern Abend gesehen?« Clara gab einen schnippischen Laut von sich. »Sturzbetrunken habe ich ihn gesehen. Voll peinlich, wie er aufgetaucht ist.« »Wann und wo war das?« Clara fixierte den Fliesenboden und zog die Schultern hoch. Anscheinend behagte ihr die Frage nicht. Seltsam. Clara konnte Tomás doch ein Alibi geben und ihn vielleicht sogar für die Tatzeit entlasten. Sie standen schließlich Seite an Seite und protestierten gemeinsam gegen das Bauprojekt. Wieso also drückste sie so herum? Weshalb reagierte sie so abweisend?

»Das war ein Gruppenmeeting.«

»Aha. Wann und wo?«, wiederholte sie.

Clara wand sich wie ein Aal in der Falle. »Wir treffen uns immer woanders.«

Dora nickte scheinbar verständnisvoll. »Willst du es mir nicht sagen, oder habt ihr euch gar nicht getroffen?«

Ana räumte Töpfe in den Schrank. Lauter als nötig – für Doras empfindsames Gehör zumindest.

Clara reagierte mit Trotz. »Du bist nicht von der Polizei. Ich muss dir nicht antworten.«

Dora blieb gelassen. »Stimmt. Aber deine Aussage könnte Tomás vor einer Mordanklage retten. Du magst ihn doch, oder?«

Clara blieb stur. »Wir sind nicht zusammen. Wir sind nur in demselben Verein. Warum fragst du nicht meinen Cousin Mário? Der hat ihn doch auch gesehen.«

Wie bestellt erschien Mário auf der Schwelle. »Ach, hier seid ihr.«

Dora sagte scherzhaft: »Du willst uns wohl loswerden.«

Mário lief knallrot an. »*Mas que jeito*, wie kommst du denn darauf?«

Clara nutzte die Unterbrechung und klinkte sich aus. »Ich gehe jetzt nach Hause.«

Ana sah Clara mahnend an, sagte aber nichts.

Dora hatte den Blick trotzdem bemerkt und fühlte sich wie eine Außenseiterin. Vom Rande des Geschehens aus beobachtete sie Clara, Ana und Mário und spürte genau, dass etwas Unausgesprochenes in der Luft lag, wusste aber nicht, was. Sie hatte sich von Clara Aufklärung versprochen und nahm stattdessen eine weitere Ungereimtheit mit auf ihren Weg zur Hütte der Maias. Der Tag war lang, die Nacht zuvor war ausgefallen, allmählich wurde sie müde und freute sich auf die Hängematte auf der Veranda und auf ein Glas Wein, also verabschiedete sie sich mit dem üblichen »Bis morgen«-Gruß von Ana und Mário. »*Até amanhã.*«

Dora bockte den Scooter neben ihrem Mustang nahe der Hauswand auf, schloss die Tür auf und trat ein. Sie schaltete das Licht nicht ein, sondern zündete die Kerzen im Ständer auf dem Tisch an. Das bescherte dem bescheiden eingerichteten Raum eine anheimelnde Atmosphäre. Es war warm und stickig in der Fischerhütte der Maias. Dora öffnete die Fenster, die Vordertür und die Küchentür zur Veranda. Dann schenkte sie sich Rotwein aus dem Holzfässchen ein, schnitt den Ziegenfrischkäse auf einem Brett auf, legte etwas Brot dazu, füllte ein Schälchen mit Oliven und balancierte mit dem Brett in der einen und dem Glas in der anderen Hand hinaus auf die Veranda hinter dem Haus.

»Hast du auch einen Schluck Wein für mich?«

Beinahe hätte sie vor Schreck alles fallen lassen. Sie sah Cardoso unter der Bougainvillea-Ranke stehen. Sein Körper warf einen mächtigen Schatten auf die Terrasse.

»Sei froh, dass ich unbewaffnet bin.« Dora stellte ihr Weinglas und das Käsebrett ab und ging zurück in die Küche. Mit einem Zusatzteller, Kerzen, einer Karaffe mit Wein und einem zweiten Glas ging sie wieder hinaus.

Cardoso hatte schon am Tisch Platz genommen. Er grinste breit. Seine makellosen Zahnreihen konnte Dora sogar im Halbdunkel blitzen sehen.

»Wie hast du mich gefunden?«

»Das war nicht besonders schwer. Dein Tomás hat uns zusammengeführt«, sagte er amüsiert.

Dora kommentierte das mit keiner Silbe, naschte abwechselnd Oliven, Brot und Käse und spuckte die Olivenkerne in hohem Bogen in den Garten.

»Diese Geschichte von damals. Du kennst sie auch.«

Dora brach das Brot in Stücke, legte es neben den Käse und schob das Brett Richtung Tischmitte. »Vom Hörensagen. Dabei war ich nicht.«

»Was, glaubst du, hat wirklich dahintergesteckt?«

»Ich weiß es nicht. Als mir Tomás vom Mord an seinem Vater erzählt hat, lag die Tat schon fünf Jahre zurück. Tomás ist davon überzeugt gewesen, dass Américo Carvalho seinen Vater aufgehängt hat. Er hat außerdem behauptet, dass Ramirez mitgeholfen und die Tat als Selbstmord deklariert hat. Von da an hat er die Carvalhos terrorisiert. Bevor Tomás schließlich spurlos verschwunden ist, ist die ganze vermaledeite Situation sogar noch eskaliert. Er hat versucht, mich in seine kriminellen Aktionen hineinzuziehen, aber irgendwie habe ich rechtzeitig kapiert, dass Terror der falsche Weg ist. Ob es einen richtigeren Weg gegeben hätte, war mir damals nicht klar. Warum sein Vater Guilherme mutmaßlich gelyncht worden ist, habe ich mich seither nie gefragt. Bis jetzt.«

»Du weißt demnach gar nicht, ob es zwischen dem Mord von damals und dem von heute einen Zusammenhang gibt, aber du vermutest es?«

Dora schluckte einen Bissen Käse herunter. »Führ mich rhetorisch nicht aufs Glatteis, Sérgio. Gustavo starb an derselben Korkeiche. Gehenkt. Wie Guilherme. Das sollte als Hinweis auf einen Zusammenhang reichen.«

Cardoso steckte sich ein Stück Brot mit Käse in den Mund, kaute und trank einen Schluck Wein dazu. »Vielleicht, vielleicht auch nicht. Dora. Es könnte genauso gut sein, dass sich jemand dieses mutmaßlichen Indizes bedient, um von sich und dem tatsächlichen Motiv abzulenken.«

»Könnte sein. Glaube ich aber nicht. Die sofortige Hetzjagd auf Tomás offenbart eher, dass es jemandem sogar sehr recht ist, wenn Tomás als Täter schnell und unter erdrückender Indizienlast verurteilt wird. Diesen Jemand sollten wir suchen, dann finden wir sicher auch die Wahrheit über Guilhermes Tod heraus.«

»Wir?«

Dora verstand die Anspielung auf die von Cardoso gesteckte Kompetenzgrenze natürlich sofort und überließ ihm gern die Führungsrolle. Sie prostete Cardoso zu. »Du.«

Cardoso kam in Fahrt, was Dora ehrlich freute. Sie hatte eher befürchtet, er würde sie von seinen Erkenntnissen ausschließen wollen.

»Tomás hat kein Alibi. Zur Tatzeit wurde er, wie schon gesagt, in der Dünenmarsch gesehen, und er leugnet nicht, sich erst gestern Abend mit dem Mordopfer beinahe sogar handgreiflich in der Zauberspelunke in Comporta gestritten zu haben. Dafür gibt es eine Menge Zeugen.«

»Du warst in der ›Espelunca Mágica‹?«

»Ich habe dort sogar zu Mittag gegessen.«

»Lass mich raten. Cabidela de galinha, Landhenne in eigenem Blut gekocht.«

»Kennst du etwa den Wirt? Klar kennst du Mário. Jedenfalls hat er mir erklärt, wo ich die Fischerhütte der Maias finde, denn ich will mir das Haus natürlich anschauen. Ganz schön versteckt hier hinter der hohen Hecke. Zweimal bin ich daran vorbeigefahren, bis ich deinen Mustang entdeckt habe.«

»Du bist bestimmt nicht ohne Durchsuchungsbefehl gekommen.« Dora zog ihn auf. Schließlich kannte sie Cardosos penible Vorliebe für Dienstvorschriften.

Cardoso hob um Verständnis heischend die Hände.

»Verstehe«, sagte Dora. »Du bist heute Nachmittag nach Lissabon gefahren und hast dir einen ausstellen lassen.«

Seine Hand glitt in die hintere Hosentasche. Doch er machte keine Anstalten, sich zu erheben. Stattdessen sah er Dora durchdringend an. Er wollte vorher noch etwas loswerden, spürte Dora und behielt recht.

»Da du die Leute hier besser kennst als ich, brauche ich deine Hilfe, Dora. Was kannst du mir über Américo Carvalho sagen? Ich habe dir ja bereits erzählt, wie er auf mich reagiert hat.«

Dora holte tief Luft. »Carvalho wird hier überall *o patrão* genannt, Sérgio. Weil er vor der Nelkenrevolution als Großgrundbesitzer juristische Befugnisse innehatte, war er der Boss auf der Herdade *und* in der gesamten Region. Ein hundertprozentiger Salazar-Anhänger. Fremdenfeindlich. Homophob. Faschistisch überheblich. Du störst mit deinen Ermittlungen seine hiesigen üblichen Kreise. Du zählst zu denen, von denen América die Gegend säubern will. Ergo versucht er dich einzuschüchtern. *Compreendes?*«

Cardoso schwieg einen Moment lang. »Carvalho will also gar keine Ermittlungsergebnisse, weil es viel bequemer ist, Tomás zu beschuldigen«, sagte er schließlich. »Das bedeutet, *er* will von etwas ablenken.«

»*Exato.* Konntest du schon etwas herausfinden?«

»Noch nicht sehr viel. Gustavo hat einen nächtlichen Ausritt unternommen, was offenbar nicht ungewöhnlich war, sagt sein Vater. Jeder auf dem Landgut und im Dorf wisse von dieser Angewohnheit. Kurz nach Mitternacht ist das Pferd dann ohne Reiter zurückgekommen. Der Gutsaufseher Ricardo Mendes hat es eingefangen, América sofort Bescheid gegeben und sich anschließend auf die Suche nach Gustavo gemacht. An der Korkeiche hat Ricardo ihn gefunden. Tot. Ricardo war es auch, der die Polizei gerufen hat.«

»Und weiter?«

»Gustavo und Tomás waren genauso verfeindet, wie América und Guilherme es gewesen sind. Aber das weißt du alles viel detaillierter als ich. Zwischen den Söhnen stand der sogenannte Selbstmord von Guilherme, von dem Tomás glaubt, es sei Mord gewesen. So weit, so gut. Aber ich frage mich, was zu der Fehde zwischen den Vätern geführt hat.«

»Vermutlich hat Guilherme etwas Kompromittierendes über América gewusst und ihn mit seinem Wissen provoziert. Guilherme galt allgemein als Aufwiegler, weiß ich von Emília, die deswegen wahnsinnig stolz auf ihren Mann gewesen ist. Er habe für die Freiheit gekämpft, hat sie oft betont. Vielleicht wollte er die Landarbeiter auf der Herdade gegen *o patrão* aufhetzen und ihnen ihre demokratischen Grundrechte vermitteln. Schließlich arbeiten und wohnen auf dem Gut immer um die fünfzig Familien. Einen Landarbeiteraufstand während der Ernte zum Beispiel wollte América ganz sicher nicht.«

»Also war Guilherme gar kein Wilderer, den América auf frischer Tat ertappt und bestraft hat?«

»Hat man dir das etwa auf der Herdade erzählt?«

»Die Vorarbeiter Manuel und Ruben haben mir das erzählt.«

»Guilherme war Fischer und kein Wilderer. Ramirez hat den Tod als Selbstmord deklariert, und deswegen ist damals kein ermittelnder Beamter aus Lissabon in die sogenannten Ermittlungen involviert worden. Die wurden von der örtlichen Polizei in Grândola auch rasch eingestellt und die Akte samt Beweismitteln und Galgenstrick nach Lissabon ins Archiv überführt. Die Wahrheit über Guilhermes Galgentod schläft seither. Ich finde, es wird Zeit, sie zu wecken und nach dem Motiv für den Mord an ihm zu suchen. Was denkst du, Cardoso?«

»Ich denke, ein zweites Glas Wein schadet uns nicht, und wir überlegen, wie wir das am besten anstellen.« Er schenkte aus der Karaffe nach.

Dora schmunzelte. Cardoso hatte »wir« gesagt. »Jedenfalls hat Ramirez, damals noch Sergeant und noch lange nicht Dienststellenleiter, nach der ganzen Sache ein Haus gebaut. Und zwar in Eins-a-Lage am Strand von Tróia.«

»Das Geld dafür, glaubst du, kam von Américo?«

»So ist es, Sérgio. Dafür, dass Ramirez den Mord vertuscht hat.«

»Demnach vermutest du, dass Ramirez das Mordmotiv kennt?«

»Ich bin mir sogar ziemlich sicher. Erst war er nur ein Sergeant, dann stirbt Guilherme Maia, kurz darauf steigt er zum Dienststellenleiter auf und schaltet und waltet im Landkreis von Grândola via Comporta bis Tróia, wie es ihm beliebt. Das ist ja nicht passiert, weil er so ein nettes Kerlchen ist, oder? Sondern weil er mit dem Alt-Fascho Américo paktiert.«

»Wirfst du Ramirez etwa rechtsextreme Neigungen vor?«

Dora machte eine vage Handbewegung.

»Dora. Mal die Wand bitte nicht braun an. Faschisten in der Guarda Nacional Republicana. *Meu Deus!* Das glaube ich nicht. Das sind Soldaten, die haben ihren Eid auf die Verfassung geschworen.«

»Die hier im Alentejo noch nicht überall fußt, Sérgio.«

Eine Weile sagten sie beide nichts und naschten Käse und Oliven, bis Dora das Thema wechselte und Cardoso bat: »Erzähl mir mehr vom Tatort. Wie kam Gustavo vom Pferd an den Baum?«

»Genau das frage ich mich auch schon die ganze Zeit. Hat er sein Pferd selbst zum Stehenbleiben gebracht, oder wurde er durch ein Hindernis gestoppt?«

Dora lächelte. »Wäre er Tomás begegnet, hätte Gustavo ihn vom Gaul aus bedrängt, auf der Stelle seinen Grund und Boden zu verlassen.«

»Der Gaul, liebe Dora, ist ein Altér-Real-Lusitano-Hengst mit königlichem Brandzeichen und das prächtigste Ross, das ich je gesehen habe.«

»Wie ist Gustavo denn zu dem Pferd gekommen? Altér-Real-Hengste dürfen laut dem nach wie vor gültigen königlichen Dekret von 1752 wegen der Reinrassigkeit gar nicht verkauft werden.«

»Ich dachte, du kennst dich mit Pferden nicht aus?«

Dora spürte ihre Wangen glühen, aber das konnte Cardoso ja im Halbdunkel nicht sehen. »Befanden sich unter dem Baum Hufspuren?«

Cardoso stöhnte auf. »Ramirez und sein forensisches Dorfclübchen haben mehr Fußspuren hinterlassen als eine ganze Pferdeherde.«

»*Muito chato.* Sehr ärgerlich.«

»Ich vermute, der Täter hat Gustavo zu Fuß zu dem Baum bugsiert und ihn zuvor schon geknebelt und gefesselt. Mit einer auf ein Blatt Papier gekritzelten Nachricht um den Hals hat er ihn hochgezogen.«

Doras Nacken versteifte sich. Endlich. Die Botschaft. »Was steht denn drauf?«

»›Jetzt schweigst du für immer.‹«

»Sehr pathetisch. Was ist schon *für immer*?«

Cardoso zog die Schultern hoch. »Der Tod ist für immer.«

Für Doras Geschmack klang Cardosos Erklärung zu flach.

Da steckte mehr dahinter. Wer immer die Nachricht geschrieben hatte, prangerte das Schweigen an sich an. »Lass uns den Tathergang versuchen zu rekonstruieren.«

Cardoso legte los. »Der Täter hat Gustavo aufgelauert. Also wusste er von dessen Marotte, nachts auszureiten, und er kannte die Strecke. Er hat das Pferd angehalten, Gustavo aus dem Sattel gezogen, ihn gefesselt und geknebelt und zum Galgen geführt.«

Dora stellte sich Cardosos Revue bildlich vor und hob den Zeigefinger. »Das soll ein Mensch allein geschafft haben?«

»Dein Tomás ist kräftig genug. Und vergiss nicht seine Wut als Motor. Vor allem wenn er von Gustavo womöglich mit dem Pferd bedrängt worden ist.«

Dora beugte sich über den Tisch. »Ein für alle Mal, Sérgio: Er ist nicht *mein* Tomás und, bis seine Schuld bewiesen ist, auch nicht Gustavos Mörder.«

Cardoso wich zurück. Dora spürte die größer werdende Distanz zwischen ihnen geradezu körperlich.

Seine Stimme klang monoton, als er klarstellte, was ihre und was seine Aufgaben waren. »Deswegen bin ich ja hier, Dora. *Ich* führe die Ermittlungen – und *ich* suche nach Beweisen.«

Cardoso erhob sich abrupt und ließ sie auf der Veranda allein. Er betrat die Wohnküche, schaltete überall das Licht ein und suchte die Hütte ab. Gewissenhaft öffnete er Schränke, Schubladen, die Ofenklappe, den Kühlschrank, die Tiefkühltruhe, hob Matratzen und Kissen hoch, kroch auf allen vieren durch Stube und Schlafraum.

Dora ärgerte sich maßlos. Hätte sie doch dieses eine Mal den Mund gehalten. Zu spät. Das bis eben vertraute »Wir« verwandelte sich in ein unpersönliches »Ich« und »Du«.

»In der Küche steht nicht einmal eine Kaffeemaschine. Ist das ein Museum oder ein Wohnhaus?«

Dora kratzte sich an der Schläfe. »Ich tippe auf eine andere Wohnung.« Sie vermied es, Cardoso dabei anzusehen.

Umständlich setzte er sich wieder zu ihr an den Tisch und

fragte geradeheraus: »Bist du dir sicher, dass Tomás noch dein Freund ist?«

So tief wollte Dora gar nicht schürfen. Sie versuchte vielmehr, ihre ambivalenten Gefühle hinter weiteren Fragen zu verbergen, und wollte sich wieder an Cardoso herantasten. »Tomás sagte, die Polizei hätte behauptet, er sei in der Nähe der Korkeiche beobachtet worden. Stimmt das?«

Cardoso räusperte sich. »Ein Fischer und ein Hirte haben Tomás gegen Mitternacht an der Korkeiche gesehen. Sie wissen das so genau, weil die Glocke der Pfarrkirche in Comporta den Beginn des mitternächtlichen Fackelzuges zum Santo António eingeläutet hat. Den Todeszeitpunkt hat die forensische Abteilung auf zwischen Viertel vor und Viertel nach zwölf festgelegt.«

Hui, das war eng. Tomás war demnach tatsächlich zur Tatzeit am Tatort gewesen. Aber er behauptete, nicht der Mörder zu sein. Ein kühner Gedanke blitzte in ihrem Kopf auf. Wusste Tomás etwa mehr über den Tatort, den Tathergang oder den Mörder, als er bisher zugegeben hatte? Ihre Finger kribbelten. Das Ermittlerinnenfieber hatte sie jetzt vollends gepackt. Sie schöpfte Mut, Cardoso weiter auszufragen. »Und die Witwe?«

»Lourdes Carvalho. Kalt wie ein Eiszapfen. Den Tod ihres Mannes hat sie mit keiner Silbe kommentiert. Sie war gestern Abend zuerst im Theater und danach auf der Santo-António-Prozession in Lissabon. Mit Freunden. Sie kam erst heute Mittag zurück nach Comporta. Lourdes Carvalho hat ein wasserdichtes Alibi. Ob sie ein Motiv gehabt hätte, ihren Mann umzubringen, bleibt abzuwarten. Geliebt hat sie ihn nicht, das spüre sogar ich. Insgesamt scheint bei den Carvalhos Liebe eher Mangelware zu sein. Der Umgangston, ich weiß nicht, das hört sich an, als sprächen Fremde miteinander. Américo Carvalho schaut seine Schwiegertochter nicht einmal im Gespräch an, und sie vermeidet jedes Wort zu viel mit ihm. Mit den beiden in einem Zimmer frierst du.«

»Was ist mit Kindern?«

»Sie haben einen Sohn und eine Tochter. Liliana studiert

und wohnt in Coimbra. Der Sohn Carlos ist älter als seine Schwester und Student in Lissabon. Er hat zwar eine eigene Wohnung, aber meistens ist er wohl hier in Comporta. ›Bei Mama‹, sagt die Haushälterin.«

Haushälterinnen waren sehr gute Beobachterinnen, vor allem wenn sie schon viele Jahre bei derselben Familie arbeiteten.

»Die weiß ja tüchtig Bescheid«, sagte Dora.

»Hast du noch Rotwein?«

Sie schenkte nach.

»Das kannst du laut sagen. Sie hat mir verraten, dass Gustavo nach einem Streit mit seinem Sohn Carlos etwa gegen halb elf losgeritten ist. Sie stand wohl in der Küche beim Abspülen, und das Fenster liegt Richtung Pferdestall. Sie sagt, Gustavo und Carlos hätten sich regelmäßig gestritten. Da habe ich sie gleich gefragt, ob sie sich vorstellen könne, was die Nachricht ›Jetzt schweigst du für immer‹ bedeutet.« Er legte eine Kunstpause ein.

Dora rutschte hin und her. »Und?«

»Sie hat mir ins Ohr geflüstert, dass Gustavo seit Jahren auf der Flucht gewesen sei. Danach hat sie sich bekreuzigt, als hätte sie etwas Sündiges gesagt.«

»Sie hat das Haushälterinnengelübde gebrochen, deswegen hat sie sich bekreuzigt.«

»Was hat sie?«

»Sie hat etwas Intimes über ihren *patrão* preisgegeben. Das ist in ihren Augen Verrat. Und damit eine Sünde.«

»Sünde, Strafe, Sühne. Hört das denn nie auf, Dora?«

»Ach, Sérgio. Erst vorgestern war Lissabons Innenstadt abgeriegelt, weil die Stadt ihren Stadtpatron Santo António mit mitternächtlicher Prozession im Fackelschein zelebriert hat. Und da fragst du mich, wann der üblich praktizierte Glauben aufhört? Hier? Im Alentejo? Wo sich die Leute sogar noch bekreuzigen, wenn sie einer weißen Katze begegnen, und die Frauen zur Sonntagsmesse einen schwarzen Umhang lose gebunden über dem Kopf tragen?«

Cardoso strich sich verlegen über das Kinn. »Du hast recht.

Das war unsensibel. Jeder soll glauben dürfen. Woran auch immer. – Kann ich in der Hängematte übernachten? Ich bin ziemlich beschwipst. Und müde.«

Dora überließ ihm die Hängematte gerne. »Waffenruhe?« Er zeigte ihr den Daumen hoch. »Solange du mir nicht in die Quere kommst. Informationsaustausch per Telefon oder Kurznachricht. Es reicht, dass die Kollegen aus Grândola mich auf dem Kieker haben. Bei mir werden sie es bei ihrer Blabla-Drohung belassen, denn hinter mir steht die Kriminalpolizei. Hinter dir stehe nur ich.«

»Das merke ich mir«, versprach Dora. Das Kriegsbeil zwischen Cardoso und ihr war in der Erde versenkt. Zumindest solange sie die Regeln einhielt. Diesen Meilenstein ihrer Freundschaft wollte sie einfrieren.

Leise zog sie sich zurück in die Stube, löschte alles Licht und hörte noch eine Weile im Dunkeln stehend der Stille zu, die die Nacht über ihr und der Fischerhütte ausbreitete. Dann legte sie sich auf die Couch und bedeckte ihre nackten Beine mit einem Laken. Türen und Fenster ließ sie offen stehen. Es fühlte sich gut an, Cardoso in der Nähe zu wissen.

8

Carrasqueira, Sonntag, 15. Juni

Cardoso schlief noch tief und fest, als sich Dora an ihm vorbei durch den Garten schlich und zu einer morgendlichen Joggingtour entlang der Lagune im Mündungsbereich des Sado aufbrach. Der Weg über die Dünen führte mitten durch das mit EU-Fördermitteln ausgewiesene Naturschutzgebiet zum Privatbesitz der Carvalhos. Sie wollte ein Gefühl dafür bekommen, wie groß das zu bebauende Gebiet war. Ein Teil der Fläche lag in der Dünenmarsch östlich des Cais Palafítico. Kurz dahinter fand Dora den Grundstein. Sie lief weiter, an dem mit Plastikband abgesperrten Bereich rund um die Korkeiche vorbei. Die Strecke schlängelte sich parallel zum Ufer am Meerbusen entlang durch einen Korkeichenhain. Es herrschte Ebbe. Die leer gelaufene Lagune schmatzte und war von Schlick erfüllt, in dem sich Muscheln tummelten und nach Luft schnappten. Flamingos und Silberreiher labten sich scharenweise an dem gedeckten Tisch und scharrten und pickten nach Flusskrebsen.

Am höchsten Punkt des Weges blieb Dora stehen. Sie holte ihr Mobiltelefon hervor und betrachtete abwechselnd den vom Werbeplakat abfotografierten Bauplan der Immobilienfirma und die Umgebung. Die markierte Bebauungsfläche auf dem Foto reichte bis zum Sumpfgebiet Açude da Murta am Sado. Hier würden etliche Dutzend Häuser entstehen, eine richtige Ortschaft, mutmaßte Dora. Für die Versorgung der Feriengäste und Anwohner musste eine ganz eigene Infrastruktur erschaffen werden, mit Supermarkt, Bank, Post und Arztpraxen. Die nahe gelegenen Weiler Murta, Batalha und Montevil boten kaum Einkaufsmöglichkeiten, die dieser Menge Menschen gewachsen gewesen wären. Und sonst gab es keinen größeren Ort in unmittelbarer

Nähe, der die Versorgung der Feriengäste hätte garantieren können.

Was mochte dieses Stück Land wohl wert sein? Zwanzig Millionen Euro? Oder noch mehr? Sollte sich Doras Vermutung bestätigen und Korruption im Spiel sein, wäre ein solcher Betrag sicher ein plausibles Mordmotiv. Was sie zu ihrem Gedanken vom Strand zurückbrachte, dass das Bauprojekt und der Mord zusammenhängen könnten. Nun musste sie herausfinden, wie.

Sie machte mit ihrem Handy eine Panorama-Aufnahme von der Umgebung, vom Stelzenpier bis zum Sumpf. Es tat weh, sich vorzustellen, dass in dieser Idylle eine Siedlung mit Straßen und Parkplätzen gebaut werden sollte, so wie es vor fünfzig Jahren auf der Halbinsel von Tróia geschehen war. Mit katastrophalen Folgen für das Biotop Dünenmarsch. Eine Austernpest hatte das Wasser in der Lagune kontaminiert. Die Aalzüchter hatten die Aalbrut nur noch tot bergen können. Es hatte Jahre gedauert, bis der Muschelbestand wiederhergestellt gewesen war, sodass die Schalentiere für sauberes Wasser in der Mündung sorgen konnten. Sollte sich dieser Natur-Super-GAU von damals etwa wiederholen? Dann konnten die übrig gebliebenen Fischer, Aalfänger und Austernzüchter einpacken. Ganz zu schweigen von den fatalen hydrografischen Auswirkungen für die ansässigen Landwirte. Feriengäste verbrauchten orgiastisch viel Süßwasser. Weiter kam Dora in ihren apokalyptischen Überlegungen nicht, denn sie hörte Hufgetrappel.

Ein Pferdeliebhaber auf sonntäglichem Morgenausritt, vermutete sie, steckte ihr Mobiltelefon in die Tasche ihrer Jogginghose und lief den Weg zurück Richtung Carrasqueira. Schon vernahm sie rhythmisches Schnaufen durch aufgeblähte Nüstern. Dann fiel das Pferd vom Galopp in den Trab.

Der Reiter folgte ihr. Sollte sie so tun, als bemerkte sie ihn nicht, oder anhalten und sich umdrehen? Es könnte jemand von der Herdade sein, durchzuckte es sie, und sie bremste ab. Sie wollte den Reiter vorbeiwinken, doch der blieb mit seinem Ross direkt vor ihr stehen.

»*Bom dia.* Das ist jetzt aber kein Zufall mehr.« Ricardo lachte ihr aus dem Sattel entgegen. »Wie wäre es, wenn du dich endlich vorstellst?«

Schon wieder dieser athletisch gebaute Gutsverwalter.

»*Bom dia*«, grüßte sie zurück. Sein Lachen machte sie irgendwie nervös. »Ich bin Dora. Aus Lissabon.« Schön, dachte sie. Und was war sie noch? Künstlerin? Bildhauerin? Privatermittlerin? Oder was? Früher war es einfacher gewesen, sich vorzustellen: Ich bin Inspetora-Chefe Dora Monteiro von der Kripo Lissabon, und fertig. »Dora Monteiro.«

Ricardo nahm sie spitzbübisch ins Visier. »Ornithologin bist du jedenfalls nicht, Dora Monteiro.«

Wollte er flirten? Konnte er haben. »Wer bist du, der das wissen will?«

Zu ihrer Überraschung ritt er nicht an ihr vorbei, sondern stieg ab. »Gehen wir ein Stück.«

Von der Situation überrumpelt, lief sie wie ferngesteuert neben Ricardo her und konnte sich nicht entscheiden, ob sie das ärgerte oder amüsierte. Ricardo führte das Pferd. Ein schlanker Rappe. »Ist das ein Kartäuser?«

»Stimmt. Was weißt du noch über Pferde?«

»Och, nicht viel. Reiten kann ich sie.«

Er schlug einen Ausritt vor. »Wir könnten uns auf der Herdade Carvalho verabreden. Im Stall stehen mehr Pferde, als Reiter da sind. Wie wäre es mit heute Nachmittag?«

Ricardo war charmant frech. Sein Tempo imponierte Dora. Überhaupt gefiel er ihr. Sein wohlgeformter Po vor allem.

Sie lachte. »Hochkomisch. Ich auf der Herdade? Tomás Maias sogenannte einstige Komplizin? *O patrão* würde toben.«

Ricardo stimmte in ihr Lachen ein. »Kennst du die alten Geschichten also auch?«

Dora schnappte nach Luft und bejahte. »Aber an Tomás' militanten Aktionen war ich nicht beteiligt.«

»Das dachte ich mir. Aber seinetwegen bist du hier?«

Sie wurde mit einem Schlag ernst. »Ja und nein. Nicht nur

wegen Tomás. Ich bin es ihm und mir schuldig. Einst verband uns tiefe Freundschaft. Deswegen will ich versuchen, ihm zu helfen.« Warum sie Ricardo, den sie doch im Prinzip gar nicht kannte, die Situation so differenziert darlegte, konnte sie sich im Moment nicht beantworten. Doch es fühlte sich richtig an. Was sie noch mehr verwirrte.

»Und du glaubst, jemand anders hat Gustavo getötet.«

»Ja.«

»Ich übrigens auch.«

Sie waren stehen geblieben. Ihr nackter Arm streifte seinen Unterarm. Aus Versehen, wollte sie sich einreden, doch sie wusste es besser. Sie wollte ausloten, wie sich das anfühlte.

»Deine Augen leuchten wie ein Meer aus Veilchen«, sagte Ricardo, und sein Gesicht kam ihrem immer näher.

Deine wie ein dunkler See, in den ich hineintauchen will, dachte sie und entgegnete: »Daran ist der Morgennebel schuld.« Weil ihr nichts Besseres einfiel, sagte sie das, obwohl weit und breit kein einziger Nebelschweif in Sicht war.

Bevor sie wusste, wie ihr geschah, küsste Ricardo sie. Oh, verdammt. Ricardo sah nicht nur zum Anbeißen gut aus, er schmeckte auch genauso. Und er küsste *muito bem*.

»Das ist mir noch nie passiert.« Ein leises Geständnis zwischen zwei Küssen. »Hast du mich verhext?«

Dora schmunzelte. Sie war im Flirtrausch, und ihre Lippen schmusten an seiner Wange. »Finde es heraus und hol mich ab. An der Fischerhütte der Maias. Heute Abend um acht.« Sie ließen voneinander ab, und er stieg in den Sattel.

»Ich bin pünktlich.«

∗∗∗

Als Dora zum Haus zurückkehrte, erwartete Cardoso sie bereits und schlug ihr vor, nach Carrasqueira zum Frühstücken zu gehen. Sie machten sich zu Fuß auf den Weg.

»Die roten Wangen stehen dir gut. Du solltest öfter morgens joggen gehen.«

Noch benommen von ihrer sinnlichen Begegnung mit Ricardo, fragte sie sich, ob sie das alles vielleicht nur geträumt hatte. Es kam ihr so … surreal vor. Schließlich war sie erst seit einem Tag in Carrasqueira, und da sollte es ausgerechnet ihr passieren, dass sie sich Hals über Kopf verknallt hatte.

»Findest du?«, fragte sie und strich ihre Haare hinter die Ohren. Sie ging jetzt mit Cardoso an der Stelle vorbei, an der sie eben erst einen im Grunde genommen wildfremden Mann geküsst hatte. Halt. Ricardo hatte sie geküsst. Nicht sie ihn. Sie lächelte versonnen.

Cardoso runzelte die Stirn. »Du siehst aus, als sei dir eine Fee begegnet.«

»Die Dünenmarsch ist ein Feenland, Sérgio.«

»Ach ja?«

Der Stelzenpier tauchte auf, gleich dahinter die Dächer von Carrasqueira.

»Hör mal, Sérgio. Da gibt es etwas, das mich stutzig macht. Komm mit, ich zeige es dir.«

Vor der Tafel mit der Umgebungskarte von Carrasqueira blieben sie stehen. »Du hast bestimmt das Werbeplakat an der Straße nach Grândola bemerkt. Es ist das einzige weit und breit. Eine Immobilienfirma wirbt für ein Ökobauprojekt in der Dünenmarsch. ›Tróia for future‹ heißt es.«

»Flüchtig. Hat das Projekt etwas mit dem Mord zu tun?«

Dora deutete auf den roten Punkt auf der Tafel. »Gut möglich. Hier stehen wir. Das ist die Dünenmarsch. Sie liegt im Naturschutzgebiet, das sich bis nach Murta erstreckt.«

Cardoso malte die Uferlinie mit dem Finger nach. »Soll da etwa überall gebaut werden?«

»Richtig. Pass jetzt genau auf. Ein großer Teil des Baulands gehört den Carvalhos.«

Cardoso stieß einen Pfiff aus und rieb Daumen und Zeigefinger aneinander. »Das bedeutet mächtig viel Diridari für die Bauherren. Und wie es aussieht, hat irgendjemand für eine Baugenehmigung im Naturschutzgebiet kräftig abkassiert. Darüber könnten so einige ansässige Bauern und Fischer ziemlich wütend sein. So wütend, dass es für einen Mord reicht.«

»Und ob. Denn dieses Fischerhafenrelikt aus Stöcken und Stelzen soll auch verschwinden.«

Cardoso betrachtete das urige Gebilde aus Holz und machte mit seinem Smartphone ein Foto davon sowie von der Umgebungskarte auf der Tafel. »Im Namen des Geldes, der Rendite und des Profits.«

»Amen.«

Sie gingen weiter und erreichten Carrasqueira und die Dorfbäckerei mit anliegendem Miniaturcafé. Auf dem Bürgersteig davor ergatterten sie den letzten freien Tisch und bestellten Croissants mista mit Schinken, Tomaten und Käse überbacken, frisch gepressten Orangensaft und Galão dazu.

Cardoso beobachtete das Dorftreiben. »Ich komme mir wie in einer anderen Wirklichkeit vor, Dora. Schau nur, da verkauft ein Händler Fisch aus einer Styroporkiste auf dem Fahrradgepäckträger an hiesige Hausfrauen.«

»Und die grillen den Fisch nachher vor dem Haus, damit sie sich auf dem Bürgersteig währenddessen mit den Nachbarinnen unterhalten können.«

Cardoso wirkte melancholisch, als er weitersprach. »Meine Tante in der Alfama hat den Fisch bis vor einigen Jahren auch noch in der Gasse vor dem Haus gegrillt. Aber Touristen haben sie immerzu ungefragt dabei fotografiert. Jetzt brät sie den Fisch drinnen in der Küche und lässt sogar untertags die Vorhänge am Fenster zur Straße zu. Ach ja, Dora. Die Zeiten ändern sich. Carrasqueira mit seinem Palafítico-Pier liegt kaum eine Autostunde von Lissabon entfernt, doch alles hier wirkt auf mich, als wäre das Örtchen aus der Gegenwart hinauskatapultiert worden. Ohne den Mord an Gustavo wüsste ich nicht einmal von seiner Existenz.«

Ihre Bestellung wurde serviert, und sie bissen mit Appetit in die kross getoasteten Hörnchen. Dora wollte Cardoso von seiner Trübsal ablenken und erzählte ihm die Geschichte des Fischerortes.

»Das Marschland rund um Carrasqueira bis zur Mündung des Sado nennen die Leute hier ›Land ohne Grund‹. Bis zur Ausrufung der Diktatur hat es den ansässigen Bauern und Fischern gehört. Während der Diktatur wurde das gesamte Gebiet den Carvalhos übertragen. So wie auch anderen Großgrundbesitzern im Alentejo die Parzellen von Bauern und Viehhirten übertragen worden waren, sprach das Regime Américo Carvalho in jener Zeit das Recht zu, die in der Marsch ansässigen Fischerfamilien zu enteignen und deren Grundstücke in seinen Besitz einzubetten. Die tatsächlichen Eigentümer haben dennoch weiterhin in ihren Hütten aus Muschelkalk und Reet bleiben dürfen. Gebäude aus Ziegelsteinen durften sie keine bauen. So ist ein Duldungsrecht entstanden. Nach der Nelkenrevolution wurde das Enteignungsrecht abgeschafft, und alle Gutsherren im Alentejo mussten die während der Diktatur enteigneten Grundstücke ihren legitimierten Besitzern zurückgeben. Dieser Prozess ist jedoch bis heute noch nicht gänzlich abgeschlossen. Meine Mutter zum Beispiel kämpft immer noch um ein Grundstück am Stadtrand von Évora.«

Cardoso nippte am Milchkaffee. »Lass mich raten. Du glaubst nun, dass das Gebiet nach wie vor den Carvalhos gehört und den wahren Eigentümern noch nicht zurückübereignet worden ist?«

»*Exato*. Daher stammt der Name ›Land ohne Grund‹. Die ansässigen Fischer besitzen ein Recht auf ihre Parzellen, aber keine Besitzurkunden, um ihr Eigentumsrecht einzuklagen. Américo weiß das und sitzt es aus. Er hat Geld. Er hat Einfluss. Die Fischer haben beides nicht.«

Cardoso dachte laut nach. »Guilherme Maia hat dieses Spiel damals vielleicht durchschaut und Américo damit gedroht, mit seinem Wissen hausieren zu gehen. Zur Presse. Zum Finanzamt. Zur Regulierungsbehörde.«

Dora trank das Glas Saft aus. »Das könntest du doch rasch herausfinden, oder?«

Cardoso kniff die Augen zusammen. »Du bist smart, Dora. Du bürdest mir Arbeit auf, obwohl du nicht mehr meine Chefin bist. Guilherme Maias Tod sollte somit zur Abschreckung dienen, damit die anderen Eigentümer der Dünenmarsch die Füße still hielten und keinen Antrag auf Rückübereignung stellten. Ein vertuschter Mord plus Betrug.« Cardoso rief den Kellner an den Tisch und beglich ihre Rechnung.

Dora wollte noch etwas loswerden.»Falls Guilherme Maia tatsächlich eine Klage eingereicht hat, es aber nie zu einer Anhörung gekommen ist, bestünde ein dringender Verdachtsmoment, dass der als Selbstmord deklarierte Galgentod Mord gewesen ist. Du könntest den Fall neu aufrollen, Sérgio.« Cardoso schob den Geldbeutel in die Hosentasche und erhob sich.»Das muss ich erst mit Mendonça besprechen. Das weißt du.«

Dora hatte sich zwar eine andere Antwort von ihm erhofft, doch sie wusste, an Cardosos Vorgesetztem, dem Coordenador-superior der Lissabonner Mordkommission, führte kein Weg vorbei.

✳✳✳

Cardoso brach auf nach Lissabon, Dora blieb sitzen, bestellte eine Bica und ein Pastel de Belém dazu, streute üppig Zimt auf das Klosterplundergebäck und vier Tütchen Zucker in den portugiesischen Espresso. In die Suchmaschine in ihrem Handy gab sie den Namen des Bauprojekts »Tróia for future« ein und wurde zur Hauptseite der Immobilienfirma geleitet, die die Ökohäuser verkaufen sollte. Die zuständige Maklerin hieß Carla Maria Santos. Das Foto zeigte eine aparte Schönheit, bis zum i-Tüpfelchen im Businesslook mit Anzugkostüm ausgestattet.

Dora entnahm dem Portfolio, dass Santos ausschließlich nachhaltige Immobilienprojekte betreute. Sie zog eine Grimasse. *Wie* nachhaltig, wollte sie genauer wissen und scrollte durch das dreidimensional animierte Bauprojekt. Der digitale Rundgang öffnete ihr die Tür in die Zukunft.

»Aber muss die denn ausgerechnet im Naturschutzgebiet beginnen?«, fragte Dora halblaut.

Das Modellhaus »Fishermen« war mit Solarenergiezellen und einem Windrad ausgestattet. Eine Entsalzungsanlage, in die Marsch gebaut, sollte für Brauchwasser sorgen. Über ein eigenes Leitungssystem würde Salzwasser in die Schwimmbecken an jedem Haus gelangen. »Aha. Und woher kommt das Süßwasser?« Aus dem Barragem do Pego do Altar bei Santa Susana. Knapp fünfhundert Ferienhaushalte verbrauchten während der Sommermonate täglich Tausende Hektoliter Wasser. »Bravourös klimaneutral, *pá*.« Dora aß ihr Törtchen, trank den Kaffee aus, bezahlte und machte sich auf den Weg zurück zu Emílias Hütte. Unterwegs führte sie ihren Monolog mit sich selbst redend fort. »Das ist wie russisches Roulette für ansässige Bauern und deren Vieh. Selbst ohne Touristen wird das Wasser jeden Sommer knapp. Dazu die andauernde Feuergefahr. Das ist ja das reinste Pulverfass!«

Der letzte Dürre-Super-GAU war vier Jahre her. Vierzehn Monate am Stück hatte es im Alentejo nicht mehr geregnet. Zisternen waren leer gepumpt worden, Bohrlöcher ausgetrocknet. Die Feuerwehr hatte Wasser mit Tankwagen an die Landwirte liefern müssen. Natürlich nicht umsonst, und der Transport hatte zusätzlich Geld gekostet. Rinderzüchter, die sich das nicht leisten konnten, hatten Pech gehabt. Ihre Rinder waren verdurstet. Bagger hatten die Leichenberge auf Lkw geladen, damit sie in die Tierkadaververwertung gebracht werden konnten. Natürlich ebenfalls nicht kostenlos.

»*Caraças!*« Den Zorn der Landwirte über das geplante Bauvorhaben konnte Dora sich grellrot ausmalen. Sie rief Cardoso an und erwischte ihn im Auto.

»Ich höre.«

»Wasser«, zischte sie in ihr Handy. »Es soll aus dem Stausee bei Santa Susana abgezapft werden. Dabei reicht die Menge schon jetzt nicht für alle Landwirte aus. Sie müssen den Stadtwerken Wasser abkaufen.«

Cardoso stöhnte. »Du konstruierst eine astreine Dystopie. Wassermangel im Alentejo, provoziert durch die Tourismusindustrie. Das nenne ich eine Schlagzeile. Da müssten so einige ihre Höfe verkaufen. Das schürt die Wut gleich noch mehr an. Sag mal, wo hört denn der Besitz der Carvalhos auf, weißt du das zufällig?«

»Bei Batalha, in der Nähe der Maria-Hilf-Eremitage kurz vor Alcácer do Sal. Schätzungsweise. Um sicher zu sein, werde ich die Flurpläne im Grundbucharchiv einsehen. Dann wissen wir es genau.«

»Das bedeutet, du kommst heute zurück nach Lissabon? Wir könnten uns später auf ein Glas Wein auf meinem Balkon treffen und uns austauschen. Bis dahin habe ich sicher mit Mendonça gesprochen.«

Dora zögerte einen Moment, bevor sie antwortete. »Heute komme ich nicht mehr nach Lissabon, Sérgio. Morgen erst.«

»Aha.«

»Ich habe eine Verabredung zum Essen.«

»Aha.«

Was ging Cardoso ihr Privatleben an, und warum erzählte sie ihm überhaupt von ihrer Verabredung? Weil sie so etwas wie Freunde waren. Deswegen. »Nachher fahre ich noch nach Tróia. Ich will mir die Villa von Ramirez ansehen.«

»Was? Wieso das denn?«

»Ich erinnere mich da an etwas. – Hallo? Sérgio?« Die Verbindung war unterbrochen. So war das im Alentejo. Hin und wieder geriet man in ein Funkloch.

Dora konzentrierte sich erneut auf das »Tróia for future«-Projekt auf ihrem Handybildschirm und entdeckte auf der Bauzeichnung an der Stelle, wo die Fischerhütte der Maias stand, ein bezugsfertiges Ökohaus, Modell »Fishermen«.

Hat Tomás das Haus nun von Emília geerbt oder nicht?, überlegte sie. War das Rückgabeverfahren im Fall Maia etwa irgendwann während Tomás' Abwesenheit doch noch abgeschlossen worden? Das würde jedoch bedeuten, dass Tomás das Grundstück verkauft hatte. Und zwar wieder an die Carvalhos. Nein. Bestimmt würde Tomás sein Haus eher verschenken, als es an die Carvalhos zu verkaufen. Ergo gehörte das Haus notariell gar nicht Tomás, sondern nach wie vor den Carvalhos. Er hatte lediglich den Rechtsanspruch als Eigentümer geerbt. Es sei denn, spann Dora den Faden weiter, der Anspruch war verjährt. In dem Fall würde Tomás ein Vermögen verlieren. Und womöglich mitansehen müssen, wie die Hütte seiner Mutter abgerissen werden würde. Wozu er dann fähig wäre, wollte Dora sich lieber nicht ausmalen und tippte auf »Wahlwiederholung«.

Cardoso meldete sich, aber die Verbindung war weiterhin schlecht.

»Kannst du in Erfahrung bringen, wann der Rechtsanspruch auf enteignetes Eigentum verjährt, wenn keine Klage eingereicht wird?«

»Kann ich. Hast du etwas Neues herausgefunden?«

»Vielleicht. Tomás hat erwähnt, dass Gustavo ihn bei ihrem Streit in der Zauberspelunke provoziert hat: Endlich habe er ihm alles weggenommen. Seine Vergangenheit und seine Zukunft. Das habe ich aufgezeichnet, Sérgio. Tomás behauptete, er könne sich darauf keinen Reim machen. Doch das glaube ich ihm nicht, denn sein Haus wird auch verkauft und abgerissen.«

Cardoso pfiff durch die Zähne. »Da steht eine Menge Geld auf dem Spiel, Dora. Wenn Tomás' Rechtsanspruch auf das Haus tatsächlich verjährt ist, verliert er alles, was er je besaß. Und Gustavo hat ihm das ins Gesicht geschleudert. Dir ist bewusst, dass diese Information noch einen Indizienschatten auf deinen Freund wirft?«

Was sollte sie dazu sagen? Die Erkenntnis war noch viel zu frisch, als dass sie Schlussfolgerungen ziehen konnte. Geschweige denn wollte.

»Willst du zuerst mit ihm sprechen?«

Cardoso wollte ihr den Vortritt lassen. Die Geste wusste Dora sehr zu schätzen. Doch es sollte besser Cardoso sein, der mit Tomás sprach. Cardoso besaß den nötigen Abstand zu ihm. Dora nicht. Obwohl sie es sich vorgenommen hatte. Aber es funktionierte nicht. Die Erinnerungen an die gemeinsam erlebten Abenteuer in der Dünenmarsch beeinflussten ihre Klarsicht auf die Fakten.

»Übernimm du das, bitte.«

Nach dem Telefonat standen Doras bisherige Rückschlüsse kopf. Keimende Zweifel schürten weitere Zweifel. Die Ungereimtheiten mehrten sich. Das versteckte Handy. Tomás' Verabredung mit Clara. Seine Behauptung, Gustavos Provokation nicht verstanden zu haben. Das angeblich geerbte Grundstück mit Hütte. Die Widersprüche in den zeitlichen Abläufen.

Dora verstand Tomás nicht. Ihm musste doch bewusst sein, dass sie ihn bei jeder Unwahrheit und Abweichung ertappen würde. Warum das Ganze? Es schien ihr fast so, als hege er eine bestimmte Absicht. Wollte er sie in die Irre führen? Oder auf eine Fährte, für die sie noch blind war? Sie musste alle Unstimmigkeiten aufzuwirbeln und das Muster analysieren. Sofern es eines gab. Nutzte Tomás ihre Solidarität etwa aus? Der Gedanke erschreckte sie, aber er warf Anker in ihrem gerade dünn besaiteten Gemüt. Auf welche Überraschungen musste sie sich noch gefasst machen?

* * *

Dora nahm sich vor, gleich nachher nach Tróia zu fahren. Sie wollte sich Ramirez' Haus ansehen. Was sie dort genau zu finden hoffte, wusste sie nicht genau. Aber sie war schon einmal dort gewesen. Mit Tomás. Sie hatten Ramirez ärgern wollen. Dafür hatte Tomás eigens Kakerlaken gezüchtet, und sie und er hatten die Schaben bei Ramirez im Garten durch das Kellerfenster eingeschleust. Es war eine finstere und stürmische Nacht gewesen. Ein Sommergewitter hatte sich angekündigt. Und als die ersten Blitze zuckten, hatte Dora im Garten etwas entdeckt. Eine Flagge. Mit einem zweiköpfigen Adler darauf.

Damals hatte Dora keine Ahnung gehabt, was das für eine

Fahne war. Jetzt wusste sie es besser. Es war das Banner der spanischen Faschisten und Ex-Franco-Anhänger. Dora wollte prüfen, ob das Bannersymbol nach wie vor im Garten der Ramirez' flatterte, denn das wäre ein untrügliches Indiz für die von ihr vermutete rechtsextreme Gesinnung des Polizeidienststellenleiters von Grândola. Cardoso könnte anhand dieser folkloristischen Faschismusverehrung eine polizeiinterne Untersuchung einleiten. Selbst wenn das mit dem Mordfall gar nichts zu tun hatte, was Dora allerdings nicht glaubte, würden die Behörden in Lissabon zumindest eine rechtsextreme Zelle innerhalb des Polizeiapparates aufdecken und schließen können.

Mittlerweile in der Hütte der Maias angekommen, nahm Dora eine ausgedehnte lauwarme Dusche, zog sich sommerlich an und machte sich mit dem Elektroscooter auf den Weg zur Halbinsel Tróia und zur Villa Ramirez. Der Himmel an der Blauen Küste zeigte sich wolkenlos. Der Ozean verschwamm in changierenden Blautönen. Der Wind blies heiß und trocken wie aus einem Föhn.

Zehn Kilometer nördlich von Comporta erreichte Dora die Gabelung, an der es rechts zur römischen Ausgrabungsstätte Caetobriga und zum Fähranlegesteg Süd von »Atlantis Ferries« ging. Von dort aus zirkulierten Fährboote im Viertelstundentakt zwischen Setúbal und der Halbinsel und brachten Sonnenanbeter aus der Hauptstadt ins Strandparadies. Links ging es zum Golfplatz mit Villenviertel, geradeaus weiter bis zu den Hotels mit Casino und Sporthafen.

Dort angekommen, hielt Dora Ausschau nach einem Parkplatz. Sie stellte den Elektroscooter an einem Fahrradständer ab und schlenderte auf schattigen Wegen durch das mondäne Strandbad und das Atrium eines Hotelkomplexes mit Boutique-Arkaden, in denen mehr Luxusmarken angeboten wurden als auf der Avenida da Liberdade in Lissabon.

Abgeschirmt durch eine Schranke und bewacht von privaten Sicherheitsdiensten, war die Spitze der Halbinsel Tróia einst ein Ferienort für politisch Privilegierte aus der Salazar-Partei gewesen. Nur zwanzig Kilometer entfernt von Reisfeldern und Korkeichenwäldern und dennoch Lichtjahre von Feldarbeit und Frondienst. Die damaligen Schrankenwärter hatten zwischen Tróia und Comporta keine Ansässigen über die Straße zu den Stränden durchgelassen.

Sich das vorzustellen kostete Dora einige Mühe, denn in der heutzutage herrschenden Demokratie galt ein solcher Ausschluss als schlicht unmöglich. Aber zu Salazars Zeiten während der Diktatur hatte die Schranke an der Straße nach Tróia die Menschen in »privilegiert« und »nicht privilegiert« geteilt. Deswegen nannten die Leute aus Carrasqueira die Hauptverbindung nach Tróia bis heute »Straße der Madame«.

Die Strecke grenzte die ansässige Bevölkerung immer noch aus – zumindest symbolisch –, und das gänzlich ohne Schranke. Das Trauma von damals bestand in den Köpfen und in den Herzen der Menschen fort. Deswegen gingen sie zum Sonnenbaden und Schwimmen immer noch eher an die südlichen Strände rund um Melides als auf die Halbinsel Tróia.

An einem Kiosk am Hafen kaufte Dora sich zwei Flaschen Wasser, schlenderte am Casino vorbei zurück zum Parkplatz und brach mit dem Scooter zu ihrem eigentlichen Ziel auf.

Sie bog in eine Siedlung mit Ein-Familien-Bungalows ab. Dieses Wohngebiet war neu. In Doras Erinnerung gab es das nicht. Sie fluchte.

Entnervt drehte sie eine zweite Runde an den wie geklont wirkenden Bungalows vorbei und suchte nach einem Anhaltspunkt in ihrem Gedächtnis. Ein Golfcart tauchte auf und stoppte sie.

Geflissentlich autoritär nahm der Mitarbeiter eines privaten Sicherheitsdienstes Dora ins Visier. »Was machen Sie hier?«

Dora sah keinerlei Veranlassung dazu, ihm oder irgendjemandem gegenüber Rechenschaft über ihre Anwesenheit auf einer öffentlichen Straße abzulegen. »Sie haben kein Recht, mich das zu fragen«, entgegnete sie kühl und fuhr an ihm vorbei. »Sie gestatten.«

Hinter der nächsten Kurve stieß sie auf einen geteerten Weg ohne Namen Richtung Meer. Etwa einen halben Kilometer entfernt erspähte sie drei Dattelpalmen, die sich im Wind wiegten. Die einzigen in der Umgebung.

Hier war sie richtig, und sie folgte der Zufahrt. Dora erkannte das Gebäude auf Anhieb wieder.

Damals war die Villa weiß getüncht gewesen. Jetzt war sie erdfarben gestrichen und mit blauen Fensterläden ausgestattet. Außen um das Erdgeschoss herum verlief ein Arkadengang. Insgesamt ähnelte das Anwesen einer Hazienda in einem Italowestern und hob sich architektonisch von der portugiesischen Villenbauweise mit Erkern und Türmchen ab. Im Grunde genommen passte es stilistisch nicht hierher.

Die Läden waren geschlossen. Im Garten wuchs Rasen, abgeschirmt mit Thujahecken. An der mit einer Videokamera überwachten Einfahrt zum Grundstück wurde Dora zum ersten Mal fündig: Ein Adler mit zwei Köpfen in Kalksandstein skulptiert thronte auf einem Torpfosten. Zwischen den aufgefalteten Flügeln entdeckte sie vier vertikal aufgestellte eingravierte Pfeile, umschlungen von einer Banderole.

Sie schnalzte mit der Zunge. Volltreffer. Das war das Symbol der spanischen Ex-Faschistenpartei Falange. Im Garten flatterte zudem eine Fahne mit einem aufgenähten Franco-Adler. Das war mehr, als Dora zu finden erwartet hatte. Ihr Gefühl hatte sie wieder einmal an die richtige Stelle geführt.

Sie zückte ihr Mobiltelefon und fotografierte das Anwesen, die Flagge und die Türpfostenskulptur. Wenn der Sohn so weit rechts dachte, taten es seine Eltern vermutlich genauso. Deshalb hieß er Francisco Ramirez. Getauft auf den Vornamen des einstigen Diktators Francisco Franco.

Unverhofft tauchte eine Frau am Tor auf und blickte Dora streng an. Es war eine ältere Senhora, in ein teures Markenkostüm gehüllt, als wäre es Frühjahr oder Herbst und nicht Hochsommer. Ihr Lippenstift wirkte geradezu lächerlich angesichts der Temperaturen, passend dazu trug sie ihr toupiertes Haar in einem Dutt.

Sie blaffte Dora auf Spanisch an. »Hier gibt es nichts zu sehen.«

»Verzeihung, ich verstehe nicht«, kokettierte Dora auf Französisch und fotografierte ungerührt den Falange-Adler aus nächster Nähe. »*C'est très jolie.*« Sie grinste breit und zeigte auf den Adler und auf die Franco-Fahne.

Die Frau wurde blass und rief laut: »Juan!«

Der erschien sofort. Dora staunte. Der Mann, der zum Gartentor geeilt kam, war ein Abziehbild von Francisco Ramirez. Die Ähnlichkeit war frappant. Der Körperbau und die Form der Nase stimmten überein. Auch bei diesem Mann prangte eine Warze mitten auf der Stirn. Er war schätzungsweise fünfundzwanzig Jahre älter und weißhaarig. Das musste Franciscos Vater sein.

»*Bonjour.*« Dora lächelte charmant und knipste *papá* Juan gleich mit. Danach stieg sie rasch auf den Roller, startete, gab Gas und hoffte, der geteerte Feldweg würde irgendwohin führen.

Lautstarke Verwünschungen begleiteten sie, bis sie außer Hörweite war.

Durch eine Lücke in einem Zaun erreichte Dora den Golfplatz von Tróia. Sie fuhr über den Platz von Loch sechs bis Loch achtzehn und grüßte im Vorbeigleiten Spieler auf Fairways und Grüns mit »*Good morning*«-Rufen. Erleichtert, Tróias künstlich konstruiertes Ferienparadies hinter sich zu lassen, bog sie an der Ausfahrt rechts auf die Hauptstraße ab.

Über Juan Ramirez wollte sie auf der Website für gesuchte Ex-Franco-Angehörige, ausgeschrieben von der spanischen Justiz, Recherchen anstellen. Da war etwas im Busch, verriet ihr das wohlbekannte Ermittlerinnenkribbeln, und sie pfiff vergnügt ein Liedchen.

Kurz vor der Zufahrt zur Praia da Comporta erlebte Dora eine Überraschung. Metallgitter standen quer über der Fahrbahn und verhinderten die Durchfahrt. Polizisten stoppten Autofahrer und schickten sie zurück Richtung Tróia.

Dora bremste am Seitenstreifen direkt neben den sich auftürmenden Dünen ab und betrachtete das Richtung Strand ausschwärmende Polizeiaufgebot. Ihres Erachtens ein bisschen viel Tamtam für eine Demo. Das sah ja eher nach Staatsbesuch aus. Wollte etwa der Präsident der Republik Tróia besuchen und seinen Sonntag an der Blauen Küste verbringen?

Was sollte sie tun? Umkehren, mit der Fähre nach Setúbal übersetzen und über Land an Alcácer do Sal vorbei um den gesamten Meerbusen herum nach Comporta fahren? Oder warten, bis die Straßensperre aufgehoben werden würde?

Dora nahm den Helm ab, holte eine Flasche Wasser aus dem Fach unter dem Sitz des Rollers hervor und trank sie gierig bis zur Hälfte aus. Die sommerliche Nachmittagshitze drückte wie unter einer Glocke. Die Luft über dem Asphalt flimmerte. Zudem herrschte Flaute.

Mit dem Handrücken wischte sich Dora den Schweiß von der Stirn, schüttelte ihre Locken und band sie mit einem Gummiband zusammen. Im Augenwinkel bemerkte sie einen Einsatzwagen, der direkt neben ihr abbremste. Vermummte Gestalten aus der militärische Antiterroreinheit stiegen mit gezückten Waffen aus. Vor Schreck ließ Dora alles fallen, die Flasche, den Helm, den Roller, und stürzte dann selbst in den Sand.

Als sie jemanden ihren Namen rufen hörte, glaubte sie zunächst an eine Halluzination. Doch dann tauchte die Gestalt von Tenente Jorge Guerreiro in voller Militärmontur vor ihr auf. Spielte ihr die Hitze einen Streich?

»Dora? Du? Hier?«

Das klang eindeutig nach der ihr mehr als vertrauten Stimme ihres früheren Gelegenheitsliebhabers, der mittlerweile verheiratet war und zwei entzückende Mädchen gezeugt hatte.

»Jorge?«, krächzte sie.

Er lachte sie durch die Schutzmaske an. »Höchstpersönlich. Was ist denn das? Ein Elektroscooter? Wo ist dein Mustang?«

»Steht in Carrasqueira. Das Ding hier ist für den Strand praktischer. Ich wollte surfen. Und plötzlich kommt mir ein spanischer Faschist in die Quere, mit einem Sohn, der vor dreißig Jahren in einen von der Polizei vertuschten Mordfall verwickelt war. Außerdem ist da ein Gutsherr, der meint, er wäre nach wie vor Richter und Rächer auf seinem Gehöft, dessen Sohn tot an einer Korkeiche baumelt. Rund um den Tatort stolpere ich über Bauland, das gar keines sein dürfte, und über einen alten Freund, der gar kein Freund mehr ist.« Dora holte tief Luft und versuchte ein Lächeln, doch es verrutschte.

Jorge zog die Schutzmaske vom Kopf. »Klingt kompliziert.« Er streckte ihr eine Hand entgegen.

Dora ließ sich hochziehen.

»Ist Cardoso auch darin verwickelt?«, fragte Jorge.

»Ist sein Fall.«

»Ich fasse zusammen: Du bist wegen eines feigen Typen hier, der dich in den Schlamassel rund um den toten Sohn an der Korkeiche hineingezogen hat.«

Schon früher hatte Dora Jorges Logik geliebt. Er brachte Dinge so herrlich prägnant auf den Punkt. »Du kannst meine Hand wieder loslassen«, sagte sie leise.

Er lächelte, streichelte ihren Unterarm und ließ los.

»Und du? Manöverübung?«

Bevor Jorge antworten konnte, tauchte ein Sergeant auf und nahm Haltung an. »Tenente, die Verstärkung ist da.« Der Mann führte zwei Schäferhunde mit Laufgeschirr bei Fuß neben sich.

»Ausschwärmen«, befahl Jorge. »Nehmen Sie sich den Strandabschnitt Comporta gen Süden und die Zufahrten vor.«

Der Sergeant salutierte, machte kehrt und marschierte los.

»Ist das nicht alles ein wenig übertrieben für eine Demonstration von Fischern und ansässigen Bauern?«

»Demonstration?«

»Offiziell angemeldet.«

»Wir sind nicht wegen einer Demonstration gerufen worden. Ich gebe die Info aber gleich an die Südblockade weiter.«

Dora blinzelte verwirrt.

Antiterroreinheit. Hundestaffel. Allmählich dämmerte ihr der Ernst der Situation. »Drogen oder Bombe?«

»Bombendrohung. Mit Bekennerschreiben. Unterschrieben von der Bewegung ›Rettet Carrasqueira‹.«

»Du machst Witze.«

»Bei Sprengstoff nie.«

»Die Bewegung organisiert die Demo nachher.«

»Heute nicht mehr«, prophezeite Jorge.

Dora murmelte: »Bombendrohung, warum?«

»Wegen des Baulands, das gar keines sein darf, wie du es eben ausgedrückt hast. Dagegen will die Bewegung wohl demonstrieren, nehme ich an. Und damit man ihre Anführer ernst nimmt, hat jemand Sprengstoff im Sand verbuddelt. Die Bewegung will wohl Muskeln und Kampfbereitschaft zeigen. Wir evakuieren vorsichtshalber den gesamten Strand. Die Marine holt die Leute mit Schnellbooten ab. Die Autos bleiben, wo sie sind.«

Dora stellte sich Mário, Ana, Clara und all die Fischer von Comporta und Carrasqueira vor, die gegen das geplante Bauprojekt in der Dünenmarsch demonstrieren wollten. Nein, von denen hatte niemand vor, andere Menschen zu gefährden.

»Mit Verlaub, Jorge. Das klingt absurd. Könnte es nicht auch ein Bluff gewesen sein?«

»Das wird sich herausstellen. Wir gehen jedenfalls auf Nummer sicher. Hier kommt keiner rein oder raus, bis wir wissen, was wirklich los ist.«

Sie legte Jorge die Hand auf die Schulter. »Ich muss da durch, Jorge. Ich *muss* zurück nach Comporta. Für eine Runde um den Meerbusen reicht die Batterie nicht.«

»Das Nicht-mehr-Polizistin-Sein steht dir gut. Du bist noch hübscher geworden.« Er lenkte von ihrem Anliegen ab.

»Und dir das Papasein«, erwiderte sie gereizt.

Das alte Katz-und-Maus-Spiel zwischen ihnen loderte soeben neu auf. Denn ob mit oder ohne Ehering am Finger, Jorge stand auf sie. Nach wie vor. Das spürte Dora sehr deutlich. Doch er war für sie tabu. Das juckte ihn. Sie nicht.

Jorge rief zwei Schutzpolizisten zu sich. »Laden Sie das Gefährt in den Einsatzwagen«, befahl er.

Der Elektroscooter verschwand im Inneren des Fahrzeugs. Jorge ließ Dora zuerst einsteigen und setzte sich auf den

Fahrersitz. In wenigen Minuten erreichten sie die Südblockade, wie Jorge es nannte. Ein Stück dahinter entdeckte Dora Menschen mit Schildern und Spruchbändern in den Händen, auf die sie ihre Worte des Protests geschrieben hatten. Sie wirkten niedergeschlagen. Sicher wussten sie schon, dass die Demo ausfallen würde.

Dora sah ihnen an, dass sie sich fühlten wie Don Quijote, der sinnbildlich gegen Windmühlen gekämpft hatte, als er sich in Cervantes' Epos mit den Mächtigen angelegt hatte.

Jorge lenkte den Wagen an den Rand des Geschehens. Geschützt hinter der getönten und schusssicheren Frontscheibe, beobachtete Dora die Trupps, die mit Sprengstoffsuchgeräten die Dünen abliefen. Sie konnte immer noch nicht glauben, dass irgendwo an der Blauen Küste eine Bombe versteckt sein sollte.

»Schau, so soll es hier bald aussehen«, sagte sie und deutete auf das Plakat auf der anderen Straßenseite, auf dem die Immobilienfirma für das Bauprojekt »Tróia for future« warb. »Dagegen demonstrieren Fischer und Bauern. Es ist ihr Land. Und nun sollen sie von hier vertrieben werden.«

Jorge erboste sich. »Hier? Eine Feriensiedlung? Das geht doch nicht. Marsch und Mündung liegen, soweit ich weiß, seit Jahren im Wasserschutzgebiet. Von der EU subventioniert.« Mit gerunzelter Stirn las er all die verheißungsvollen Marketingparolen auf dem Plakat laut vor. »›Exklusive Zufahrt‹? Was soll das bedeuten? Wollen die Investoren etwa die Wege zu den Stränden sperren? Und die Leute von hier nicht mehr durchlassen?«

Dora nickte. »Wie damals vor der Nelkenrevolution auch schon.«

Jorge hob beide Arme. »Wir schreiben das Jahr 2022. Die Diktatur ist Geschichte.«

»Sollte man meinen. Deswegen wehren sich die Menschen, melden Demos an, gehen auf die Straße, machen ihrem Frust lautstark Luft. Doch ich frage mich allen Ernstes: Würden sie sogar Sprengstoff im Sand verstecken und Unschuldige gefährden?«

»Das herauszufinden überlässt du am besten uns.«

Jorge stoppte und schaltete den Motor aus. Sie stiegen aus und gingen um den Wagen herum. Jorge hievte den Roller auf die Straße, und Dora setzte sich darauf.

Plötzlich tauchte Francisco Ramirez mit Ares und Gomes im Gefolge auf.

»Dreh dich nicht gleich um, Jorge. Schau ihn dir später an. Sein Name ist Ramirez. Dienststellenleiter in Grândola. Er ist der Sohn eines spanischen Faschisten namens Juan Ramirez, der in Tróia eine Luxusvilla bewohnt. Am Eingangspfosten wacht eine Adlerskulptur mit Falange-Wappen.«

Jorge zog beide Augenbrauen in die Höhe. »Du machst Witze.«

»Bei Faschisten nie. Ramirez und seine Gesinnungsbrüder machen in der Gegend einen auf bunte Gockel, wenn du verstehst.«

Jorge lachte trocken. »Du meinst, ihr Gummiknüppel ist ihr verlängerter ... Arm.«

»Exakt das meine ich. Hör mal, Jorge, *querido*.«

»Oha, ›Liebling‹ nennst du mich. Das klingt nach einem weiteren Gunstdienst.«

»Ramirez soll uns zusammen sehen.«

Jorge tat gespielt empört und trat einen Schritt zur Seite. Als Ramirez sie entdeckte, stieß der seinen Kumpan Gomes in die Seite und zuckte mit dem Kinn in ihre Richtung. Beide sahen Dora jetzt neben dem Kommandanten der Antiterroreinheit stehen. Genau so hatte Dora sich das vorgestellt.

Jorge schimpfte mit ihr. Leise, aber eindringlich. »Du bist keine Polizistin mehr und willst trotzdem auf dem Vulkan tanzen. Das kann ins Auge gehen. Lass *uns* Mörder und Bombenleger schnappen. Geh du zum Wellenreiten.«

»Es macht mir aber mehr Spaß, auf dem Vulkan zu tanzen, als Wellen zu reiten. *Tchau*, Jorge, bis zum nächsten Mal.« Kokett setzte sie den Helm auf und rollerte Richtung Comporta davon.

Sie verspürte Durst und wollte Mário und Ana besuchen,

aber sie hatte Pech. »Wegen Demo heute geschlossen«, verkündete ein Schild an der Zauberspelunke. Das hätte sie sich natürlich denken können.

Sie wollte schon weiterfahren, als sie hinter sich eine Stimme spotten hörte.

»Der Wirt sollte lieber froh sein, dass endlich mehr Arbeitsplätze entstehen, den Mund halten und uns bedienen.« Es war Moutinho aus dem Ramirez-Trio, der sich jetzt selbstgefällig vor ihr aufbaute. Er war uniformiert und anscheinend auf Patrouille unterwegs. Dora erwiderte nichts, doch sie kombinierte die Zusammenhänge blitzschnell. Bestimmt hatte Ramirez Moutinho von der Straßensperre aus angerufen und ihm gesagt, er solle nach ihr Ausschau halten. Moutinho hatte ihr an der Abfahrt Grândola/Tróia aufgelauert, sie nach Comporta abbiegen sehen und war ihr gefolgt.

Moutinho spielte scheinbar zufällig mit seinem Gummiknüppel am Gürtel und grinste Dora überheblich an. »Und du solltest aufpassen, was du anderen Leuten erzählst.«

Sie zu duzen und ihr am helllichten Tag auf offener Straße zu drohen, noch dazu in Uniform, empfand Dora als Frechheit. Sie lächelte maliziös. »Stell dir vor, den meisten erzähle ich gar nichts Neues von eurem Faschistenfirlefanz. Die wissen das. Vielleicht solltet besser *ihr* aufpassen.« Sie zwinkerte Moutinho durch das Visier zu und fuhr davon.

Ihr nächstes Ziel war Paulas »Tasca Central« in Carrasqueira. Die einzige geöffnete Kneipe im Fischerort und um diese Uhrzeit am Sonntag zur besten Fußballspielzeit im Fernsehen garantiert proppenvoll. Es interessierte Dora brennend, was die Fischerzunft über das drohende Verschwinden ihres Stelzensteges dachte.

Die »Tasca Central« befand sich mitten im Ort. Auf dem Bürgersteig davor standen von der Sonne ausgeblichene Plastikstühle rund um Plastiktische mit Limonaden- und Bierwerbung, beschattet von ebenso ausgeblichenen Schirmen. Im Schankraum gab es eine lange rustikale Holztheke und nebenan einen Speisesaal, der aber nur mittags geöffnet war.

Wie vermutet ging es hoch her bei Paula. Die Gäste palaverten und tranken Bier, aßen eingelegte Lupinenkerne und Oliven dazu. Ausschließlich Männer verkehrten hier. Von der Wirtin abgesehen.

Der Kellner schnitt in Rekordzeit Schinken von einer Keule und verteilte die nussig salzigen Schnipsel vom schwarzen Schwein auf Kaffeeuntertassen an die Gäste, die diese mit Zahnstochern aufpickten.

Ein zweiter Kellner spülte ohne Unterlass Biergläser und zapfte sie wieder voll.

Dora grüßte in die Runde. Einige grüßten zurück, die meisten nickten stumm oder gafften sie an. Irgendeiner meinte: »Die hat sich wohl verlaufen«, woraufhin gedämpftes Gelächter entstand, aber damit war das öffentliche Interesse an Dora als Frau in der »Tasca Central« auch schon verraucht.

Stattdessen waren der Mord an Gustavo, das Bauprojekt, die geplatzte Demo und der Aufruhr am Strand von Comporta in aller Munde. Die Kunde über die Straßensperre war natürlich längst in Carrasqueira angekommen.

Einer wusste zu berichten, was auf der »Straße der Madame« los gewesen war. »Die haben die Strecke komplett abgeriegelt. Angeblich wegen der Bewegung ›Rettet Carrasqueira‹.«

Ein anderer hielt dagegen. »So ein Quatsch. Wir wollten heute gegen ›Tróia for future‹ demonstrieren, und was ist? Heimgeschickt hat uns die Polizei. Da hat uns jemand etwas eingebrockt. Die Frage lautet, wer.«

Dora hörte hinter sich ein gerauntes »Ja, wer wohl?«.

Ein jüngerer Typ mischte sich ein. »Wieso wollt ihr auch immerzu protestieren? Lasst Vergangenes los. Endlich könnten wir alle Jobs finden und gut bezahlt werden. Wir könnten hier wohnen bleiben und müssten nicht in die Stadt ziehen.«

Ein anderer gab Widerworte. »Du redest Stuss. Du glaubst doch nicht im Ernst, dass uns die neuen Chefs, die hier schicke Hotels und Bars aufmachen, gut bezahlen. ›Friss oder stirb‹, sagen die dir, holen sich Personal aus Afrika und Brasilien und halten es mit Saisonverträgen und Niedriglöhnen klein.«

Ein hagerer älterer Senhor trumpfte auf. »Solche wollen wir hier nicht.«

Der Jüngere drehte sich zu ihm um und konterte. »Hör auf, Opachen. Ich will nicht bis zur Rente im Reisfeld ackern. Jedes Jahr wieder Fieber kriegen. Im Alter Hautkrankheiten. Wenn ein Mann aus Afrika kommt und auf den Reisfeldern malochen will, bitte sehr. Warum denn nicht?«

»Pass auf, dass du dir keine fängst«, drohte der Alte. »Ihr meint alle, das Geld käme wie ein Schwarm Täubchen zu euch geflogen. Irrtum. Wir kleinen Josés werden nie große Josés, und das ist auch gut so, denn ohne uns gäbe es das Mutterland gar nicht. Wir können nicht alle Senhor Doktor werden.«

Dora witterte Luft von rechts und nippte an dem lauwarm servierten Weißwein. Igitt, das konnte sie auf gar keinen Fall trinken.

Der Jüngere setzte nach. »›Mutterland‹. Von was schwafelst du? Ausbeuten tun sie uns. Schon immer.«

Der Alte drohte jetzt mit der Faust. »Ach ja? Und wo wäre unser Land ohne uns Kleine, hä? Ohne unser Blut? Unseren Schweiß? Unsere Demut? Wo?«

»Bessergestellt in Europa wären wir«, konterte ein anderer jüngerer Mann. »Wir haben nämlich dank Salazar den Anschluss verpasst. Europa ist uns schon in den sechziger Jahren davongaloppiert, und wir gucken dumm geblieben und unterbezahlt hinterher. Aber das will ja von euch alten Sturköpfen keiner wahrhaben. Immerzu schwafelt ihr von Stolz. Von Stolz und vom Alleinsein. Ich sag dir was: lieber nicht allein und nicht stolz und dafür mit ein bisschen mehr Geld in der Tasche. Ich bin *für* das Bauprojekt.«

Weitere junge Männer stimmten dem zu. »Schluss mit gestern!«, riefen sie und ließen Bierflaschen aneinanderknallen.

Einer der Fischer wusste, dass die Polizei alle Leute vom Strand evakuiert hatte. »Mit Schnellbooten haben sie sie mitgenommen. Der Strand ist leer gefegt. Wie im Winter.«

Paula, die Wirtin, stand breitbeinig und wie ein Fels in der aufgebracht wogenden Menge mitten im Schankraum und teilte Tulpengläser mit frisch gezapftem Imperial von ihrem Tablett aus. Ihre tiefe, von Tausenden gerauchten Zigaretten geschliffene Stimme brachte alle zum Schweigen. »Evakuierung? Das hat es hier noch nie gegeben. Nicht einmal bei dem Großbrand vor fünf Jahren.«

»Ich habe was von Bombendrohung aufgeschnappt«, erwiderte ein junger Fischer mit Schiebermütze und aufgeknöpftem Hemd über der Gummihose. »Aber das hat sich die *polícia* bestimmt nur ausgedacht, um unsere Demo abzublasen.«

Dora staunte und spitzte weiter die Ohren. In jedem Gerücht steckte bekannterweise ein Fünkchen Wahrheit.

Einer der Männer lachte spöttisch. »Bombe am Strand. Noch so ein Hirngespinst.«

Dora drängte sich durch die diskutierenden Fischersleute bis an die Theke, stellte das angetrunkene Glas Wein ab und bestellte einen doppelten Espresso und ein Pedras-Wasser. »Mit Sprudel, Eiswürfeln und Zitrone.«

Die Wirtin schaute sie abschätzig über den Brillenrand hinweg an, drehte sich um und nuschelte »Typisch Stadtmädchen« in die Eistruhe.

Klar, in Carrasqueira bestellte niemand Eis und Zitrone für sein Mineralwasser. Aber Dora war ja schließlich nicht von hier. Sie trank abwechselnd Wasser und Kaffee. Und diesen ausnahmsweise ohne Zucker. Zeugin von derart geballter Ablehnung gegenüber Fremden zu sein hatte ihr den Sinn nach Süßem vergällt.

»Hirngespinst nennst du das, ja? So wie du auch nicht daran glaubst, dass unser Stelzensteg demnächst verschwindet.« Das sagte Mários Onkel José, der Fischer von der »Santa Aukta«.

»Niemand reißt unseren Steg ab. Das trauen die sich nicht. Wo sollen wir denn dann unserer Arbeit nachgehen? Hast du darüber schon einmal nachgedacht, José, *espertinho*?

Oha. Der jüngere Fischer zog José auf mit Überschlaumeierei.

Doch der trank gelassen seinen Tee. »Hauptsache, *du* hast dir darüber schon Gedanken gemacht, wo du dann arbeiten wirst. Vielleicht willst du zum Kellnern nach Tróia gehen? Oder Schwimmbäder in Ferienhäusern reinigen, eh? Ich brauche nämlich nicht mehr zu denken und auch nicht mehr zum Fischen zu gehen. Ich gehe in Rente.«

Sein Gegenüber verstand erst nach und nach, wie José das gemeint hatte. Den erhobenen Finger klappte er wieder ein und kratzte sich verlegen an der Stirn. Die anderen, die dem Grünschnabel bisher beigepflichtet hatten, nippten plötzlich still geworden an ihrem Bier. Sie sahen alle miteinander sehr ratlos aus.

Der hagere Alte bestellte für sich und für José einen Schnaps. »Nicht immer sind wir einer Meinung, José, trotzdem *saúde*.«

José prostete ihm zu, ließ den Trinkspruch jedoch unkommentiert.

Unauffällig musterte Dora die Gesichter der Anwesenden. Verhärtet sahen sie aus, nicht nur wegen ihrer vom Wetter gegerbten Haut. Trotz und Anstrengungen waren ihnen gleichermaßen in die Mienen gemeißelt.

Dora erinnerte sich an eine Volksweisheit: Es gab Männer – und es gab Seemänner.

Seemänner schufteten doppelt so viele Stunden und Jahre wie Männer in anderen Berufen, schliefen halb so lang und wussten nie, ob und wie viel Geld sie am nächsten Tag verdienen würden. Sie waren zäh – und auf liebenswürdige, aufmüpfige Art eisern stur. Den Weg der Selbstbestimmung einmal als den ihren gewählt, hatten sie das Joch der Tagelöhner auf den Feldern und bei der Reisernte vor vielen, vielen Jahren gegen den Broterwerb am Arbeitsplatz Meer getauscht. Arm waren sie als Tagelöhner gewesen, arm als Fischer geblieben. Und dennoch fühlten sie sich reich, denn sie waren frei. Seemänner unterwarfen sich dem Schicksal – und dem Mandat ihres Eheweibs. Deswegen konnte ihnen auch kein Autokrat das Gehirn waschen.

Vielleicht waren die Fischer die letzten echten Nationalhelden, philosophierte Dora. Getrieben vom archaischen Bedürfnis, sich nichts sagen zu lassen. Bei einem räumlich und zeitlich begrenzten Beruf an Land würde ihre Seele sich von ihrem Kern als Seemann absondern.

Was wäre wohl ein Fischer bereit, für seine Freiheit zu opfern? Dora fand viele Antworten und keine darauf. Sie selbst war genauso archaisch, stur und eigenwillig. Wollte sie Tomás deswegen helfen? Weil sie Ja gesagt hatte und ein Umschwenken keine Option war?, fragte sie den Kaffeesatz. Mit wohlwollender Phantasie sah sie ein Pferd am Innenrand der Tasse entlangrennen, doch schlauer wurde sie daraus nicht.

Es war nach halb acht, wie Dora an der Wanduhr hinter der Theke ablas, und sie erschrak. *Chatice!* Um acht Uhr kam Ricardo.

Sie gab der Wirtin ein Zeichen, dass sie zahlen wollte, und beeilte sich, zur Hütte der Maias zu kommen. In ihrem Bauch flatterten Kolibris. Das erste Rendezvous seit mehr als zwei Jahren stand ihr bevor.

***

Kaum an der Hütte der Maias angekommen, holte sie den Schlüssel unter dem Lavendeltopf hervor und ging in die Wohnküche. Dort nahm sie das rosa-cremefarbene Sommerkleid mit Glockenrock und beigefarbene Ballerina-Schuhe aus ihrem Koffer und verschwand im Anbau im Bad. Sie duschte lauwarm, schäumte ihre Lockenpracht ein und genoss, wie das Wasser an ihrem erhitzten Körper herabperlte.

Ihr Telefon lag auf der Spiegelkonsole und vibrierte. Sie beugte sich ein Stück aus der Dusche vor. Es war ihr Großvater Maurice. Wenn sie jetzt nicht abnahm, würde er den gesamten Abend versuchen, sie zu erreichen. Während ihres Tête-à-Têtes mit Ricardo. Das fehlte ihr noch.

Schnell spülte sie den Rest Shampoo aus, drehte den Wasserhahn zu, wickelte ihre Haare in einem Handtuch wie in einem Turban ein und tippte auf den grünen Hörer. Sie stellte auf Lautsprecher, so konnte sie sich weiter abtrocknen, danach eincremen, die Wimpern tuschen, Zähne putzen und anziehen.

»*Olá, avôzinho.* Wie geht es dir? Erzähl!« Ihre Worte klangen hastig.

»Dora, Kind, bist du etwa verabredet?«

Wie er es immer wieder schaffte, ihr die Aufregung augenblicklich und sogar am Telefon anzumerken, war Dora ein Rätsel. »Wie kommst du denn darauf?« Sie ließ ihre Stimme überrascht klingen.

Er lachte. »Wie heißt er denn?«

»*Avô,* du bist unmöglich. Ja, ich bin verabredet. Bis du nun zufrieden?«

Maurice gluckste in den Hörer. »Scheint ja der Blitz eingeschlagen zu haben.«

»Erzähl mir lieber etwas von meinen Raben.«

»Ach, sind nun alle beide *deine* Raben?«

Dora schnitt ihrem Spiegelbild eine Grimasse. Meine Raben, deine Raben, keine Raben. »Hast du in den Nachttopf geschaut? Nach zwei bis drei Tagen legt das Weibchen Eier, habe ich im Internet gelesen.«

»Es sind vier.«

Sie stieg in das Kleid, strich den Rock glatt, zupfte Ärmel und Kragen zurecht und zog den Reißverschluss hoch. »Ich werde Rabenmutti.« Sie freute sich auf vier kleine schwarze Kolkrabenküken. »Dabei brüten Kolkraben eher im März. Und jetzt ist Juni. Und sie brüten in meiner Dachwohnung. Das ist schon sehr speziell, findest du nicht auch, *avôzinho?*«

Auf der Veranda hörte sie plötzlich Schritte. Im Türrahmen tauchten Blütenköpfe auf. Rosé- und cremefarbene Rosen. Ein ganzes Bouquet – und dahinter Ricardos strahlende Augen.

Der Anruf ihres Großvaters war mit einem Schlag Nebensache, die künftigen Rabenküken vergessen. »Ich werde verrückt. Ricardo. Blumen bringst du mit, Rosen. Das ist … Liebe Güte, sind die schön. In meinen Lieblingsfarben noch dazu. Schau, wie mein Kleid. Woher wusstest du …?«

Er kam nicht dazu, ihr zu antworten, denn Maurice' Stimme meldete sich aus dem Handy auf der Konsole zu Wort. »*Boa tarde*, Senhor Ricardo. Ich bin Doras Großvater Maurice. Wie geht es Ihnen?« Ricardo stutzte eine Sekunde lang, dann lächelte er, und sein Schnurrbart tanzte. Er beugte sich über das Mobiltelefon. »Seit ich Ihre Enkelin kenne, habe ich das Gefühl, ich schwebe.« Dora knuffte Ricardo in den Oberarm. Wie konnte er so etwas sagen? Sie kannten sich doch gerade erst seit ein paar Minuten, wenn man alle drei Begegnungen zusammenzählte. Erstaunlich, wie vertraut er ihr trotzdem bereits war. Als würden sie sich schon viel länger kennen.

»Das hört sich nach Verliebtsein an, und das ist mehr wert als alles andere.« Maurice, der weise Löwe von den Kapverden, verabschiedete sich mit »Guten Appetit«-Wünschen, und der Bildschirm wurde dunkel.

Ricardo legte die Rosen ab. »Das Kleid steht dir. Es schmeichelt deiner Augenfarbe und macht dich noch hübscher.« Er kam einen Schritt näher, legte einen Arm um ihre Taille und zog sie zu sich heran, bis ihre Körper sich berührten. Dora wusste nicht, was sie sagen oder denken sollte. Ricardos Aftershave duftete nach Moos und Amber. Er trug ein schwarzes Hemd, dazu Jeans und sah zum Anbeißen gut aus.

»Hallo«, sagte er.

»Hallo«, sagte Dora.

In dem Moment vergaß Dora alles. Das »Land ohne Grund«, das Bauprojekt, die Faschistenfolklore in Tróia, die »Straße der Madame«, den Mord und Tomás Maia erst recht. In ihrem Kopf schwebte eine watteweiche Wolke, und darin verpackt schwebten sie und Ricardo.

Sein Körper war muskulös. Er fühlte sich verdammt gut an, so gegen ihren gepresst. Dieses Mal küsste sie ihn. Und wie schon bei ihrem ersten Lippentreffen fror die Zeit ein, und die Welt blieb stehen. Nichts sollte schnell passieren. Sie wollte Ricardo häppchenweise auspacken, wie ein kostbares Geschenk.

»Sollen wir erst essen oder gleich weitermachen?«, wisperte sie und nagte zärtlich an seinem Ohrläppchen.

Seine Nase glitt an ihrem Hals auf und ab. »Ich möchte dich ausführen. Mit dir sprechen. Dich ansehen. Dich anhimmeln. Danach bleibe ich, solange du willst.«

Das hörte sich sensationell sinnlich an. Dora nahm ihn an der Hand und das Bouquet Rosen in den Arm. Das Handy ließ sie liegen. »Mach das Licht aus«, bat sie und führte ihn in die Wohnküche. Dort stellte sie die Rosen in einen hohen Topf mit Wasser und auf den Tisch und wollte ihm und sich ein Glas Wein einschenken.

Ricardo kam zu ihr, nahm ihr die Gläser und die Flasche ab, öffnete sie und stellte sie auf die Anrichte. Er stand jetzt dicht vor ihr. Seine Aura umarmte sie. Wohlig warm. Die wenigen Zentimeter zwischen ihnen luden sich elektrisch auf. Dora spürte ein Ziehen im Bauch. Sie wollte ihn. Mit Haut und Haar. Sie schloss die Augen. Ricardo füllte ein Glas, nahm einen Schluck und stillte ihren Durst mit einem nächsten Kuss.

Dora genoss das sinnliche Spiel in vollen Zügen. Vielleicht, durchflutete es sie wohlig, war Ricardo der tatsächliche Grund, warum sie nach Carrasqueira hatte kommen müssen.

Der Gedanke gefiel ihr, genauso wie der Mann vor ihr. In seiner Nähe fühlte sie sich vollständig. Darüber wollte sie nachsinnen. Aber nicht jetzt.

»Fährst du oder soll ich?«

»Ich fahre dich.«

Ricardo ließ Dora den Vortritt, schloss die Tür ab und überreichte ihr den Schlüssel. Sie steckte ihn ein.

»Es geht nach Grândola«, verkündete er und öffnete die Beifahrertür seines Jeeps. Dora stieg ein. Ricardo setzte sich neben ihr auf den Fahrersitz. »Ich habe einen Tisch reserviert.«

»Ich weiß gar nichts über dich, Ricardo. Erzähl mir von dir.«

In der nächsten halben Stunde erfuhr Dora, mit wem sie in einem Wagen saß. Ihr erster Eindruck hatte sie nicht getäuscht. Ricardo war ein Mann mit Verstand. Sein Herz pochte für

Vertrauen, Freundschaft, Aufrichtigkeit. Ganz nach ihrem Geschmack. Jemand, der Liebhaber und Freund sein wollte, sagte er, und sie spürte, wie ernst es ihm damit war.

Selbstbestimmung sei für Ricardo schon immer mehr wert gewesen als jeglicher Besitz, erfuhr Dora. Das hätten seine Eltern ihm so vorgelebt. Sie seien stolz auf das, was sie taten, nicht auf das, was sie besaßen. Beide lebten noch, erzählte er. Geprägt hätten ihn aber vor allem die Prinzipien seines Vaters, der, wie konnte es anders sein, ein Seemann war. Ein Seegras-bauer.

Ricardos erster und einziger Eheversuch habe nicht funktio-nieren können, weil seine Ex-Frau immerzu Besitz anhäufen wollte. Und sich dafür dem Diktat anderer gebeugt habe.

Nach der Scheidung hatte Ricardo nach einer Anstellung als Gutsverwalter fern von Aveiro gesucht und war im Alentejo an der Blauen Küste auf der Herdade Carvalho gelandet. »Wo meine Prinzipien täglich strapaziert werden«, gab er unwirsch zu. »Die Arbeiter trauen sich nicht, mir ihre Mei-nung zu sagen. Als hätte die Revolution 74 nicht in Portugal, sondern woanders stattgefunden. Américo Carvalho ist ein Salazar-Mann und verhält sich ständig dementsprechend. An-strengend, sage ich dir.«

Das konnte sich Dora lebhaft vorstellen. Ricardos Eindruck passte zu ihrer Quintessenz, dass die Herdade Carvalho ein Brutkasten für rechtsextreme Gesinnung geblieben war.

Sie aßen in Grândola in einem regionaltypisch eingerichte-ten Lokal. Karierte Stofftischdecken lagen auf den Tischen. Urtümliche Utensilien aus der Landwirtschaft dekorierten die Gaststube. Es gab echte Kerzen. Sie hörten Hirtenmusik »Cante Alentejano«. Ricardo wählte ein Steak vom Mirandesa-Rind und Dora gegrillten Loup de Mer. Bei gedämpftem Licht und Kerzenschein weihte Dora Ricardo dann in ihre Biografie als Inspetora-Chefe der Mordkommission Lissabon ein. Er hörte sehr aufmerksam zu.

»Du hast Guiliano geschnappt? Den sadistischen Kommandanten der PIDE-Geheimpolizei, von dem alle dachten, er sei entweder tot oder für immer und ewig in Südamerika untergetaucht?«, fragte er beeindruckt, als sie geendet hatte. Sie nickte.»Mein letzter Fall.«

Ricardo ließ das Besteck sinken.»Du setzt dich in den Kopf eines Mörders.«

So hatte sie das noch nie betrachtet, aber doch, es kam ihrer Arbeitsweise durchaus nahe.»Intuition hilft.« Sie löste das Filet von der Mittelgräte des Wolfsbarschs und tröpfelte Olivenöl darauf.

»Versuchst du das in Gustavos Fall auch?«

Dora kaute auf dem köstlichen Fischstück und wog ihre Antwort ab. Aufrichtig wollte sie ihm gegenüber sein. Von Anfang an. Ricardo hatte schließlich rein gar nichts mit ihrem bisherigen Leben zu tun. Sie brauchte ihm nichts vorzuspielen und musste ihm auch nichts verheimlichen. Eine entspannend spannende neue Erfahrung. Ricardo sollte gleich wissen, mit wem er tanzte – damit er sich entscheiden konnte, ob er die verkorkste Mörderjägerin wirklich näher kennenlernen wollte.

Dora schluckte den Bissen herunter.»Den richtigen Kopf zum Reinsetzen habe ich bislang nicht gefunden, und wer weiß, vielleicht finde ich ihn auch gar nicht. Weißt du, ich muss keine Täter mehr finden. Ich muss mich nicht einmal einmischen in den ganzen Carvalho-Schlamassel. Trotzdem will ich es. Weil es mich stört, was hier passiert. Der Mord interessiert mich gar nicht vordergründig, obwohl er der Motor meines Handelns ist. Mich interessieren die Beweggründe, die erst zu dem mysteriösen Tod von Tomás' Vater geführt haben und nun zum Mord an Gustavo. Der Zusammenhang führt mich Schritt für Schritt zum Täter. Aber den soll bitte Cardoso verarzten. Nicht ich.«

»Cardoso? Ist das der leitende Ermittler der Mordkommission aus Lissabon? Ein sympathischer Typ. Gestern hat er Ramirez am Tatort zusammengestaucht.«

Dora schmunzelte.»Cardoso ist ein Ass. Er war mein Azubi.«

»Hoffentlich begegnet er Ramirez nicht im Dunkeln.«

»Andersdenkende waren noch nie willkommen.«

»Das habe ich auch schon gemerkt.«

Ihre Miene verfinsterte sich. »Denen reicht es schon, von auswärts zu sein oder das eigene Geschlecht sexuell zu bevorzugen oder an Buddha zu glauben – zack, wird man ausgegrenzt. Eingeschüchtert. Oder verjagt.«

»Ramirez ist mir nicht geheuer. Ein Speichellecker, in meinen Augen. Doch seit dem Mord an Gustavo verhält er sich merkwürdig. Wirkt nervös. Fahrig. Braust rasch auf. Wovor hat er Angst?«

Mit dem Zeigefinger malte Dora Kreise auf das Tischtuch. Sie wollte Ricardo nicht in ihre Mission hineinziehen oder den Mordfall mit ihm besprechen. Jetzt erzählte er von sich aus etwas darüber. Natürlich freute es Dora, dass Ramirez nervös wirkte. Das zeigte ihr, dass sie auf der richtigen Fährte schnüffelte. »Er hat Angst vor mir, weil ich das verdammte *encoberto* lüften werde, mit dem er all den Dreck seit 1992 überdeckt hat.«

Ricardo nickte. »Das dachte ich mir. Staatlich antrainierte Verhüllungsstrategie auf der ganzen Linie. Ich dachte, das wäre in Portugal endgültig vorbei.«

Dora wollte nicht weiter darauf eingehen. »Hör mal, Ricardo, lass uns über etwas anderes reden. Einverstanden?«

Ein Schleier trübte den Glanz in seinen Augen. »Gehst du danach zurück nach Lissabon?« Und in seiner Stimme schwangen Molltöne mit.

Dora hoffte, seinen Anfall von vorgezogenem Abschiedsblues mit einer grotesken Bemerkung zu entschärfen. »Ja, und dann schaue ich meinen Babys beim Schlüpfen zu.«

Ricardos Blick verriet Skepsis. »Deinen Babys? Beim Schlüpfen?« Er lachte. »Wie soll das denn gehen?« Die Molltöne waren verschwunden.

»Du musst wissen, ich bin eine Magierin. Ich besitze Kolkraben. Die mich ›Dorrra‹ rufen. Afonzine-Henriqua und Egas heißen sie. Sie haben sich vor zwei Tagen vermählt. In etwa achtzehn Tagen schlüpfen Babykolkraben. Vier Stück. Ich werde Rabenmutti.«

Ricardo hob das Glas und prostete ihr zu. »Dora Monteiro«, meinte er feierlich, »du hast mich verhext.«

Sie lachten beide herzlich und alberten den Rest des Mahls herum, so wie es nur Frischverliebte miteinander konnten. Ricardo erzählte Anekdoten. Dora parierte mit Geschichten aus ihrer Sammlung morbider und dennoch komischer Situationen aus ihrem Polizeialltag. Zum Dessert teilten sie sich kandierte Rainha-Cláudia-Pflaumen mit Quarkschaumcreme und fütterten sich gegenseitig mit langstieligen Löffeln.

Zum Kaffee verlangte Ricardo die Rechnung und beglich sie. Anschließend schlenderten sie Hand in Hand durch Grândola. Am Denkmal der Nelkenrevolution blieben sie andächtig stehen. Wie ein Halbmond umarmte die mit Azulejo-Fliesen bedeckte Gedenkmauer den Platz, mit den Familiennamen der Widerstandskämpfer beschrieben.

Ricardo stimmte das Marschlied »Grândola, Vila Morena« an. Dora stimmte inbrünstig mit ein. Händchen haltend ehrten sie ihre Vorväter und sangen die Revolutionshymne. »Grândola, du braun gebrannte Stadt ... Wiege aller Brüderlichkeit ...«

Sie ließen ihre Tränen ungeniert rollen, so wie es alle Portugiesen taten, sobald sie das Freiheitslied hörten. Danach lasen sie abwechselnd einige der Namen an der Gedenktafel vor. Jeder einzelne ein tödlicher Tribut für die Freiheit, in der sie beide aufgewachsen waren. Sie lasen sie leise vor, als wollten sie die Totenehre der Opfer nicht stören.

»Immer noch werden auf der ganzen Welt jeden Tag Menschen erniedrigt. Der Kampf für die Freiheit endet nie, Dora.«

Ricardos Fazit offenbarte ihr sein Herz. Es schlug für Gerechtigkeit. So wie ihres. Sie drückte seine Hand, so fest sie konnte.

Später, längst nach Carrasqueira in die Hütte der Maias zurückgekehrt, tanzten ihre Schatten den Tanz der Liebenden an der Wand in Emílias früherem Schlafzimmer, wo sie ihre Liegestatt auf dem Boden ausgebreitet hatten. Dora und Ricardo wollten einander kosten, kosen, küssen. Und dazu brauchten sie viel Platz.

Noch später lauschte Dora dem charakteristischen Schnattern der Flamingos in der Dünenmarsch und bewachte Ricardos Schlaf. Ganz still blieb sie liegen, um das Glücksgefühl, das sie ausfüllte und größer schien als sie selbst, nicht zu verscheuchen. Denn sie konnte ja nicht wissen, ob es sich jemals wiederholen würde. Darüber nickte sie ein.

9

Carrasqueira, Montag, 16. Juni

Das Vibrieren ihres Handys weckte Dora. Und Kaffeeduft. Die Stelle neben ihr war leer, aber warm. Sie hörte Ricardo im Bad im Anbau duschen. Und Fado singen. Sie lächelte. Einen Liebhaber, der unter der Dusche Fado sang, hatte sie noch nie gehabt. Der Anrufer war Cardoso. Wie spät war es denn überhaupt? Schon acht Uhr.

Dora stand auf, das Telefon am Ohr, und schenkte sich eine Henkeltasse Kaffee ein. Dazu knabberte sie Schokokekse. Die Morgensonne fiel durch das Fenster direkt auf ihren Busen und ihren Bauch. Die Wärme tat gut, und Dora blieb genau dort stehen. Konzentriert hörte sie Cardoso zu und beobachtete einen Stieglitz, der einer Spinne die Fliegen aus einem kunstvoll gespannten Netz im äußeren Fensterrahmen pickte.

»Tomás bewohnt eine Wohnung in Setúbal, und er besitzt ein Auto«, wusste Cardoso zu berichten. »Wir haben jetzt alles gefunden und beschlagnahmt. Laptop, PC, Datenträger und den Wagen.« Er klang gereizt.

Ob das daran lag, dass Tomás ihm die Wohnung verheimlicht hatte, oder an etwas anderem, vermochte Dora nicht zu benennen. Sie wollte weitere Neuigkeiten erfahren.

»Gestern Nachmittag hat mich ein Anruf von deinem Tenente erreicht.«

Dora schlürfte lautstark Kaffee. Jorge war schon bald zwei Jahre lang nicht mehr *ihr* Tenente.

»Er hat mir von der ›Rettet Carrasqueira‹-Bombendrohung erzählt. Nur damit du Bescheid weißt, Dora: An der Wand in Tomás' Wohnung hängt ein Plan, wie man Bomben baut. Und in seinem Wagen befinden sich Sprengstoffspuren.«

Dora mimte die Coole, obwohl sie glaubte abzustürzen.

»Ich war gestern bei der Ramirez-Villa in Tróia und habe Fotos von dem Haus und den Franco-Devotionalien im Garten gemacht. Ach ja, und Ramirez' Vater habe ich fotografiert. Ein waschechter Franco-Faschist. An der Straßensperre bin ich dann Jorge begegnet. Er war so nett, mich durch die Sperre zu leiten.«

»Das weiß ich alles schon und auch von der Faschistenfolklore im Garten«, erwiderte Cardoso.

»Ich schicke dir gerne das Bild.«

»Bitte, mach das. Nachher fahre ich nach Grândola und konfrontiere Tomás mit den neuen Ermittlungsergebnissen.«

Ricardo kam von der Veranda in die Wohnküche, ein Handtuch um die Lenden gewickelt.

»Da bin ich schon jetzt neugierig darauf, was er sagen wird«, meinte Dora.

»Apropos. Weißt du es schon?«

»Was soll ich wissen?«

»Die Hundestaffel hat Sprengsätze gefunden. Im Sand verborgen.«

»Nein!«, entfuhr es ihr.

»Ohne Zünder«, ergänzte Cardoso mit süffisantem Unterton.

»Das ist ein echt böser Bluff.«

»So ist es. Aber ich habe auch noch gute Nachrichten. Gustavo und Américo verdienen an dem ›Tróia for future‹-Projekt doppelt. Einmal beim Verkauf ihres Landes an den Bauträger und ein zweites Mal beim Verkauf der Häuser, weil sie stille Teilhaber der Immobilienfirma sind. Der notarielle Besitzer der Dünenmarsch war allein Gustavo. Der Löwenanteil der Herdade gehört aber nach wie vor Américo Carvalho.«

»Sein Heft will *o patrão* wohl immer noch nicht aus der Hand geben.«

»Scheint so. Die Salinen und die Reisfelder am Ufer des Sado Richtung Alcácer do Sal gehören übrigens nicht mehr dazu. Sie gehören dem Nachbarn Renato da Silva. Ein echter Salzbaron.«

Das Gehörte widersprach Doras Theorie über den befürchteten Wassermangel. »Zur Meersalzgewinnung benötigt immerhin niemand Trinkwasser und für den Reisanbau in der Flussaue bloß bedingt.«

»Hm.« Cardoso schwenkte um. »Wie war dein Date?« Sie presste das Telefon noch fester an ihr Ohr. »Es datet noch«, verriet sie wispernd.

Cardoso freute sich für sie. »*Olá!* Kommst du trotzdem heute noch nach Lissabon?«

»Natürlich komme ich.«

»Dann besprechen wir Weiteres.«

»Aye, aye.« Sie legte auf, tunkte einen Keks in ihren Kaffee und blinzelte Ricardo an. »*Bom dia.*«

Er blinzelte zurück. »*Bom dia.* Bleib so stehen. Damit ich dich anschauen kann. Wie schön du bist.«

»Du kannst auch gern näher kommen. Dann siehst du mich noch besser.«

Eine Stunde später verabschiedeten sie sich voneinander.

Dora verstaute ihr Gepäck und stieg in ihren Mustang. Ricardo stieg in seinen Jeep. Sie fuhren in entgegengesetzte Richtungen los. Ricardos zum Gruß aus dem Fenster gestreckten Arm sah Dora bis zur nächsten Kurve. Sie vermisste ihn ab dem Moment, als der Jeep aus dem Sichtfeld ihres Rückspiegels verschwand.

※※※

Die N 253-1 war frei. Hinter Comporta drückte Dora das Gaspedal durch und genoss die Schubkraft. Sie wollte die nächste Fähre nach Setúbal nicht verpassen. Dort wollte sie sich im Institut für Meeresforschung darüber informieren, wie es möglich war, dass im Naturschutzgebiet am Sado gebaut werden durfte. Schließlich arbeitete Tomás dort, ergo wusste er darüber Bescheid, dass die Genehmigung erteilt worden war. Aber irgendetwas hatte ihn anscheinend davon abgehalten, ein Veto gegen das Vorhaben einzulegen. Obwohl er gegen das Projekt kämpfte. Und andere sogar dazu animierte, mitzumachen.

Dora genoss den morgendlichen Fahrtwind, als im Rückspiegel unverhofft eine Streife der GNR auftauchte. Mist. Sie fuhr zu schnell. Das würde teuer werden. Die Streife überholte und stoppte sie. Dora traute ihren Augen nicht, als ausgerechnet der Polizist Gomes ausstieg. Ein Zufall war das sicher nicht. Zuerst Moutinho in Comporta, der sie versucht hatte einzuschüchtern, und jetzt Gomes. Zudem blieb Gomes' Kollege im Einsatzwagen sitzen. Dora wurde misstrauisch. Was hatte der Glatzkopf vor?

Gomes kam gemächlichen Schrittes zu ihrem Wagen. Seine Uniform saß akkurat. Die Bügelfalten an der Hose sahen aus wie mit dem Lineal gezogen. Das kurzärmelige beigefarbene Hemd war gestärkt, die Stiefel glänzten.

Er beugte sich zum geöffneten Fahrerfenster herab, eine Sonnenbrille mit Spiegelglas aufgesetzt. »Wen haben wir denn da? Die Süße aus dem Café. Du bist ganz schön flott unterwegs.«

Doras Blut geriet in Wallung. »Bewahren Sie sich die Kosenamen für Ihre Freundin auf und sprechen Sie mich mit Sie an, so wie es sich für einen Polizisten gehört.«

Gomes griente. »Du riskierst eine ziemlich dicke Lippe, Dora Monteiro. Jaja, wir wissen, wer du bist. Oder eher gesagt, wer du gewesen bist. Ich nenne dich, wie ich will. Hier ist nämlich kein Inspetor-Chefe aus Lissabon und kein Anti-Terror-Tenente weit und breit zu sehen. Nur ich bin hier. Aussteigen!«, brüllte er.

Am liebsten hätte Dora ausgeholt und ihm eine Ohrfeige verpasst, doch ihre Hände umklammerten das Steuer. Einen Grund, sie in Beugehaft zu nehmen, wollte sie Gomes ganz sicher nicht liefern. Wie in Zeitlupe stieg sie aus und baute sich vor Gomes auf.

Der schubste sie grob gegen ihren Wagen. »Umdrehen!«

Bevor sie wusste, wie ihr geschah, grapschte er ihren Körper ab. Sein Knie schob sich unter dem Rock ihres Sommerkleids zwischen ihren nackten Oberschenkeln aufwärts bis in ihren Schritt, während seine Finger ihren Busen massierten.

Dora konnte nicht glauben, dass ihr soeben widerfuhr, wovon sie bisher nur gehört hatte. Von Frauen, die zu Opfern degradiert worden waren und die sie vernommen hatte. Jetzt war sie dran. Sie konnte sich nicht bewegen, auch keinen klaren Gedanken fassen. Sie stand wie erstarrt da und ließ es geschehen. Ihr wurde speiübel. Das würde Gomes büßen. Und wie er büßen würde, schwor sie sich. Niemand durfte ihren Körper unbefugt vereinnahmen. Niemand! Hätte sie ein Messer zur Hand gehabt, hätte sie ihm die Haut wie einem toten Karnickel abgezogen.

»Das nächste Mal schaue ich mir an, wie du nackt aussiehst«, wisperte Gomes und verpasste ihr zum Abschied einen Klaps auf den Hintern.

Dora schluckte den Spuckreiz hinunter, indem sie sich Gomes' Schreie bei der imaginären Häutung vorstellte. So schaffte sie es, ihm nicht ins Gesicht zu kotzen.

»Bis bald, Süße«, sagte er, schlenderte zum Wagen, stieg ein und fuhr davon.

Dora blieb fassungslos am Straßenrand stehen. Sie fühlte sich ausgesetzt. Ein Opfer staatlicher Willkür war sie geworden. Das alles war innerhalb von wenigen Minuten passiert. Nie hatte sie sich vorgestellt, derart gedemütigt zu werden. Von einem Polizisten noch dazu. Und als ob das noch nicht gereicht hätte, war sie während der nötigenden Leibesvisite von vorbeifahrenden Autofahrern angegafft worden, die sofort wieder weggeschaut hatten. Sogar Gomes' Kollege war im Streifenwagen sitzen geblieben. Nicht einmal in den Rückspiegel hatte er geschaut, geschweige denn eingegriffen. Waren solche unbefugten Übergriffe seitens der hiesigen Polizei etwa an der Tagesordnung?

Mit fahrigen Bewegungen strich Dora immer wieder über den schon längst glatt gestrichenen Stoff ihres Kleides. Sie hatte sich nicht gewehrt. Es wäre leicht gewesen. Ein Tritt und sie hätte Gomes außer Gefecht gesetzt. Doch das wäre nicht nur ein kurzer Triumph gewesen, sondern auch ein waschechter Angriff auf die Staatsgewalt. Dass es Notwehr gewesen wäre, hätte ihr sowieso niemand geglaubt. Im Gegenteil, Ramirez und seine Gesinnungsbrüder hätten sie dann erst recht in die Zange genommen.

Ein inneres Beben erfasste sie. Sie hatte in der Falle gesessen. Hätte sie sich verteidigt, befände sie sich jetzt in Handschellen auf dem Rücksitz des Polizeiwagens. Stattdessen hatte sie sich im Schock ergeben.

Scham bohrte sich heiß in ihr Zwerchfell. Das scheinbar kleinere Übel hatte sie gewählt. Dabei gab es gar kein kleineres oder größeres Übel. Das Übel an sich war die Willkür, die ihr widerfahren war.

Jetzt begriff Dora das Prinzip der Bedrohung von Ramirez und seinesgleichen. Zuerst schüchterten sie ihr Opfer ein. Danach folgte physische Nötigung Hand in Hand mit verbaler Erniedrigung. So wurde Furcht geschürt. Die Säule jedes totalitären Systems. Wer nicht mitmachte, musste kuschen und die Schnauze halten oder wurde das nächste Opfer. Auf diese Weise schafften es die auf die falsche Seite Gerückten, in jedem diktatorisch strukturierten Regime straffrei zu agieren. Sie konnten Fremden nachstellen. Prostituierte drangsalieren. Gastarbeiter malträtieren. Und alle, die davon wussten, hielten still. Um nicht das nächste Opfer zu werden.

Das musste aufhören!

Wie ferngesteuert stieg Dora in ihren Mustang und fuhr weiter. Sie schaltete die Gänge rauf oder runter, setzte Blinker, gab Gas, bremste. Alles vollkommen automatisiert. Als hätte sich ihr Kopf von ihren Emotionen getrennt. Sie taumelte in dem merkwürdig wattierten Nichts zwischen Verstand und Gefühl umher und suchte nach dem Ausgang.

Nach kurzer Zeit erreichte sie den Fährbootssteg, stoppte am Kassenhäuschen, zog ein Billett, fädelte sich hinter zwei Lieferwagen in die Reihe ein und rollte in den Bauch der Fähre. Dort blieb sie bis zum Ablegen in ihrem Wagen sitzen. Beide

Hände auf dem Lenkrad, alle Finger um das Wurzelholz geschlungen. Sie dachte an Ricardo, an seine zärtlichen, respektvollen Berührungen.

Sofort schämte sie sich umso mehr für das, was eben geschehen war, ekelte sich vor den fremden Händen, die sich ihres Körpers bemächtigt hatten. Sie wartete auf lodernde Wut. Vergeblich. Vielleicht würde ihr frische Luft helfen. Sie ließ den Mustang im Laderaum stehen und stieg an Deck. Ganz nach vorn ging sie, lehnte sich am Bug an die Reling, streckte dem Meerwind ihr Gesicht entgegen. Wie ein Kind breitete sie beide Arme aus. Mochte der Wind ihren Leib rein blasen und ihre Seele durchpusten. Fort sollte er sie tragen, weit fort an einen Ort, wo Unterdrückung ein Fremdwort war.

Die Augen geschlossen, lauschte sie dem gleichmäßigen Auf- und Abtauchen des Schiffsbugs in die Wogen und federte jede Talfahrt mit den Knien ab.

Sie hatte ihrer Angst nachgegeben. Anstatt sie zu bekämpfen. Eins zu null für Gomes und ein weiterer Sieg für das rechtsextreme Rudel. Exakt ein Sieg zu viel!

Die Fähre näherte sich dem Hafengebiet von Setúbal, genannt »Klein-Lissabon« wegen des Hafenviertels mit Gassenlabyrinth, der schmalen, Wand an Wand gebauten und farbenfroh angestrichenen Häuschen, die an das Altstadtviertel Alfama in Lissabon erinnerten. Wegen der manuelinisch ornamentierten Stadtkirche. Wegen des großen Dichters erotischer Poesie, Manoel Maria de Barbosa du Bocage. Wegen des Meeres direkt vor der Haustür, wegen der liebevoll angelegten Stadtparks mit Skulpturen. Und vor allem wegen der Cafékultur.

Mit gedrosselter Schubkraft tuckerte die Fähre am Hafen vorbei, wo Dutzende Fischkutter in der Bugwelle des Schiffes auf und ab dümpelten und es den Anschein erweckte, als zwinkerten die an den Rümpfen aufgemalten Augen Dora zu. Natürlich war das Einbildung, aber es fühlte sich so an. Am liebsten wollte Dora es ungeschehen machen. Den Resetknopf in ihrem Kopf drücken. Aber was würde dann passieren? Sollte sie Ricardo, Cardoso, ihren Großvater einweihen? Nein. *Das* konnte sie nicht laut erzählen. Und sie hasste sich dafür. Denn genauso funktionierte totalitäre Macht. Die Opfer schämten sich und behielten ihr Leid für sich. Die Täter triumphierten und konnten ihr psychologisches Treiben ungestraft fortsetzen. Das Erlebnis an sich war schon erniedrigend gewesen. Das Wissen darum, dass die Täter auf das Schamgefühl sogar spekulierten, weil den Opfern zu selten geglaubt wurde und niemand an ihrer Seite kämpfte, war entwürdigend. Am schlimmsten war die Justiz, die sogar in einer Demokratie Missbrauchsfälle zu oft bagatellisierte.

Nachdem die Fähre angelegt hatte, stieg Dora wieder in den Schiffsbauch, startete den Motor ihres Wagens und verließ zuerst das Schiff und danach das Hafengelände. Am Kreisverkehr neben der Ausfahrt fädelte sie sich Richtung Centro ein und folgte der Avenida Luísa Todi am Stadtpark entlang. Dort hielt sie Ausschau nach einem geeigneten Ort zum Parken, fand eine Lücke, stellte den Mustang ab, stieg aus und lief schnurstracks zum Mercado do Livramento.

Ohne der schönsten Markthalle Portugals mit ihren prächtigen Azulejo-Paneelen auch nur eine Sekunde lang Aufmerksamkeit zu widmen, lief sie an den Händlern, deren Waren und an der Pappmascheefigurenparade vorbei und betrat eine Stehkneipe. Sie brauchte unbedingt etwas zu trinken.

Die Bar war voll besetzt mit Händlern und Marktschreiern. Dora drängelte sich zwischen ihnen hindurch bis an die Theke.

»Moscatel«, wies sie den Wirt an.

Der goss bis zum Rand Göttersaft in ein Portweinglas und stellte es vor ihr auf die Theke.

Sie bedankte sich, schob eine Zwei-Euro-Münze über den Tresen und zog sich mit dem Glas in eine ruhigere Ecke der Bar zurück. Ihre Nervenenden surrten wie ein Hochspannungskabel im Nieselregen.

Dora nahm einen kräftigen ersten Schluck. Das tat wohl. Das Zittern ihrer Oberschenkel ließ nach, und das wattierte

Ding in ihrem Kopf löste sich auf. Endlich erinnerte sie sich daran, warum sie überhaupt nach Setúbal gekommen war.

In einem Zug leerte sie das Glas und machte sich auf den Weg zum Institut für Meeresforschung.

Vor dem Gebäude begrüßte sie eine Delphinskulptur. Ihre Hand glitt über den glatt geschliffenen Marmor und über den Kopf des Meeressäugers bis zur Nasenspitze. Sie betrat das Foyer und folgte dem Hinweisschild »Ausstellung über das Naturreservat an der Sado-Mündung«.

Die Fotoreihe über Bauern und Fischer zog sie sogleich in ihren Bann. Die Bilder stammten aus den Jahren 1940 bis 1960. Dem Fotografen war es außerordentlich gut gelungen, den Trotz der Menschen einzufangen. Niemand lächelte in die Kamera. In dem üblicherweise kargen Alltag der Fischerfamilien hatte es nur Arbeit gegeben – und nichts zu lachen.

An der Wand gegenüber prangte eine Landkarte. Sie zeigte das Meer, den Meerbusen, den Sado mit seiner Mündung und der Uferlinie, die von Alcácer do Sal via Carrasqueira und Comporta bis Tróia verlief. Eine Runde um die gesamte Bucht. Die südliche Seite war am Sado entlang vollständig schraffiert. Diese Fläche war Anfang 1992 zum Naturschutzgebiet ernannt worden und wurde seither mit EU-Mitteln subventioniert. Das Institut ebenso, las Dora.

Nachdenklich betrachtete sie die Karte, trat ein paar Schritte zurück, dann zur Seite. Irgendetwas stimmte nicht.

Sie öffnete das Menü »Fotoalben« in ihrem Mobiltelefon und verglich ihre Aufnahmen vom Plakat des geplanten Bauprojekts mit der Karte im Institut. Die Linienführung der Dünenmarsch im südlichen Mündungsdelta sah anders aus als die auf dem Bauplan der Immobilienfirma. Oder war es umgekehrt? Die Landkarte im Institut stammte aus dem Jahr 1992, die auf dem Plakat war aktuell.

Dora ging zur Information. »Ich habe eine Frage. Entsprechen die Ausmaße der Dünenmarsch von Comporta und Carrasqueira auf der Landkarte von 1992 noch denen von heute?«

»Warum fragen Sie?«

»Weil ich eine aktuellere Karte gesehen habe, auf der es so aussieht, als habe sich die Küstenlinie in dem Bereich landeinwärts verschoben.«

Der Museumsmitarbeiter lachte. »Da muss sich jemand gründlich vermessen haben. Das Gegenteil ist der Fall. Heute gibt es mehr Land in der Gegend von Carrasqueira als früher. Dafür sind die Gezeiten verantwortlich.«

Es folgte ein detaillierter Vortrag über Oszillation und natürliche Landgewinnung durch die Strömungskraft des Wassers in Mündungsgebieten großer Flüsse.

Dora hörte höflich zu. Das war zwar alles hochinteressant, aber nicht das, was sie wissen wollte. »Demnach ist das geschützte Gebiet heute größer als damals.«

»Ganz genau.«

»Dürfte dort gebaut werden?«

»Um Gottes willen, nein, natürlich nicht. Wir unterstehen der Aufsicht der Europäischen Generaldirektion für Umwelt. Fischer dürfen in der Marsch Hütten bauen. Es existiert eine Art Duldungsrecht zur Erhaltung ihrer Lebenskultur und der lokalen Identität. Das einst königlich erlassene Gesetz aus dem 18. Jahrhundert greift heute noch und ist eingebunden in das EU-Schutzprogramm.«

Dora überlegte fieberhaft. »Aber wie verhält es sich bei Privatbesitz?«

Die Miene des Mitarbeiters verdüsterte sich. »Ich verstehe. Sie sprechen über das geplante Bauprojekt ›Tróia for future‹ auf der Herdade Carvalho.« Er beugte sich über den Tresen und sprach leise weiter. »Ein fauler Kompromiss ist das, wenn Sie mich fragen, aber von mir haben Sie das nicht gehört.«

Dora zeigte ihm das Daumen-hoch-Zeichen.

Er fuhr etwas zutraulicher fort. »Der Bauträger will die ursprünglichen Fischerhütten optisch imitieren und nachbauen, ökologisch, aber modern, und hat das Projekt vor einigen Jahren eingereicht. Was soll ich sagen? Er hat die Baugenehmigung kürzlich erteilt bekommen – mit der Begründung, das Projekt schütze die Natur, die lokale Identität und die Lebenskultur.«

Deswegen also hieß das Modellhaus »Fishermen«. So hatte es der Bauträger geschafft, eine Baugenehmigung zu ergattern. Schlau ausgedacht. »Eine Fischerfamilie aus Carrasqueira kann sich so ein Ökohaus aber nicht leisten.«

Der Mann seufzte. »Wem sagen Sie das?«

»Kann man keinen Einspruch erheben?«

Der Mitarbeiter sah sich verstohlen um, so als befürchte er Lauscher. »Doch, sofern es juristische Bedenken gäbe. Falls jemand Anspruch auf Grund und Boden erheben würde, zum Beispiel.« Er bedeutete Dora, noch ein Stück näher zu kommen, und flüsterte ihr die nächsten Worte direkt ins Ohr. »Der Besitzer der Herdade Carvalho weiß offenbar, wie man juristische Bedenken umgeht. Er hat, wie soll ich es sagen, anscheinend tatkräftige Unterstützung.«

Das überraschte Dora kaum. *O patrão*, Ramirez und seine Handlanger waren sogar auf der anderen Seite der Bucht bis nach Setúbal bekannt. Ergo hatten sie noch eine Menge mehr auf dem Kerbholz, als sie bislang vermutet hatte. Dass die Gesinnungsbrüder tatsächlich daran glaubten, damit dauerhaft durchzukommen, grenzte schon an Größenwahn.

»Und was würde im Fall einer polizeilichen Ermittlung passieren? Sagen wir, bei einem Mord?«

Glanz kehrte in das Gesicht des Angestellten zurück. »Eine Straftat würde das Projekt sofort kippen. Dann könnte sogar das Institut Einspruch einlegen. Sonst sind wir zu unbedeutend, Sie verstehen?« Er rieb Zeigefinger und Daumen aneinander. »Niemand schlägt die Hand, die einen füttert. Und uns füttert die EU.«

Dora verstand bestens. Ab einer gewissen Summe wurden Gesetze ungültig und Menschen bestechlich.

***

Nach ihrem Besuch im Institut für Meeresforschung ging es Dora besser. Es gab nun mehrere juristische Hebel, die Cardoso für eine interne Untersuchung nutzen und dadurch das

Bauprojekt zumindest einmal auf Eis legen konnte. Dann konnte sich sogar das Institut einmischen, ohne mit der EU in einen Interessenkonflikt zu geraten. Hatte Tomás deswegen bisher nichts unternommen? Weil ihm eine juristische Handhabe gefehlt hatte? Oder wollte er die Angelegenheit auf andere Weise lösen? Zum Beispiel mit Sprengstoff? Die Bewegung wolle Muskeln zeigen und dass sie zum Kampf bereit sei, hatte Jorge behauptet. Aber wollten die Aktivisten von »Rettet Carrasqueira« das wirklich? Eine Bombe am Strand zu vergraben stoppte doch das Bauprojekt keineswegs. Nein, das war unlogisch. Sogar ein zorniger Tomás würde nicht unlogisch handeln, sondern mit Kalkül. Eine Bombe würde er ganz woanders zünden. Etwa auf der Herdade Carvalho. Aber nicht am Strand, noch dazu, wo dort Familien mit Kindern badeten. Nein, die Möglichkeit schloss Dora kategorisch aus.

Sie erreichte ihren Wagen, stieg ein und lenkte den Mustang durch den Stadtverkehr von Setúbal. Bei der Auffahrt nach Lissabon drückte sie das Gaspedal durch.

Dreißig Kilometer später tauchte das RioSul-Shoppingcenter auf, dahinter die Hochhausskyline von Amora und Almada im südlichen Speckgürtel Lissabons. Bald darauf begrüßte sie das Heiligtum Santuário do Cristo-Rei, die Christus-Statuette mit ausgebreiteten Armen, schon weit vor dem Erreichen der Ponte de 25 de Abril über den Tejo nach Lissabon. Für Montagvormittag herrschte überraschend wenig Verkehr.

Diktator Salazar hatte die Hängestahlseilbrücke einst bauen lassen. 1969 war sie unter seinem Namen eingeweiht worden. Später hatte man sie in Ponte de 25 de Abril umgetauft – als Hommage an die Nelkenrevolution.

Der Name und das Thema rund um den 25. April 1974 passten bestens zu Doras Gedanken. Fast ein halbes Jahrhundert war seit dem Sturz der Diktatur vergangen. Die Politiker behaupteten, seither sei alles anders geworden. Das Volk sei frei und könne frei entscheiden. Irrtum. Ein Teil des Volkes konnte eben nicht frei entscheiden. Ihm waren die faschistisch untermauerten »Lektionen Salazars« vier Jahrzehnte lang wie Bibelzitate gepredigt worden. Als Comic gezeichnet, hatte die Volksfibel dem arbeitenden Volk gezeigt, wo sein Platz war. Die Abbildungen darin waren ohne Worte ausgekommen, damit Analphabeten die staatlichen Predigten ebenso verstehen konnten und auch die Ungebildeten sich beachtet fühlten.

Dora kannte die Fibel. Sie hatte bei ihrer Oma im Alentejo auf dem Küchenbüfett gelegen, griffbereit neben der Bibel. Aus Gewohnheit war sie dort auch nach 1974 geblieben, nicht aus Überzeugung. Dora fand das sehr traurig. Die Bilder waren diffamierend, aber munter illustriert. Als wäre es eine Lektüre für Kinder und keine Propagandaschrift zur Volkserziehung.

Einzig körperliche Arbeit mache einen Mann zum Mann, hieß es darin. Alle abgebildeten männlichen Figuren strahlten, wenn sie nach vierzehn Stunden Maloche unter Tage in ihre bescheidenen Häuser zurückkehrten. Und ihre Frauen strahlten ebenso, weil sie die vom Pyrit-Staub verschmutzten Kluften am öffentlichen Waschplatz mit Waschstein, kaltem Wasser und Wurzelbürste schrubben durften. Sie strahlten, während sie den Boden fegten, das Essen kochten oder die Erde gebückt mit bloßen Händen bestellten. Die portugiesische Frau strahlte immerzu. Denn sie wurde vom Staatschef zum Schoß der Nation geadelt und als bescheidene, glückliche Mutter dargestellt.

Im Hellen betrachtet, war der Großteil der Frauen in Portugal damals ungebildet gewesen und zur ewigen Magd degradiert worden, ganz und gar dem Mann hörig, ohne eigene Rechte auf Wohnraum, einen Arbeitsvertrag oder ein Konto. Diejenigen, die dennoch ihre eigenen Gedanken formuliert hatten, waren von der Geheimpolizei zur Wahrung der Moral verfolgt, eingesperrt und nach dem damals gültigen Moralgesetz »Ordem moral« strafrechtlich verurteilt worden – oder entmündigt und in eine Nervenheilanstalt eingewiesen.

Durch das grausam fröhlich illustrierte Buch hatten sich aber tatsächlich jede Menge Bauern und Fischer, Fabrikarbeiter, Tagelöhner und Landarbeiter wichtig und vom Regime als Teil der Nation ernst genommen gefühlt und sich mitnichten als Lakaien betrachtet. Das war psychologisch genial eingefädelt gewesen. So genial, dass es heutzutage immer noch wirkte. Vor allem in den ländlichen Gegenden Portugals. Die einstigen Frondiener auf den Latifundien des Alentejo waren vielfach auch nach der Revolution Diener ihrer Herren geblieben. Pflichtbewusst, arm und stolz darauf. Genau so, wie es der junge Mann in Paulas »Tasca Central« dem Alten vorgeworfen hatte.

Dora kannte diesen Zwang nicht. Doch die unaussprechliche Situation mit dem Polizisten Gomes hatte ihr die Tür zur Unterdrückung einen Spaltbreit geöffnet, weit genug, dass sie nun ahnen konnte, wie unheilvoll düster es auf der anderen Seite der Tür war.

»Wer nie eingesperrt gewesen ist, erkennt Freiheit nicht«, hatte ihr Lieblingsdichter Miguel Torga einst geschrieben. Da hatte noch Diktatur geherrscht. Wie recht er sogar für die Zukunft seines Volkes behalten sollte, hatte er damals vermutlich nicht geahnt.

Dora erweckte ihr Handy zum Leben und tippte auf Cardosos Rufnummer.

»Ich bin beschäftigt, Schatz«, sagte er kurz angebunden.

»Ich melde mich.«

Er war zum Rapportablegen bei seinem Chef Mendonça. Noch so ein nostalgisch Verklärter. Auf dem rechten Auge verblendet.

Unter der legendären orange lackierten Brücke als Entrée Lissabons strömte majestätisch der Tejo gen Ozean. Links lagen die Uferpromenade, die Museen, der Präsidentenpalast, das Entdeckerdenkmal, der Turm von Belém und das Kloster des heiligen Hieronymus. Rechts lag die Altstadt Lissabons auf sieben Hügeln ausgebreitet, die dem Tejo zu entspringen schienen, fast so, als hätte der Fluss die Metropole einst geboren.

Dora seufzte. Sie kehrte heim. Zurück in ihre Realität. Fern vom Los der Männer auf See, fern vom Joch der Landarbeit in Korkeichenhainen und Reisfeldern, fern von polizeilich nach rechts gekippter Willkür. In der Hauptstadt pulsierten weltoffener Mainstream und der Beat für die Zukunft. Das merkte man sogleich dem Autoverkehr an. In Lissabon war man stets in Eile. Drückte aufs Gaspedal, oft auch auf die Hupe. Auch Dora fuhr automatisch zügiger, nutzte Lücken und wollte schneller vorankommen, als es ihr im Alentejo in den Sinn gekommen wäre.

Ihr Handy in der Halterung vibrierte. Es war Ricardo, stellte sie freudig fest. »*Olá.*«

»Bist du schon in Lissabon?«

»Auf der Brücke.«

»Hör mal, Dora. Auf der Herdade herrscht ein ziemlicher Tumult. Ich finde, du solltest das wissen.«

Auf der Stelle war sie ganz Ohr. »Ist etwas passiert?«

»Américo hat Besuch von diesem Polizisten, von dem du mir erzählt hast. Ramirez. Er hat seinen Vater mitgebracht. Die drei sitzen in Carvalhos Büro und hecken etwas aus, wenn du mich fragst. Gustavos Witwe und Sohn Carlos sind im Garten und diskutieren. Unter den Knechten soll es auch Zoff geben. Wegen damals. Anscheinend haben die zwei Vorarbeiter Manuel und Ruben mehr über den Mord seinerzeit gewusst, als sie zugegeben haben. Jetzt kursiert große Angst davor, deswegen in Schwierigkeiten mit der Polizei zu geraten. Die zwei fürchten sich vor deinem Cardoso, der ihnen vor versammelter Mannschaft angedroht hat, alles aufzudecken und die Verantwortlichen wegen Komplizenschaft vor Gericht zu stellen.«

»Cardoso ist ein Meister im Angsteinjagen und schürt so das kollektive Schuldgefühl. Soll er ruhig. Damit kommen die Dinge in Bewegung.«

Die Geschichte holte nicht nur die verfehdeten Carvalhos und Maias, sondern auch die einst stumm gebliebenen Zeugen mit voller Wucht ein.

Nördlich des Eduardo-VII-Parks war Dora zur Gulbenkian-Stiftung und drei Straßenkreuzungen später in die Tiefgarage in der Nähe ihrer Wohnung abgebogen. Nun parkte sie rückwärts auf ihrem Stellplatz ein, schaltete den Motor aus und nahm das Handy aus der Halterung ans Ohr.

»Ich sollte dich nicht bitten, Ricardo, aber ich tue es trotzdem. Es bleibt mein einziges Anliegen im Carvalho-Schlamassel.«

Ricardo räusperte sich. »Wie kann ich dir helfen?«

»Die Haushälterin. Ich möchte irgendwann mit ihr sprechen.«

Er pfiff durch die Zähne. »Du bist eine schlaue Füchsin. Natürlich. Sie weiß über alles und alle Bescheid.«

»Falls du dich der Haushälterin nähern kannst, sei vorsichtig. Américo Carvalho könnte Lunte riechen und auch dir Schwierigkeiten machen.«

Ricardo lachte. »Nein. Den Schlüssel zum Waffenschrank im Gutshaus bewahre ich auf. Gut versteckt. Die Munition habe ich ausgelagert. Vorsichtshalber. Außerdem kann ich ein bisschen Karate.«

Das Licht in der Tiefgarage ging aus. Dora saß im Zwielicht der Notbeleuchtung in ihrem Auto und überlegte, ob sie Ricardo etwas von Gomes erzählen sollte. »Ricardo.«

»Alles in Ordnung mit dir?«

Seine Besorgnis streichelte ihre Seele, trotzdem brachte sie es nicht über sich, von fremden Händen auf ihrem Körper zu berichten. »Warum hilfst du mir?«

»Weil es mich stört, was hier passiert.«

Dora schloss die Augen. Konnte Ricardo tatsächlich der Richtige für sie sein? »Ich komme morgen früh zurück«, hauchte sie und schickte Luftküsschen hinterher. Dann drückte sie auf »Anruf beenden«.

10

Herdade Carvalho, 11 Uhr

Américo Carvalho eröffnete das Gespräch. »Meine Herren, wir haben ein Problem. Es heißt Dora Monteiro.«

Juan und Francisco Ramirez nickten zustimmend.

»Bislang haben wir die Polizei aus Lissabon nicht gebraucht, wir haben immer alles selbst geregelt, damit unser Landkreis sauber bleibt«, pflichtete Juan ihm bei.

Auch Francisco tat seine Meinung kund. »Wie mein Vater sagt, Senhor Américo. Weil Sie den Überblick behalten. Und die Dinge regeln. Deswegen leben und arbeiten nur Hiesige hier. Alles brave Katholiken. Fremde brauchen wir keine. Und wir wollen sie auch nicht.«

Américo drehte den Siegelring um den Ringfinger und dachte nach. »Es wäre in der Tat eine Katastrophe, wenn diese Ex-Polizistin unsere Absichten bekannt machen würde. Dann käme eine ganze Polizeistaffel hier an. Sie würden Fragen stellen. Es geht schließlich längst nicht mehr nur um den Tod von Guilherme Maia. Es geht um all die anderen Leute, um die wir uns auch gekümmert haben, damit die Gegend nicht zu einem Sündenpfuhl verkommt. Finge die Polizei erst einmal an, jeden Stein hochzuheben, könnten wir unseren Coup vergessen.« Er seufzte. »Dora Monteiro muss gestoppt werden. Ich kenne sie von früher. Ein unerschrockenes Bastardbiest. Die beißt sich fest. Was sich deutlich in ihrer Polizeikarriere widerspiegelt. Nun ist sie keine Polizistin mehr, und es könnte ihr etwas Tragisches zustoßen.«

Juan stimmte zu. »Das wäre die eleganteste Lösung. Francisco, wir verlassen uns auf dich. Auf dich und deine Jungs.«

***

»*Mãe*, das führt zu weit.« Carlos Carvalho ruderte echauffiert mit beiden Armen. »Das ist Betrug!«

Lourdes Carvalho schenkte ihm ein spöttisches Lächeln. »Du und dein alberner Gerechtigkeitssinn. Gustavo hat es einfach nicht geschafft, einen Mann aus dir zu machen. Angestrengt hat er sich ja«, meinte sie herablassend. »Außerordentlich angestrengt.«

Carlos raufte sich die Haare. »Und du hast es geschehen lassen.«

»Glaube ja nicht, er wäre mit mir zimperlicher umgegangen. Diskreter vielleicht, aber keinen Deut weniger grausam.«

»Wie kannst du nur seit so vielen Jahren stillhalten?«

Lourdes seufzte. »Ach, Carlos. Ein Mädchen war ich, als ich hierherkam. Naiv, jungfräulich, mit Träumen von einem Prinzessinnenleben auf dem Landgut Carvalho. *Pá!* Von wegen Prinzessin. Dein Großvater hat mich mit einem Knebelehevertrag vom Carvalho-Reichtum ausgeschlossen, und dein Vater hat mich bestiegen wie ein Hengst. Widerlich. Jetzt ist dein Großvater alt, dein Vater tot, und ich bin frei. Alles, was ich noch brauche, ist ein bisschen Geld.«

Carlos schnappte nach Luft. »Aber du kannst doch nicht Land veräußern, das dir gar nicht gehört.«

»Oh, Carlito, *ich* verkaufe doch gar nichts. Gustavo hat das in die Wege geleitet. Seine Unterschrift steht unter dem Vorvertrag. Nicht meine. *Er* macht sich strafbar. Nun ja, jetzt nicht mehr. Er ist tot, und ich bin seine Erbin.«

»Hast du nicht eben gesagt, Großvater hätte dich finanziell ausgeschlossen?«

Lourdes grinste diabolisch. Ihre Augen glitzerten vergnügt, als sei ihr ein ganz besonderer Streich gelungen. »Stimmt. Er schon. Aber von Gustavos Erbe nicht. Selbst wenn das Land in der Marsch nicht veräußert werden darf, bin ich reich. Durch das abgeschlossene Kaufversprechen und die geleistete Anzahlung.«

Wie abgebrüht Lourdes sein konnte, dachte Carlos. Sie erschien ihm wie eine Fremde. Das war sie sogar in gewissem

Sinne, denn seine biologische Mutter war sie nicht, obwohl er bei ihr aufgewachsen war. »Dein verdammtes Schweigen bringt dich noch ins Gefängnis. Und andere auf den Friedhof.«

11

Lissabon, kurz vor 12 Uhr

Unterwegs von der Tiefgarage zum Grundbuchamt rief Dora
eine Nummer ohne Namen aus ihrer Kontaktliste an.
»Wie kann ich helfen?«
»Ein Mobiltelefon. Das Passwort.«
»Bist du in der Nähe?«
»Café ›Valbom‹.«
»In fünf Minuten.«

Er saß schon an einem kleinen Tisch ganz in der Ecke, abseits
der anderen Gäste, die in der alteingesessenen Confiserie ihr
Mittagsmahl einnahmen.
»Dora.«
»Romain.«
Der hochgeschossene Rothaarige aus der Schweiz lehrte an
der Technischen Universität Lissabon und hatte Dora schon
früher unkompliziert den Zugang zu Daten in elektronischen
Geräten verschafft. Dabei bestand er darauf, dass er Tüftler
sei, kein Hacker.
    Noch ehe ihre Getränke kamen, hatte er sich in Tomás
Maias Telefonmenü eingewählt und Dora alle nötigen Informationen an ihre E-Mail-Adresse gesendet. »Ich habe dir eine
verschlüsselte Datei geschickt. Das Passwort lautet ›Dora‹. In
dem Ordner findest du Maias Kontaktliste, Kurznachrichten,
die Zugänge zu anderen Nachrichtendiensten und zu sozialen
Medien. Du kannst alle E-Mails lesen und die Anrufliste nach-
verfolgen.«
    Dora kannte Romains Preis und schob ihm diskret zwei
grüne Scheine zu. Niemand würde davon erfahren. Nun konnte
sie Cardoso das Handy geben und behaupten, dass sie es zufällig
beim Aufräumen in der Küche in Emílias Hütte gefunden hätte.

Sie und Romain plauderten noch ein Weilchen, genossen Schokoladentorte und übersüßen Milchkaffee und verabschiedeten sich bis zum nächsten Mal.

Dora schlenderte die Avenida Fontes Pereira de Melo hinunter und öffnete im Gehen die Datei von Romain. Noch wusste sie nicht so recht, wonach sie suchen sollte. Sie klickte sich durch Tomás' Profile in den sozialen Medien. Aufregende Sachen waren nicht dabei. Zahlreiche Unterwasseraufnahmen, ein paar Selfies und jede Menge Fotos aus Brasilien. In seinem Postfach fand sie einen Chatverlauf von ihm und Clara. Es ging um Plakate, Flugblätter, Treffpunkte. Die letzte Mail stammte aus der Mordnacht.

Clara hatte geschrieben: »Treffpunkt geändert. Neuer Treffpunkt: Hinterhof von Mário.«

Tomás hatte geantwortet: »Verstanden.«

Interessant. Demnach hatten sich Mitglieder der »Rettet Carrasqueira«-Bewegung bei Mário in der Kneipe getroffen. Das stimmte allerdings weder mit Tomás' Aussage noch mit Mários überein. Keiner von beiden hatte ein Treffen erwähnt. Allmählich reichte es Dora. Diejenigen, die sie unterstützen könnten, um Tomás zu helfen, hielten wichtige Informationen zurück oder verdrehten sie. Bei ihrem morgigen Besuch in Comporta wollte sie das klarstellen. Mit Mário, mit Clara, mit Ana.

In Tomás' E-Mail-Ordner fand sie eine Korrespondenz zwischen Tomás und Renato da Silva.

War das nicht Américos Nachbar, der Salzbaron?

In der jüngsten Nachricht las sie etwas von Sprengstoff. Renato da Silva bot Tomás an, er würde das Dynamit aus der Pyrit-Mine bei Lousal in der Nähe von Grândola abholen, und Tomás könne jederzeit danach vorbeikommen.

Tomás hatte tatsächlich etwas in die Luft sprengen wollen. Das musste Dora sacken lassen.

Am Grundbuchamt angekommen, steckte sie das Handy ein, betrat das Gebäude und ging durch das Foyer zum Informationsschalter. »*Boa tarde.*«

Die Mitarbeiterin grüßte zurück und fragte, wie sie behilflich sein könne.

Dora trug ihr Anliegen vor.

Einen Anruf später tauchte ein Archivar auf und geleitete Dora ins Untergeschoss, wo die notariellen Beurkundungen aus dem vergangenen Jahrhundert aufbewahrt wurden.

»Vollständig sind die Aufzeichnungen leider nicht. Viele Dokumente und Urkunden sind während der Diktatur, nun ja ...« Er hüstelte verlegen.

Dora half ihm, den Satz zu vervollständigen. »... abhandengekommen.«

Er nickte und ließ ihr den Vortritt in den nächsten Gewölbekeller. Es roch nach feuchter Pappe und Aktenstaub. Trotz Entlüftungsanlage.

»Alentejo. Grândola. Comporta. Hier sind wir richtig.« Der Archivar hievte eine Kiste aus dem Regal. Als er sie auf dem Tisch abstellte, quoll Staub aus den Ritzen hervor.

Gemeinsam durchforsteten sie die Flurpläne der Herdade Carvalho. Mit Hilfe einer entsprechenden Urkunde fanden sie heraus, dass die Dünenmarsch erst seit 1955 vollständig den Carvalhos gehörte. Zu Doras Überraschung hatten die Ländereien damals noch bis zur Ortsgrenze von Alcácer do Sal gereicht.

»Die Carvalho-Ländereien waren einmal doppelt so groß wie heute?«

Der Archivar untersuchte den Plan genauer, blätterte anschließend durch die Ordner von 1955 bis 1975 und schlug auch den von 1975 bis zum heutigen Datum auf. »Hier haben wir es. 1967 wurde das Stück Land nach dem Tod des damaligen Gutsherrn dessen beiden Söhnen, Américo und Vasco, vererbt. 1969 gab es eine weitere Änderung. Hier, sehen Sie. Américo Carvalho wurde als einziger Eigentümer ins Grundbuch eingetragen. Nanu, 1992 wurden die Ländereien erneut halbiert, und zwar zwischen Carvalho und seinem neuen Nachbarn, Renato da Silva.«

Soso, es hatte einmal einen Bruder gegeben. Vasco. Dora

konnte sich nicht daran erinnern, jemals von ihm gehört zu haben. Es sei denn, Américos Bruder war der Vasco, von dem Emília ihr früher einmal erzählt hatte. Guilhermes »*compadre*« hatte Emília ihn genannt, und den einzigen Freund, den Guilherme jemals gehabt hatte.

Guilherme und Vasco waren Ende der sechziger Jahre gemeinsam der Untergrundgruppe »Luar« beigetreten und hatten den militanten Flügel in Grândola aufgebaut. Ein Attentat auf den Salazar-Nachfolger hatten sie ausbaldowert, hatte Dora von Emília erfahren. Weitere Einzelheiten über den Anschlag hatte Guilherme Emília wohl verschwiegen. Zu ihrem eigenen Schutz, mutmaßte Dora. Denn wäre Emília damals fünf Jahre vor der Nelkenrevolution von der Geheimpolizei PIDE verhaftet und verhört worden, hätte ihr Wissen andere *compadres* womöglich in Gefahr gebracht. Emília war nie verhaftet worden, wusste Dora, und Guilherme auch nicht. Dennoch hatte es entweder einen eingeschleusten Informanten gegeben, oder jemand aus der »Luar«-Widerstandszelle hatte gesungen.

Das Attentat 1969 war jedenfalls vereitelt, die militante Zelle enttarnt worden, und Vasco war untergetaucht.

Wenn es sich tatsächlich um denselben Vasco handelte, hatte der auf Guilhermes Seite gestanden und mit ihm und anderen gegen die Überzeugungen des eigenen Bruders aufbegehrt.

Natürlich hätte sich *o patrão* Américo auf gar keinen Fall von seinem eigenen Bruder kompromittieren lassen und bestimmt einen seiner Getreuen dafür bezahlt, den Bruder mundtot zu machen, stellte Dora sich vor. War Vasco also tot? Hatte Américo ihn etwa auch auf dem Gewissen?

Das wollte Dora herausfinden. Aber erst später. Zunächst interessierte sie sich brennend für den neuen Nachbarn, für den Salzbaron Renato da Silva, und beugte sich über die Kopie der Grundbuchurkunde von 1992.

Unter seinem Namen stand seine Adresse: Herdade Boa Esperança, Murta. Das nächste Landgut östlich von Carrasqueira an der Landstraße Richtung Alcácer do Sal. Dora beschloss, dem Salzbaron einen Besuch abzustatten, denn sie wollte dringend erfahren, was es mit dem Sprengstoff auf sich hatte.

»Dürfte ich den Kaufvertrag sehen?« Sie wollte wissen, wie wertvoll die Meersalzsalinen am Sado waren. Noch ein Vermögensschnäppchen für Américo Carvalho, wenngleich ein unverdientes, schließlich handelte es sich um den Erbteil seines Bruders Vasco.

Der Archivar nickte und blätterte hektisch vor und zurück. Schweißtropfen bedeckten seine Stirn, seine Brille beschlug. »Kurios. Ich finde keinen Kaufvertrag. Die *escritura* bezeugt lediglich eine Teilung der Ländereien.«

Das Rätsel wird immer rätselhafter, dachte Dora und bezweifelte, dass der Kaufvertrag im Grundbuchamt verloren gegangen war. Sie mutmaßte eher, dass es gar keinen gegeben hatte. Falls sie recht behielt, musste das einen sehr triftigen Grund gehabt haben, denn der Verkauf der Ländereien am Sado hätte Américo Carvalho schließlich noch reicher gemacht. Darauf hätte er bestimmt nicht verzichtet.

Wer mochte Renato da Silva sein, grübelte Dora, der Américo Carvalho das Herzstück seiner Ländereien abgeluchst hatte, worüber offensichtlich kein Kaufvertrag abgeschlossen worden war? Oder hatte er lediglich die Salzrechte erworben? Aber das passte wiederum nicht zu dem Grundbucheintrag. Allmählich schwirrten Dora die Sinne. Das war ja noch verzwickter, als tausend Angelhaken an eine Fangleine zu knoten.

Noch einmal beugte sie sich über den Flurplan. Der Zusammenhang lag da, genau vor ihr, doch sie fischte wie eine Aalfischerin im Trüben, und ihre Schlussfolgerungen entwischten ihr so schnell wie die glitschigen Gesellen einem grobmaschigen Köcher.

Mit dem Zeigefinger zeichnete sie die Uferlinie des Sado Richtung Tróia nach. Ab Murta gab es keine Salinen mehr, sondern Dünen und Marschland, und ausgerechnet dort sollte nun »Tróia for future« entstehen. Doch wer war der Verkäufer all dieser Flurstücke, die einst den Fischerfamilien von Carrasqueira gehört hatten?

»Gab es denn nach 1974 eine Rückabwicklung der bis 1955 enteigneten Grundstücke in der Dünenmarsch in Carrasqueira und Comporta?«, fragte sie.

Der Archivar schüttelte den Kopf. »Bekannt sind lediglich zwei Rückgaben. Und beide fanden erst 1992 statt. Je einen halben Hektar groß.«

Das entsprach ungefähr der Größe von Emílias Hütte einschließlich Garten. Und schon wieder tauchte das Jahr 1992 auf. »An wen?«

»Moment, bitte. Da haben wir die Urkunden. Ausgestellt auf José Ramalho und Mário Ramalho. Doch beide haben ihren Besitz schon wieder verkauft.«

Mit allem hatte Dora gerechnet, aber nicht mit diesen beiden Namen. Mário hatte damals wegen seines Alters doch noch gar keinen Anspruch auf Eigentum erheben können. Hatte sein Onkel etwa in seinem Namen gehandelt? Und ausgerechnet Mário, der Verfechter der lokalen Kulturidentität, hatte seine Parzelle verkauft?

»Könnten Sie bitte noch mal nachsehen, an wen diese beiden Anwesen veräußert wurden?«

»Sehr gern. Ach, was für ein Zufall. An Américo Carvalho.«

Das war kein Zufall mehr, mutmaßte Dora. Erst recht wollte sie jetzt mit Mário sprechen. Aber eine Antwort fehlte ihr immer noch. »Guilherme Maia, wurde ihm sein Eigentum zurückübertragen?«

»Bedauere, das sind alle Urkunden über die Carvalho-Ländereien. Der Name kommt mir dennoch bekannt vor. Lassen Sie mich nachsehen.« Der Archivar schlug den Ordner aus dem Jahr 1992 an einer anderen Stelle auf. »Richtig. Ich habe 1992 meine Lehre hier im Archiv absolviert, als eines Tages ein Antrag auf Sammelklage hereinkam. Ein gewisser Guilherme Maia hat die Rückgabe aller enteigneten Terrains einklagen wollen. Ich habe mich damals gewundert, dass das nicht schon längst passiert war, schließlich war da die Nelkenrevolution seit achtzehn Jahren vorbei. Und vielmehr wundert es mich bis heute, dass es nie zu einem Verfahren gekommen ist und auch sonst kein weiterer Versuch seitens der rechtmäßigen Eigentümer unternommen wurde. Außer von José und Mário Ramalho. Sie wissen nicht zufällig, warum sich nie wieder jemand von den früheren Besitzern der Parzellen gemeldet hat?«

»Guilherme Maia wurde 1992 ermordet.« Dem Archivar wich sämtliche Farbe aus dem Gesicht. »So etwas habe ich befürchtet. Der arme mutige Mann.«

»Sein Sohn Tomás glaubt das Anwesen zu erben, aber unter diesen Umständen wird er das wohl eher nicht.«

»Tomás Maia, ich entsinne mich. Er war kürzlich hier. Das Herz voll Zorn. Weil er es nicht glauben wollte, dass das Haus seiner Eltern auf dem Besitz der Carvalhos steht und nur wegen des nach wie vor gültigen königlichen Dekrets nicht längst abgerissen wurde. Leider konnte er keinen Antrag mehr auf Wiederaufnahme des Verfahrens stellen, weil die Verjährungsfrist seit 2004 abgelaufen ist. Er ist in Tränen ausgebrochen. Der arme Kerl. Das hat mir ehrlich leidgetan.«

Die Schlinge um Tomás' Hals zog sich unbarmherzig zu. Er war zur Tatzeit am Tatort gesehen worden und hatte viel mehr als bloß ein Motiv für einen Mord aus Rache. »Gibt es noch andere Eintragungen, ich meine, von nach 1992?«, fragte Dora.

»Ja, kürzlich erst wurde eine gemacht. Dieses Stück hier …« Der Finger des Archivars fuhr auf dem Flurplan an der Uferlinie entlang vom Stelzensteg bis zu den Reisfeldern in Murta. »Diese Ländereien in der Dünenmarsch hat Américo Carvalho seinem Sohn Gustavo überschrieben.«

»Wurde das Gebiet denn noch nicht veräußert? Dort soll eine Ökoferiensiedlung entstehen.«

Der Archivar zeigte Dora den obersten Bogen. »Verkauft wurde es bislang nicht. Aber ein Vertrag über das Kaufversprechen liegt vor. Die Frist läuft am 30. Juni ab.«

Dora rückte diskret neben den Archivar und suchte nach einer Zahl auf der amtlich besiegelten Urkunde, nämlich nach dem Kaufpreis auf dem sogenannten »Contrato de Promessa Compra e Venda«. Ihr stockte der Atem. Achtundzwanzig Komma fünf Millionen Euro.

Sie bedankte sich bei dem Archivar, schlenderte zurück zur Tiefgarage, holte ihr Gepäck aus dem Auto und machte sich auf den Heimweg.

Lissabon kleidete sich Mitte Juni blau und lila. Plätze und Avenidas waren mit fliederfarben blühenden Jakarandabäumen gesäumt, in den Beeten strahlten Hortensien mit Lavendelbüschen und Rosmarin um die Wette. Das Summen der Bienen im Parque Eduardo VII zeugte von satter Zufriedenheit. Vom Grundbuchamt bis zu Doras Wohnung war es nicht weit. Unterwegs kehrte sie in einem Sushi-Shop ein und nahm ein paar Häppchen mit. Während sie auf ihr Take-away wartete, schickte sie Cardoso eine Textnachricht und lud ihn zum Sushi-Snack zu sich in die Wohnung ein.

Danach sortierte sie das eben Gehörte und schob die Informationen in ihrem Kopf hin und her, bis ihrer Meinung nach alles an richtiger Stelle stand.

Die Millionensumme würde nun Gustavos Witwe Lourdes erhalten, sollte der Kaufvertrag am 30. Juni in Kraft treten. Zwanzig Prozent waren bei der Unterschrift unter das Kaufversprechen geflossen und würden im Falle eines Nichtzustandekommens zur Hälfte an die Maklerin Carla Maria Santos und zur anderen Hälfte zurück an Lourdes Carvalho gehen. Carla und Lourdes profitierten demnach in jedem Fall. Das bedeutete aber auch, dass Lourdes, die laut Cardoso ihren ermordeten Mann schon lange nicht mehr geliebt hatte, nun sehr vermögend war. Konnte etwa eine Familientragödie mit Habgier hinter dem Mord an Gustavo stecken und Lourdes als Täterin in Frage kommen? Undenkbar war das nicht.

Dank des hilfsbereiten Archivars hatte Dora jetzt Gewissheit darüber, dass Tomás wusste, dass sein Eigentum Gustavo gehört hatte – und nicht mehr Américo. Ergo hatte er Gustavos Provokation am Abend vor dessen Tod in Mários Kneipe sehr wohl verstanden. Derart geballte Boshaftigkeit könnte für Gewalt als Reaktion ausreichen – oder gar einen Mord im Affekt.

Je mehr Dora über den Mord und seine Hintergründe in Erfahrung brachte, desto öfter fragte sie sich, ob Tomás nicht doch der Täter war. Darüber hinaus wurde sie aus Mário nicht schlau. Obwohl er ein vehementer Gegner des Bauprojekts war, hatte er sein Grundstück an Américo verkauft und half sozusagen indirekt mit, dass die Feriensiedlung entstand. Für Renato da Silva interessierte Dora sich ebenso brennend. Wer war dieser Mann, der aus einer Pyrit-Mine Dynamit besorgt und es Tomás überlassen hatte? Wie passte er in das Gesamtbild rund um Gustavos Tod? Die »Tróia for future«-Siedlung würde schließlich bis an sein Grundstück reichen. Das brächte die Nachhaltigkeit der Meersalzgewinnung zum Kippen, weil sich die Wasserqualität im Mündungsgebiet des Sado verschlechtern würde. Da Silva müsste mit immensen wirtschaftlichen Einbußen rechnen, sollte das Projekt Gestalt annehmen. Wem hatte das Dynamit also tatsächlich dienen sollen? Tomás – oder dem Salzbaron?

Dora stieg die Treppenstufen vier Etagen bis zu ihrer Wohnung hinauf und fragte sich, was wohl Cardoso von alldem hielt. Sie schloss die Tür auf und wurde im Chor krächzend willkommen geheißen.

»Dorrra.«

In der Küche stand völlig unerwartet ihr Großvater Maurice. Er drehte sich um, zwinkerte ihr zu und ahmte das Rabenpaar nach. »Dorrra.«

Freudig überrascht ging sie zu ihm und küsste ihn rechts und links auf die Wangen. »Was machst du denn hier? Isst du heute etwa nicht zu Hause?«

»Valeria hat montags ihren Freundinnennachmittag. Das weißt du doch. Friseur, Kaffee, Kuchen, Klatsch und hinterher Kino und Tapas. Du und ich gehen montags meistens zusammen Mittag essen. Schon vergessen?« Er studierte ihr Gesicht und meinte beiläufig: »Geschlafen hast du wohl nicht viel letzte Nacht.«

Sie rollte mit den Augen, unter denen dunkle Ringe keineswegs die liebevoll verbrachte Nacht mit Ricardo bezeugten, sondern das Schockerlebnis mit Gomes. Doch das behielt sie für sich.

Sie stellte das Sushi-Päckchen auf die Arbeitsplatte. »Ich gehe duschen«, sagte sie.

Im Badezimmer riss sie sich Kleid und Slip vom Leib und stopfte beides in eine Mülltüte. Unter der Dusche schrubbte sie sich mit Seife und Schwamm ab, bis die Haut an den Oberschenkeln rot glänzte und sie sich wieder sauber fühlte. Danach trocknete sie sich ab, zog sich leger sommerlich an und setzte sich aufs Sofa.

Afonzine-Henriqua gluckte über ihrem Gelege in der Bettpfanne auf dem Fensterbrett. Egas schritt um sie und das Nest herum, als sei er die Ordonnanz vor dem Schlafgemach der Königin.

Maurice baute sich vor Dora auf. »Nun?«

Natürlich würde er keine Ruhe geben, bevor sie ihm nicht alles über Ricardo erzählt hatte. Wenn es um Rendezvous ging, nervten Großväter – mindestens dreimal so sehr wie Mütter.

»Er hat Rosen mitgebracht. Einen Tisch in einem schicken Restaurant in Grândola reserviert. Chauffiert hat er mich. Hofiert. Umgarnt. Händchenhaltend sind wir durch Grândola spaziert. Am Revolutionsdenkmal haben wir gesungen.«

»›Grândola, Vila Morena‹? Unsere Freiheitshymne?«

»Ja.«

»Oha.«

Sie fragte besser nicht nach, was dieses in die Länge gezogene »Oha« bedeuten sollte. »Angerufen hat er mich heute auch schon.«

»Was hast du gesagt?«

»Nicht viel. Ich habe Luftküsschen in den Hörer gehaucht. *Avôzinho.* Ausgerechnet ich. Frau Unromantisch in Person.«

Maurice' Gesichtszüge verwandelten sich in eine Mischung aus leisem Lächeln, Lachfältchen und leuchtenden Augen. »Verliebtsein nennt man das.«

Seine Worte klangen wie eine Weissagung, über die sie momentan nicht nachdenken wollte.

»Was macht die Aufgabe als Nicht-mehr-Polizistin?«

»Sie gleicht einem Duell mit mir selbst.«

Maurice legte die Hand auf Doras Wange. Seine Finger rochen nach Basilikum und Zitronensaft. Wie gern hätte sie ihm von Gomes' Übergriff erzählt, doch sie schämte sich zu sehr dafür, weil sie sich nicht gewehrt hatte. »Im Unterschied zu früher, Kind, ist nun alles deine Entscheidung. Du kannst jederzeit aussteigen.« Seine Geste wirkte wie ein Pflaster auf ihrer verwundeten Seele. Wie recht er doch hatte. Die Entscheidung lag bei ihr.

Es klopfte.

Dora ging in den Flur und öffnete die Wohnungstür. »Hallo, Sérgio.«

Cardoso sah blass aus. Sie ließ ihn eintreten.

Maurice tauchte in der Küchentür auf. »*Olá*, Sérgio, lange nicht gesehen.«

»Oh, *olá*, Maurice. Wie geht's Ihnen?«

»Gut. Wir wollten gerade essen, die Raben und ich, als Dora nach Hause kam. Sie hat Sushi mitgebracht.«

»*Avôzinho*, Sérgio und ich wollen zuerst noch unsere …« Weiter kam Dora nicht, denn Cardoso ließ sie im Flur stehen und ging zu Maurice in die Küche. Dora seufzte. Typisch. Wie früher, als sie noch Polizistin gewesen war. Sobald Cardoso und Maurice aufeinandertrafen, übernahmen die beiden ungefragt das Steuer. Sie kochten, deckten den Tisch, bestimmten, wo sie sitzen sollte, und redeten ununterbrochen miteinander über Fußball, Politik, Gott und die Welt – nur nicht mit ihr. Als wäre sie Luft.

Als sie selbst noch Polizistin gewesen war, war das stets eine willkommene Pause während ihrer Ermittlungsarbeiten gewesen, doch jetzt fühlte es sich anders an. Cardoso wirkte richtiggehend erleichtert darüber, Maurice bei ihr anzutreffen.

Das machte sie stutzig. Dora nahm ihn ins Visier. Sie kannte Sérgio Cardoso fast zehn Jahre, davon acht beruflich. Er, der sonst andere in die Zange nahm, nutzte den Moment und wich ihr aus.

Maurice arrangierte einen Salat, während Cardoso das Sushi auf einer Servierplatte drapierte. Sie foppten sich gegenseitig mit bissigen Kommentaren über aktuelle Fußballergebnisse, schließlich waren sie beide Lissabon-Fans, allerdings war Maurice ein Anhänger von Benfica und Cardoso einer von Sporting. Maurice öffnete eine Flasche Weißwein, Cardoso stellte Weingläser auf den Tisch.

Maurice kam mit der Salatschüssel in der Hand hinterher. »Doras neuer Freund heißt Ricardo.« Wie konnte er so indiskret sein? »*Avô!*« Cardoso überging ihren Ausruf. »Ach, der Gutsverwalter der Carvalhos?«

Maurice zeigte sich unwissend. »Keine Ahnung, *wer* er ist. Aber stellen Sie sich vor, Cardoso, er hat Dora Blumen mitgebracht. Rosen.«

»Rosen? Beim ersten Date? Wow.«

Jetzt reichte es ihr aber. »Ich bin übrigens anwesend.« Die beiden zwinkerten sich komplizenhaft zu. Männer!

Sie setzten sich an den gedeckten Tisch, prosteten sich zu und nahmen sich mit Stäbchen von Sushi und Salat. Eine Weile herrschte appetitliche Stille, bis Cardoso den Nachrichtenaustausch eröffnete.

»Bist du weitergekommen?«

Dora tunkte ihr Thunfisch-Sashimi abwechselnd in Sojasoße und Wasabi. »Das kann man so sagen.«

»Fängst du an oder ich?«

»Hier herrscht Emanzipation, Sérgio, fang du an.« Dora schenkte ihm ein bezauberndes Lächeln.

Maurice' Räuspern klang amüsiert.

Cardoso trank einen Schluck und setzte sich aufrecht hin. »Auf dem Galgenstrick befinden sich DNA-Spuren. Von Tomás.«

Dora legte die Stäbchen beiseite. »Was noch?«

»Zusammen mit den Sprengstoffspuren in seinem Wagen sieht das nicht gut aus, Dora.«

Auch Maurice ließ seine Stäbchen sinken. »Hat Tomás etwa das Dynamit am Strand versteckt?«

»Er hat das Dynamit zumindest vermutlich nach Comporta bis an den Strand transportiert«, antwortete Cardoso.

»›Transportiert‹ heißt noch lange nicht ›vergraben‹.« Doras Stimme klang schärfer als beabsichtigt.

Cardoso beugte sich über den Tisch. »Niemand fährt Sprengstoff zum Spaß spazieren.«

»Tomás sitzt seit Freitagnacht in U-Haft.«

»Er hat Donnerstagabend die letzte Fähre von Setúbal nach Tróia genommen. Sein Wagen wurde von der Überwachungskamera am Strand von Comporta gefilmt. Und er selbst auch. Mitten in der Nacht.«

»Und was ist, wenn er da noch gar kein Dynamit dabeigehabt hat? Was ist, wenn er einfach nachts baden gehen wollte?«

»Tomás Maia war am Strand, er hatte den Sprengstoff im Auto, und er hat ihn dort vergraben. *Já chega!* Drei Sprengsätze wurden gestern von der Antiterroreinheit sichergestellt. Drei!« Cardoso fuchtelte Dora mit drei Fingern vor dem Gesicht herum. »Es ist einfach nur logisch, dass es dein Freund gewesen ist.«

»Die Antiterroreinheit am Strand von Comporta? Hat Jorge den Einsatz geleitet?«, fragte Maurice, aber weder Dora noch Cardoso beachteten ihn.

Dora zog die Augenbrauen zusammen. »Logisch ist das, was du sagst, keineswegs. Wieso hätte Tomás den Sprengstoff am Donnerstag im Sand vergraben sollen, wenn die Demo erst am Sonntag stattfand? Woher konnte er wissen, dass er bis dahin in U-Haft sitzen würde?«

»Tomás hat das Dynamit eingegraben. Die Bombendrohung und das Bekennerschreiben geschrieben. Das war ein reines Ablenkungsmanöver. Alles sorgfältig vorbereitet. Sogar die Bomben ohne Zünder. Ich sag dir jetzt, wie ich die Lage sehe: Tomás wollte Gustavo töten und hat den Mord seit Langem geplant. Er wusste von Gustavos Gewohnheit, nachts auszureiten. Er kannte die Strecke und die Gegend wie seine Westentasche. Er wollte ein Exempel statuieren und knüpfte seinen Erzfeind an derselben Korkeiche auf, an der sein Vater gehenkt worden ist. Vielleicht war es sogar Teil seines Planes, dass er Gustavo vorher in der Öffentlichkeit begegnet und einen Streit mit ihm anzettelt. Die Frage, die ich mir stelle, lautet, *warum* er all das so haarklein eingefädelt hat, und nicht, *ob* er es getan hat.«

Dora sortierte das Gehörte. Es klang plausibel. »Weil er darauf abzielt, dass eine neue polizeiliche Ermittlung mit Beamten aus Lissabon den damals vertuschten Mord an seinem Vater aufklärt. Dafür will er sich opfern.«

»So ist es, Dora. Du aber versuchst, ihm Unschuld anzudichten. Dabei hast du den Kerl seit zwanzig Jahren nicht mehr gesehen. Woher willst du wissen, wer er ist?«

Dora explodierte. »Nichts versuche ich ihm anzudichten! Ich spiele Möglichkeiten durch. Auch abstrakte. Wozu du nicht fähig bist. Bei dir läuft immer alles ab wie in einer mathematischen Gleichung.«

Sie waren laut geworden. Die Raben flatterten aufgeregt mit den Flügeln und krächzten im Chor, als wollten sie mitstreiten.

Maurice versuchte zu beschwichtigen. »Dora, Sérgio, bitte, vertragt euch.«

»Das Beweismaterial ist erdrückend, Dora. Du willst das wegen deiner viel gerühmten Intuitionsschwurbelei nur nicht anerkennen«, fuhr Cardoso unbeirrt fort.

Dora kniff die Lippen zusammen und erwiderte nichts. Sie mischte Sojasoße mit einer extragroßen Portion Wasabi und tunkte ein Lachs-Mango-Sushi-Röllchen mit Sesamkruste ein, bevor sie es sich in den Mund steckte. Die grüne Meerrettichpaste pikte sie sofort in alle Geschmacksnerven. Das ätherische Öl zog durch die Nebenhöhlen bis unter die Kopfhaut. Ihre Augen brannten, für einen Moment sah sie die Welt in Gelb und Lila getaucht. Und danach klarer als zuvor.

»Tomás hat den Mord an Gustavo Carvalho tatsächlich geplant.« Sie sprach den Gedanken, den sie seit ihrer Wiederbegegnung mit Tomás verspürte und der sich im Laufe der vergangenen zweieinhalb Tage mit jeder weiteren Information verfestigt hatte, zum ersten Mal aus. »Ob er die Tat ausgeführt hat, steht auf einem anderen Blatt.«

»Dagegen sprechen die DNA-Spuren auf dem Galgenstrick, Dora.«

Sie wollte es zwar nicht, aber sie musste ihre Deckung wohl oder übel verlassen und Sérgio reinen Wein einschenken. Sauren Wein. »Auf dem Galgenstrick befinden sich Spuren, Sérgio. Auf Gustavos Reithose etwa auch? Auf dem Hemd? Den Stiefeln? Oder auf der Botschaft, von der du mir erzählt hast?«

»Von der Botschaft habe ich dir erzählt, von Gustavos Kleidung nicht. Du warst *doch* am Tatort!« Cardoso war wieder laut geworden.

Dora angelte ein Lachs-Sashimi mit den Stäbchen von der Servierplatte und balancierte es in den Mund. »Bis du aufgetaucht bist.«

Cardoso verschlug es die Sprache. Sogar Maurice vergaß das Kauen.

Cardosos Schultern fielen herab. »Ich bin am Samstag als Freund zu dir in die Hütte der Maias gekommen und habe dir Waffenruhe angeboten. Meine Erkenntnisse mit dir geteilt. Und du führst mich vor.« Seine Stimme zitterte. »Du fragst mich über den Tatort aus, dabei wusstest du längst alles.« Seine Stimme klang niedergeschlagen. »Ich dachte, wir wollten das gemeinsam schaffen.«

»Das denke ich immer noch, Sérgio«, erwiderte Dora versöhnlich, trank ihr Glas leer und goss nach. »Vorgestern früh war ich nur deswegen schneller am Tatort als du, weil ich mich in der Gegend auskenne und du eben nicht. Du hast dich verfahren. Du hast dich verspätet. Außerdem warst du es, der mir mit einstweiliger Verfügung gedroht hat. Natürlich verrate ich dir dann nicht, dass ich mir den Tatort und den Toten angeschaut habe. Auf eine Nacht in Beugehaft habe ich nämlich keine Lust.«

Cardoso fixierte einen braunen Sojasoßenfleck auf seinem sonst leeren Teller. Wenn er unbedingt weiterschmollen wollte, bitte sehr. Dora hatte keine Eile.

»Darf ich Salat nachlegen?«, bot Maurice an.

Cardoso nickte höflich, nahm sich noch etwas vom Thunfisch-Sashimi und verteilte in Zeitlupentempo marinierten Ingwer über den dünnen Scheiben. Seine Wangen waren wieder blass wie eh und je.

»Das Einzige, was wir noch nicht ermittelt haben, ist die Herkunft des Dynamits.«

Dora stibitzte Ingwer von Cardosos Teller. »Es stammt aus einer Pyrit-Mine in Lousal. Carvalhos Nachbar, Renato da Silva, du erinnerst dich, der Salzbaron, hat es dort abgeholt und Tomás bei ihm.«

»Woher weißt du das?«

Dora griff in ihre Handtasche und legte Tomás' Smartphone auf den Tisch. »Schau in der Zipdatei nach. Kennwort ›Dora‹.«

»Du hast Tomás' Handy?« Cardoso schob mit einem Ruck den Stuhl zurück.

Maurice zuckte zusammen.

Dora blieb gelassen. »Setz dich wieder hin und reg dich ab. Ich habe es erst heute gefunden und wollte es dir sowieso geben.«

Maurice blinzelte. Ihm konnte sie nichts vormachen, aber diese kleine Notlüge musste sein.

»Das hättest du mir am Telefon sagen können.« Cardoso stand immer noch neben dem Tisch.

»Wie denn? Du warst ja beschäftigt, hast du gesagt. Mit Mendonça.«

Mit einer fahrigen Bewegung strich sich Cardoso das Haar nach hinten, setzte sich wieder und steckte Tomás' Mobiltelefon ein. »Wie passen deines Erachtens Dynamit, Salinen und Wasserrechte zusammen, Dora?«

»Gar nicht. Für Meersalzsalinen braucht da Silva kein Süßwasser, und für die Reisfelder bedient er sich aus dem hauseigenen Açude da Murta.«

»Dann können wir ihn theoretisch wieder von der Liste der Verdächtigen streichen, es sei denn, da Silva hat etwas mit Tomás und dem Sprengstoff zu tun.«

»*Du* kannst.«

Cardoso verstand den Wink, dass sie ihm soeben das »Wir« symbolisch gekündigt hatte.

»Da Silva besitzt den östlichen Teil der einstigen Carvalho-Ländereien, Sérgio. Der heutige Besitz reichte zu Américo Carvalhos Vaters Lebzeiten von Alcácer do Sal bis zur Halbinsel Tróia. Aber das weißt du sicher schon. Die Urkunden liegen ja im Grundbuchamt. Der Archivar war sehr hilfsbereit, er hat mich sämtliche Urkunden und Flurpläne von 1955 bis heute einsehen lassen.«

Cardoso wirkte ehrlich überrascht. »Du hast Flurpläne von 1955 gesehen? In welchem Archiv warst du denn?«

»Hier bei mir um die Ecke. Im Nationalen Grundbucharchiv. In dem futuristisch gestylten städtischen Notariat im Park der Nationen findest du alles nur noch digitalisiert und nur aus den Jahren nach der Nelkenrevolution.«

Cardoso massierte sich die Schläfen. »Deswegen. Ich habe nichts von vor 1974 gefunden. Nichts über die vorangegangenen Enteignungen während der Diktatur und nichts über Wiedergutmachungen. Was bin ich doch für ein Ziegenbock. Américo Carvalho hat seinem Sohn Gustavo erst vor Kurzem den westlichen Teil der Dünenmarsch überschrieben. Das war die einzige relevante Information.«

»Wieso besorgt der Nachbar des Vaters des Mordopfers dem Mordverdächtigen Dynamit?«, fragte Maurice verwundert.

Er ist einfach umwerfend, dachte Dora. »Ja, wieso, Sérgio?«

Cardoso hob beschwichtigend beide Hände. »Ich ergebe mich. Und werde da Silva vernehmen.«

Bis alles Sushi aufgegessen und die Salatschüssel leer war, ließen sie das Gespräch über den Mordfall ruhen. Erst als Maurice das Geschirr abwusch und Kaffee kochte, nahmen Dora und Cardoso den Faden wieder auf.

»Nach meinen Recherchen im Grundbuchamt und nach der Durchsuchung von Tomás' Wohnung in Setúbal bin ich nach Comporta zu dem Immobilienbüro gefahren, das exklusiv das Projekt ›Tróia for future‹ makelt. Dort scheint alles legitim zu laufen. Die Maklerfirma agiert im Auftrag des Bauträgers. Praktischerweise sind Gustavo und Américo Carvalho Mitgesellschafter. Ein Mordmotiv erkenne ich unter dem Aspekt Profitgier keines. Alle Beteiligten verdienen gut.«

»Das geplante Baugebiet liegt im Naturschutzpark in der Dünenmarsch am Sado, zusammen mit dem Stelzenhafen von Carrasqueira. Dürfen die Carvalhos überhaupt verkaufen, und darf da gebaut werden?« Obwohl Dora die Antwort kannte, horchte sie Cardoso aus und fühlte sich ungut dabei, doch er ermittelte schließlich auf einer anderen Ebene als sie.

»Das hat mir ein Mitarbeiter der Naturschutzbehörde in Lissabon explizit erklärt. Normalerweise nein, aber weil die Häuser nachhaltig und klimaneutral gebaut und visuell an den Stil der regionaltypischen Fischerhütten mit Reetdach angepasst werden, wurde eine Sondergenehmigung als Beitrag zum lokalen Kulturerhalt erwirkt.«

Cardoso wusste genauso viel wie sie.

»Hast du eine Ahnung, wie viel Geld da insgesamt im Spiel ist?«, fragte Dora.

»Noch nicht.«

»Ist es in Ordnung, dass ich mich mit Carla Maria Santos verabrede?«

»Ich schätze, ich kann es nicht verhindern. Hast du im Grundbuchamt denn den Kaufvertrag für die Parzellen in der Dünenmarsch gesehen?«

»Ja. Der Verkaufspreis beträgt achtundzwanzig Komma fünf Millionen Euro und muss bis zum 30. Juni abgewickelt werden, sonst verliert der Bauträger die geleisteten zwanzig Prozent Anzahlung für das Kaufversprechen an die Immobilienmaklerin und die Witwe zu gleichen Teilen.«

Cardoso zog die Augenbrauen zusammen. »Fast dreißig Millionen?« Er pfiff durch die Zähne.

Dora machte ein zustimmendes Geräusch. »Alles für die Witwe.«

Maurice klatschte in die Hände. »Das ist ein astreines Mordmotiv.«

Cardoso seufzte bekümmert. »Könnte es sein, Maurice. Leider ist Lourdes am vergangenen Freitagabend in der Oper im Theater São Carlos gewesen.«

»›Parsifal‹?«, fragte Maurice interessiert. Dora schmunzelte. Ihr *avô* war leidenschaftlicher Opernfan – und Wagnerianer, den Theaterkalender von Lissabon kannte er auswendig.

Cardoso nickte. »Und danach ist sie im Fackelzug der Santo-António-Prozession mitgelaufen. Ihr Alibi ist wasserdicht. Und sollte das Geschäft aus welchen Gründen auch immer platzen, bekommt sie dennoch über zwei Komma acht Millionen Euro.«

»Lourdes gewinnt anscheinend immer.« Dora zuckte mit den Schultern. »Hast du schon mit ihrem Sohn Carlos gesprochen?«, fragte sie.

Cardoso nickte. »Ein sonderbarer Junge, meines Erachtens. Verschlossen, misstrauisch. Dennoch versprüht er ein eruptives Aggressionspotenzial. Ganz merkwürdig. Im Gespräch weicht er aus, vergräbt die Hände in den Hosentaschen, schaut auf den Boden oder aus dem Fenster. Gern gehabt hat er seinen Vater nicht, gibt er zu. Am vergangenen Freitagabend hat es wohl einen handfesten Streit zwischen den beiden gegeben.«

Dora wollte mehr erfahren. »Hast du nachgebohrt, warum er seinen Vater nicht mochte?«

»Habe ich. Das war deprimierend. Carlos sagte, Gustavo habe ihn wegen seiner kunsthistorischen Träumerei sein Leben lang als Versager hingestellt, als weibischen Weichling, der sich der Verantwortung des Carvalho-Erbes nicht würdig zeige. Er hat Carlos deshalb offenbar auch ständig mit Enterbung gedroht. Deswegen verabscheue Carlos das Erbe und den Vater sowieso. Carlos sagt, Gustavo sei ein liebloses Scheusal gewesen, das anderen nur Unglück bringe. Stell dir vor, während er mit mir gesprochen hat, hat er ein Glas in seiner Faust zerdrückt. Er musste sofort zum Arzt und die Wunde genäht werden.«

»Glaubst du, Carlos hat etwas mit Gustavos Tod zu tun?«

»Dazu hat Carlos etwas Merkwürdiges gesagt. Er hat zugegeben, seinen Vater im Traum tausendmal und öfter umgebracht zu haben. Doch er hätte ihn in einer Badewanne mit Eiswürfeln ›totgebadet‹ und nicht einfach nur aufgehängt.« Dora stellte sich die Szene bildlich vor. »Totbaden«. Das hörte sich total gruselig an. Nein. Zwischen Vater und Sohn hatte es keinen Deut Liebe gegeben, dessen war sie sich sicher. »Ist Carlos noch auf der Herdade?«

»Er wollte zurück nach Lissabon. Er sagte, er könne es auf der Herdade, wo hinter jeder Tür eine andere Lüge lauere, nicht länger aushalten.«

»Das tönt ja geradezu beklemmend. Was er wohl damit ausdrücken wollte?«

»Eine Familie mit so viel Geld und so vielen Problemen.« Maurice strich sich nachdenklich über das Kinn.

Dora grübelte über mögliche Lügen im Hause Carvalho nach. Da fielen ihr auf Anhieb einige ein. Sie überlegte, ob dieses Lügengeflecht mit der Botschaft »Jetzt schweigst du für immer« zusammenhängen konnte, die der Mörder an Gustavos Brust geheftet hatte.

»Gustavos Tochter Liliana soll seit Monaten nicht mehr zu Hause gewesen sein«, sagte Cardoso nachdenklich. »Sie sei Papas Augenstern, erwähnte Carlos.«

Dora rührte in die Bica einen gehäuften Löffel Zucker ein. »Warum hat sie ihn dann so lange nicht mehr besucht?«

»Ich habe mit ihr telefoniert«, sagte Cardoso. »Sie hat geweint. Liliana scheint die Einzige zu sein, die um Gustavo trauert. Sie absolviert jedes Wochenende ein Praktikum im Casa-Museu Miguel Torga, und werktags studiert sie.«

Miguel Torga war Doras Lieblingsdichter, weil er der Armut ihres Volkes nichts Romantisches angedichtet hatte. »Was ist mit Américo Carvalho?«

»Keine Regung. Kein Wort der Trauer über den Tod seines Sohnes. *Nada.* Ein zu Stein gewordener Mann. Einsam und alt.«

Und grausam, fügte Dora in Gedanken hinzu.

»Somit bleibt Tomás momentan der Hauptverdächtige«, sagte Cardoso.

Dora trank ihren Kaffee in drei Schlucken aus. »Ja. Wir waren uns jedoch einig, dass es auch zwei Täter gewesen sein könnten. Wer hat Tomás deiner Meinung nach geholfen?«

»Jemand, der ihn liebt.«

Dora war ehrlich überrascht, hätte sie doch eher mit einer lapidaren Antwort à la »jemand aus der ›Rettet Carrasqueira‹-Bewegung« gerechnet. »Ein plausibler Ansatz, Sérgio.«

Cardoso rührte in seiner leeren Tasse herum. »Da ist noch etwas, das ich dir sagen muss. Ramirez hat offiziell Beschwerde gegen dich eingelegt, weil du gestern das Haus seiner Eltern *und* seinen Vater fotografiert hast.«

»Nicht zu vergessen die gehisste spanische Faschistenflagge im Garten.«

Maurice stand der Schreck ins Gesicht geschrieben. »Eine spanische Falange-Flagge in Portugal? Rot auf Schwarz, Adler, Banderole um die fünf Pfeilspitzen? Ist nicht dein Ernst.«

Dora hätte ihrem Großvater den Schock gern erspart, denn er hatte während der Diktatur am eigenen Leib Repressalien erlitten. »Bitte reg dich nicht auf. Das kommt zur Anzeige.«

Cardoso machte eine vage Handbewegung. »Nein, Dora. Kommt es nicht. Mendonça verbittet sich die Unterstellung, die GNR aus Grândola sei rechtsextremistisch unterwandert. Er lehnt eine interne Untersuchung rundweg ab. Und schickt mich mit der Botschaft zu dir, dich künftig aus unseren Ermittlungen rauszuhalten, sonst wird aus der Beschwerde eine Anzeige.«

Dora glaubte, sich verhört zu haben. »Was soll das heißen?«

»Mendonça wird gegen Ramirez nicht vorgehen.«

Empört schnappte sie nach Luft. Cardosos Vorgesetzter hätte mit einem Anruf im Ministerium eine interne Untersuchung in Grândola einleiten können. Cardoso konnte das ohne dessen Zustimmung nicht. Das war gelinde gesagt ungeheuerlich.

»Verstehe. Das, was hier passiert, läuft unter Bagatelle. Du kannst also für den Mordfall an Guilherme Maia das Verfahren nicht wiedereröffnen, weil Mendonça sich weigert, den Fall neu aufzurollen und die politisch motivierten Hintergründe aufzudecken?«

Cardoso wich schon wieder aus. »Du weißt doch gar nicht, ob Ramirez' Werdegang und der Mordfall etwas miteinander zu tun haben.«

»Du *willst* dieser Fährte nicht folgen«, stellte Dora fest. »Aus Angst oder aus Hörigkeitsdenken? Sei ehrlich, Sérgio.« Sehr leise fuhr sie fort: »Mendonça hat dir das Hirn gewaschen. Aus purer Bequemlichkeit. Dabei sollte er sich in seiner Position öffentlich und laut gegen rechtsextreme Strömungen im Polizeiapparat positionieren.«

»Mendonça sagt, man solle Vergangenes endlich ruhen lassen. Deswegen wird er auch keine Meldung an die spanischen Behörden wegen Ramirez' Vater schicken.«

Was schlimm war, konnte kaum mehr schlimmer werden, hatte Dora bisher gedacht. Und sich geirrt. Schlimmer konnte es immer werden. So wie jetzt. »Einen Dreck ruhen lassen will er. Mendonça will in Rente gehen und sich in den nächsten zwei Dienstjahren nicht mehr aufregen. Das will er. Vor allem will er nicht, dass sich jemand aus dem neofaschistischen Schlangennest an seinem Chefthron hochschlängelt und ihn beißt.«

Cardosos Kinn schoss vor. »Mendonça hat recht. Du leidest an impertinenter Profilierungssucht.«

Doras Gesichtszüge entgleisten. »Du hast Mendonça von mir und meinen Überlegungen erzählt? Spinnst du jetzt völlig? Fürs Protokoll: Ich leide weder an Intuitionsschwurbelei noch an Profilierungssucht. Du musst dich entscheiden, auf wessen Seite du stehst. Ich will die Wahrheit herausfinden. Immer schon. Wenn du das nach acht Jahren Zusammenarbeit und zwei Jahren Freundschaft immer noch nicht verstanden hast, könnte es zu spät dafür sein.« Sie wies mit dem Finger zur Tür. »Du weißt, wo der Ausgang ist.«

Maurice spähte abwechselnd zu Dora und zu Cardoso. Es

tat ihr leid, dass er Zeuge dieser Szene werden musste, denn er und Cardoso hatten sich immer bestens verstanden.

Cardoso setzte zu einer Antwort an, ließ es dann bleiben, seufzte und erhob sich. Er bedankte sich bei Maurice, schlurfte durch den Flur und zog die Tür ins Schloss.

Seine Entscheidung, sich auf Mendonças Seite zu stellen, hatte Dora tief getroffen. Ihn wegzuschicken tat ihr trotzdem weh.

»Du hast deinen Freund vor die Tür gesetzt.«

Sie hörte ihrem Großvater nur mit halbem Ohr zu. Stattdessen fragte sie sich, wie es hatte passieren können, dass Cardoso die Seiten gewechselt und sie nichts bemerkt hatte. »Ach, *avôzinho*. Das System macht so vieles kaputt.«

»Du wirst das Establishment nicht ändern, kleine Löwin.«

»Mitmachen muss ich deswegen aber auch nicht.« Sie schob die Unterlippe vor.

»Das letzte Mal hast du mit zwölf eine Schnute gezogen. Du kleines, großes, stures, tapferes Biest.«

Dora seufzte und versuchte ein Lächeln. Ihr Großvater hatte natürlich recht. Mit Trotz kam sie keinen Zentimeter weiter, aber es tat verdammt gut, trotzig zu sein.

***

Nachdem Maurice sie in den Arm genommen und sich verabschiedet hatte, machte Dora es sich mit ihrem Laptop und einem Notizblock auf dem Sofa bequem. Egas hüpfte vom Fensterbrett neben den Laptop und guckte mit einem Auge argwöhnisch auf den Cursor, der sich über den Monitor bewegte.

Wenn Cardoso nichts unternahm und Mendonça im Chefsessel auch nicht, musste wohl sie die Dinge in Gang setzen. Sie loggte sich mit ihren alten Passwörtern in den Polizeicomputer ein. Niemand hatte nach ihrem Ausscheiden aus dem Dienst daran gedacht, ihren Zugang zu blockieren, was ihr im Moment mehr als gelegen kam. Bisher hatte sie keinen Grund gehabt, sich dieser kleinen Tür ins Reich des internationalen Justizsystems zu bedienen.

Dora tippte »Behörde zur Aufklärung von Verbrechen an der Menschlichkeit« in das Suchfeld ein und fügte »Spanien« hinzu. So gelangte sie zu der vom Premierminister Pedro Sánchez eingerichteten Sonderstelle zur Aufklärung von Verbrechen an der Menschlichkeit während der Franco-Militärdiktatur. Im nächsten Fenster wurden ihr Namen von untergetauchten strafrechtlich gesuchten Tätern angezeigt. Die spanische Justiz bat international um Hinweise. »Können sie kriegen«, grollte Dora und scrollte zum Buchstaben R. Ramirez gab es einige. Sie tippte »Juan« in das Suchfeld ein, legte ihr Mobiltelefon neben den Laptop, öffnete die Fotogalerie und das Bild, das sie von Juan Ramirez geschossen hatte.

Drei Juans ploppten auf. Es tat ihr weh, den Namen des spanischen Verführers Don Juan im Zusammenhang mit Begriffen wie »Menschenjagd«, »Massenexekutionen« und »Folter« zu lesen. Das klang wie Post aus Luzifers Horrorkabinett. Dora erschauderte, stand auf und schenkte sich Medronho in ein Schnapsglas ein. Der aus Baumerdbeeren gebrannte Obstler stammte noch von ihrem letzten Besuch an der Algarve. Sie trank das Glas in einem Zug leer.

Dann erst schaffte sie es, die Steckbriefe zu studieren, über Foltermethoden, über die Ausbeutung von Arbeitssklaven, die man so lange zum Steineschleppen gepeitscht hatte, bis sie tot umgefallen waren.

Beherzt öffnete Dora die letzte Datei und wich zurück. Neben dem Steckbrief prangte das Konterfei von Juan Ramirez, Franciscos Vater. Auf dem Bild sah er jünger aus, fotografiert in Uniform. Doch sie erkannte ihn sofort. Seine Warze leuchtete, als hätte er sie extra für die Aufnahme poliert. Flüchtlingsjäger war er gewesen, erfuhr sie. Spezialisiert auf das Aufspüren spanischer Republikaner und vom portugiesischen Regime politisch verfolgter Portugiesen auf ihrem Weg ins Exil nach Frankreich.

Dora schluckte und las mit flauem Gefühl im Magen weiter. Menschen auf der Flucht vor Portugals Diktatur waren jenseits der Grenze in die Fänge der Geheimpolizei von Spaniens Militärdiktatur gelangt. Sie waren verhaftet, verhört, gequält, getötet worden. Und anschließend anonym verscharrt. Hunderte Familien hatten nach der Flucht ihrer Angehörigen nie wieder etwas von ihnen gehört. Die spanische Regierung versuchte nun, Aufklärungsarbeit zu leisten, und suchte weltweit nach ehemaligen Agenten des Franco-Regimes. Das Kommando, für das Juan Ramirez tätig gewesen war, nannte sich »Falange-Offizium«, in Anlehnung an das Heilige Offizium, das im späten Mittelalter und während der Renaissance dem Inquisitionsverfahren vorgestanden hatte.

Juan Ramirez hatte Andersdenkende gejagt, eingesperrt – und hingerichtet. Allerdings hatte er Letzteres nicht umsonst gemacht. Die Jagd hatte wohl ihren Preis gehabt. Juan Ramirez hatte Kopfprämien verlangt. Angewidert von derart geballter Gewalt, las Dora weiter. Ein Legionär unterwegs im Auftrag des königlichen Edikts von Granada, das 1492 zur Tötung Andersgläubiger aufgerufen hatte und erst ganz am Ende des Franco-Regimes aufgehoben worden war.

Dora stutzte. Wieso stand denn da ein Kreuzzeichen am Ende des Steckbriefes? Wie bitte? Juan Ramirez galt seit 1992 als verstorben? Dora brach der Schweiß aus. Mit einem Fächer aus der Schublade im Wohnzimmertisch wedelte sie sich kräftig Luft zu, denn es reichte schon, an die Faschistenflagge zu denken, und eine Hitzewelle durchströmte sie.

Dora musste der spanischen Behörde Juan Ramirez' Aufenthaltsort melden, denn die glaubte an seinen Tod und hatte natürlich deswegen bislang nie nach ihm gesucht. Das wollte Dora auf der Stelle ändern und öffnete auf der Steckbriefseite das Kontaktformular. Mit über die Tasten fliegenden Fingern verfasste sie eine Nachricht, in der sie das Missverständnis aufklärte und die Adresse bekannt gab, unter der der angeblich Tote lebte. Zum Schluss nannte sie noch ihren Namen und ihre Telefonnummer und unterschrieb mit »Dora Monteiro, Inspetora-Chefe PJ Lisboa a. D.«, Kriminaloberkommissarin außer Dienst. Das hörte sich professionell an. Gut außerdem.

Vielleicht sollte sie sich Visitenkarten mit dem Titel drucken lassen. Was natürlich Unsinn war. Aber die Vorstellung reizte sie dennoch.

Die Fotos von Juan Ramirez im Garten vor dem Haus in Tróia und die von der Faschistenflagge und der Adlerskulptur hängte sie als Dateien an und drückte auf »Senden«.

Das war's. Erledigt.

Dora fühlte sich völlig erschöpft und war schweißgebadet, doch fertig war sie noch nicht. Als Nächstes rief sie die Mobiltelefonnummer auf der Seite der Immobilienmaklerin an und hatte Glück. Obwohl es bereits nach zwanzig Uhr war, meldete sich Carla Maria Santos sofort, und sie vereinbarten einen Besichtigungstermin für den folgenden Tag um fünfzehn Uhr. Dora hatte sich als Valeria Ashanti vorgestellt, mit dem Namen ihrer Großmutter, und als Kaufinteressentin für ein Haus des Modells »Fishermen« ausgegeben.

Anschließend versuchte sie etwas über den Verbleib von Vasco Carvalho herauszufinden. Doch trotz intensiver Recherche im Onlinesterberegister Lissabons und Grândolas stieß sie nirgends auf einen Vermerk. Mit einem Schulterzucken wandte sie sich dem Rabenpaar zu und sagte laut: »Juan wird für tot erklärt, obwohl er fit und fidel ist, und Vasco ist zwar seit 1969 verschwunden, aber aktenkundig gar nicht gestorben.«

✻✻✻

Kaum drei Tage beschäftigte Dora sich erst mit dem Carvalho-Fall, und nichts war mehr so wie zuvor in ihrem Leben. Dass sie überhaupt jemals wieder ermitteln würde, hatte sie vor vier Tagen nicht einmal in Betracht gezogen. Vor allem nicht als Inspetora-Chefe a. D. Letztendlich würde sie keine Handschellen zücken. Traurig war sie deswegen jedoch nicht.

Ihr reichte es, der Gerechtigkeit zu dienen, damit die Schuldigen und nicht Unschuldige wie Tomás vor Gericht gestellt wurden.

Das erinnerte sie an etwas, das ihr die ganze Zeit schon widersprüchlich vorgekommen war. Wieso hatte man DNA-Spuren an dem Strick, aber keine auf der Kleidung des Opfers gefunden? Das hatte sie auch Cardoso gefragt, aber der Widerspruch schien ihn im Gegensatz zu ihr nicht zu beeindrucken. »Wie mag das funktionieren?«, fragte sie Afonzine-Henriqua und Egas, die ihre Köpfe hin- und herwiegten, als fühlten sie sich tatsächlich angesprochen.

Dora lehnte sich zurück, bettete den Hinterkopf auf die Sofalehne und schloss die Augen. Nach und nach ließ sie alles, was sie wusste, und alles, was sie ahnte, Revue passieren. Der Mord an Gustavo Carvalho blätterte sich wie ein Fächer auf. Jede Lamelle barg neue Facetten, die politische, familiäre, monetäre, machtbesessene und persönliche Motive in sich vereinten. Doch welches Motiv zog letztlich Tomás' Kopf aus der Schlinge? Und was würde geschehen, falls ihre Phantasie ihr doch einen Streich spielte und Cardoso mit seinem Vorwurf der Profilierungssucht recht behielt? Falls die Indizien eben genau das waren, nämlich Indizien, die einen Mord bewiesen. Falls Tomás der Täter war. Aber was, wenn nicht?

Tomás hatte ihr einmal in einer dunklen, stürmischen Nacht in der Hütte seiner Mutter erzählt, dass *er* die Leiche seines Vaters vom Baum geschnitten hatte. Dazu hatte er den Galgenstrick natürlich angefasst. Und auf dem Seil definitiv seine DNA-Spuren hinterlassen. Mit einem Ruck setzte Dora sich auf. Wer den Teufel rief, bekam die Hölle zu spüren. *Caraças!* Die Antwort stand symbolisch direkt vor ihr auf: Die Stricke waren vertauscht worden. Ob das stimmte, war relativ leicht herauszufinden.

Sie öffnete ihr Telefonmenü und scrollte zum Buchstaben G wie Graça, wählte die Nummer und lauschte dem Signal.

Nach dreimaligem Klingeln nahm die Chefin der forensischen Abteilung im Präsidium der Kriminalpolizeizentrale

Lissabon den Hörer ab. »Du bist zwar physisch nicht anwesend, aber du hältst uns dennoch auf Trab, Dora Monteiro. Wie früher stichst du wohl auch dieses Mal wieder mitten in ein Hornissennest. Was ist denn da unten am Meerbusen vom Sado los? Mendonça und Cardoso haben sich deswegen in meiner Sezierstube heute Nachmittag neben dem Leichnam des Mordopfers dermaßen in die Wolle gekriegt, dass ich dachte, ich müsste die zwei mit kaltem Wasser taufen.«

Dora griente in den Hörer. »Tja, da kannst du mal sehen, was mein Voodoo alles anrichtet.«

»Willst du mich zu einem Glas Wein einladen und mir den Grund deines Anrufs verraten?«

»Gute Idee. Was hältst du von Gin-Cocktails anstatt Wein auf der Dachterrasse in der Bar ›Lisboa‹ am Bahnhof?«

»Gib mir eine halbe Stunde.«

Sie legten auf. Dora nahm vor ihrem Treffen noch rasch eine Dusche und wählte ein leger schickes Outfit, dann machte sie sich mit der U-Bahn auf den Weg.

12

Lissabon, Bar »Lisboa«, 20 Uhr

Es war Punkt zwanzig Uhr, als Dora und Graça sich vor der kleinen Kneipe hinter dem Rossio-Bahnhof trafen und zur Begrüßung herzlich umarmten. Auf der winzigen Dachterrasse setzten sie sich an einen Tisch am Geländer mit Aussicht auf die Baixa und das Castelo de São Jorge. Graça trug ein weißes Herrenhemd zur engen Jeans, Dora ein Tanktop zur ebenso knapp auf der Hüfte sitzenden Jeans.

»Dora. Du siehst sagenhaft gut aus. Verrate mir dein Geheimnis. Neuer Lover? Oder verliebt?«

»Beides.« Dora zwinkerte verschwörerisch.

»Was? Ist nicht wahr. Die Ungebändigte ist verliebt.«

Dora klimperte mit den Wimpern. »Und du? Du siehst umwerfend aus. Wie schafft es irgendjemand, in deiner erotisierenden Nähe zu arbeiten?«

Sie lachten und bestellten zwei Pink-Gin-4-Friends, knabberten getrocknete Bohnenkerne dazu und schilderten sich abwechselnd, was seit Doras filmreifem Abgang aus der Mordkommission passiert war. Graça schaffte es hervorragend, Mendonça zu imitieren, und Dora amüsierte sich köstlich, während sie erfuhr, wie Cardosos Chef sich im Seziersaal über sie aufgeregt hatte, nachdem Cardoso ihm von ihr und ihren Eskapaden in Carrasqueira im Fall Gustavo Carvalho berichtet hatte.

Es tat wohl, dem Fall Abstand und Humor zu gewähren.

»Mendonça unterstellt mir ›impertinente Profilierungssucht‹, und Cardoso nennt meine Art, um die Ecke zu denken, ›Intuitionsschwurbelei‹.«

Graça prustete lauthals los. »Intui…was? Da bricht man sich die Zunge.« Sie gab dem Kellner ein Zeichen für eine zweite Runde Cocktails und sagte: »Ich vermisse dich, Mädchen. Du kennst meine Schwäche für dich, obwohl du Männer magst.«

Dora tätschelte Graça die Hand. »Gute, du.«

Während ihres zweiten Cocktails erzählte Dora ihre Sicht auf die Tat. Zwischendurch bestellte Graça Tequila-Shots mit Orangenscheiben und Zimt, dazu Käse für Dora und Schinken für sich selbst, Tortilla-Chips und scharfes Relish für sie beide, das kurz darauf serviert wurde.

»Der Vater dieses Polizisten Ramirez hat unter Franco Flüchtlinge gejagt?«

Dora bejahte. »Andersgläubige, Regimegegner und Portugiesen auf dem Weg durch Spanien nach Frankreich ins Exil.«

Graça echauffierte sich immer mehr. »Was? Portugiesen? Dafür hat er kassiert? Das knallt.« Die Gerichtsmedizinerin, die ihrer Arbeit mit Toten stets etwas Amüsantes abzugewinnen wusste, war fassungslos.

Dora nutzte den Moment, um Graça in ihre Gedanken einzuweihen. »Sehe ich auch so. Gustavo Carvalho liegt bei dir auf dem Seziertisch, und ich erzähle jetzt einfach einmal, was mir dazu einfällt.«

Graça rollte geschickt eine Scheibe Schinken auf die Gabel und schnappte ihn sich mit ihren perfekt geschminkten Lippen. »Ich höre.«

»Der Täter hat Gustavo vom Pferd gezogen. Er hat ihn am Unterarm gepackt und aus dem Sattel geholt. Ein anderer Täter hat das Pferd festgehalten, denn Gustavo hat sich gewehrt. Als Nächstes knebeln sie ihr Opfer, fesseln ihm die Hände und hängen ihm das Blatt Papier um den Hals. Jetzt frage ich mich, wie kam das Opfer zurück aufs Pferd? Mit Knebel und gefesselten Händen stieg er freiwillig sicher nicht mehr auf. Oder stieg er gar nicht mehr auf, und die Täter haben ihn zum Baum geführt und dabei Fußabdrücke hinterlassen? Schließlich haben sie Gustavo die Schlinge um den Hals gelegt und ihn hochgezogen. Und dabei ihre DNA auf dem Galgenstrick hinterlassen. Was ziemlich bescheuert ist, weil sie zuvor so hervorragend aufgepasst haben und weder an der Leiche noch an deren Kleidung weitere Spuren gefunden wurden. Einer der Täter gibt dem Pferd einen kräftigen Schlag auf die Kuppe, das Pferd rennt davon.«

Graça nickte. »Man könnte meinen, du hättest das Drehbuch geschrieben, Dora. Pass auf. Ich werde dir eine leicht abgeänderte Version erzählen.« Sie blinzelte komplizenhaft und stieß mit Dora mit Tequila an. »Das Pferd hat seinen Reiter verloren. Und zwar in gestrecktem Galopp. Der Täter hat nämlich in Brusthöhe des Reiters ein Seil über den Weg gespannt. Es hat das Opfer buchstäblich aus dem Sattel katapultiert.«

Doras Augenbrauen trafen sich über ihrer Nasenwurzel. Dass sie auf die Variante nicht selbst gekommen war. »Also ist er gefallen, und niemand hat ihn aus dem Sattel gezerrt. Dafür hast du also entsprechende Hinweise gefunden?«

»Hämatome quer über dem Torso.«

»Interessant. Und dann?«

»Rennt das Pferd von dannen, und der Reiter liegt im Sand. Weich gefallen, keine nennenswerten Blessuren. Der Täter fesselt und knebelt ihn, hängt ihm das Blatt Papier um und legt ihm die Schlinge um den Hals. Er zieht die Schlinge zu. Gustavo japst nach Luft. Der Täter hilft ihm auf die Füße und zieht sein Opfer hinter sich her.« Graças Augen glänzten. »Schritt für Schritt Richtung Galgenbaum zieht er ihn. Ein Wunder, dass Gustavo nicht vor lauter Angst schon auf dem Weg dorthin gestorben ist.«

Eine leicht sadistische Neigung hatte Dora ihrer früheren Lieblingskollegin schon immer unterstellt. Graças Leidenschaft, grausame Tathergänge en détail nachzustellen, grenzte an Manie.

»Jetzt stehen Täter und Opfer unter der Korkeiche. Dort wirft der Täter das lose Ende des Seils über den Ast, zieht Gustavo hoch, und *pronto*«, Graça schnalzte mit der Zunge, »Exitus Erstickus.«

»Und? Wo am Seil hast du nach dieser doch recht aufwendigen Henkersaktion DNA-Spuren gefunden?«

»Ah, die Detektivin passt gut auf. Nebenbei bemerkt, das Pferd hat eine blutige Strieme auf dem Arsch. Übrigens ein Prachtross. Der Täter hat ihm eins übergebraten, bevor Gustavo fliegen gelernt hat.«

»Wo am Strick, Graça? Am Knoten, an der Schlinge oder am Seil selbst?«

»An dem Stück unterhalb des Knotens am Ast.«

Dora steckte sich Würfel vom gereiften Ziegenkäse aus dem Alentejo in den Mund und fragte kauend: »Du hast nicht zufällig das Gefühl, dass der Galgenstrick des Mordopfers aus zwei Stücken besteht?«

»Zufällig habe ich tatsächlich das Gefühl.«

Sie schwiegen und naschten Käse und Chips, bis Graça sich traute, ihren Zweifel laut auszusprechen.

»Du willst doch damit nicht etwa unterstellen, dass eins der Stücke nachträglich drangebunden wurde?«

»Doch. Und ich will es wissen.« Dora drückte Graças Unterarm und aß den letzten Käsewürfel.

Natürlich waren Dora und Graça nach zwei Pink-Gin-4-Friends plus Tequila-Shots nicht mehr nüchtern. Deswegen nahmen sie ein Taxi vom Rossio-Bahnhof bis zum Präsidium der Kriminalpolizei in Santa Cruz und dachten keine Sekunde über die möglichen Konsequenzen ihres Vorhabens nach, sollten sie dabei erwischt werden, wie sie bei Nacht in das forensische Archiv einstiegen.

Das Taxi setzte sie gegen Mitternacht vor dem wissenschaftlichen Institut für Spurensuche im Anbau des Gebäudes der Kriminalpolizei ab. Graça ermahnte Dora, leise zu sein. Trotzdem kicherten sie beide albern wie Schulmädchen, die etwas Verbotenes taten.

Sie duckten sich entlang der Hausmauer durch den Schatten bis zum »Bühneneingang«, wie Graça die verborgene Feuertür nannte – ein Eingang, den nicht einmal Dora gekannt hatte. Durch ihn kamen sie ungesehen in das Gebäude hinein, denn zwischen dem Anbau und dem Haupthaus hing keine Überwachungskamera. Der »Bühneneingang« fungierte als Notausgang. Sonst wurde er nie benutzt, obwohl man ihn von außen öffnen konnte. Mit einem Code.

Leise ließen sie die schwere Feuertür hinter sich ins Schloss gleiten und folgten dem mit grünem Notlicht fahl beleuchteten Korridor zur forensischen Abteilung im Kellergeschoss. Den Seziersaal ließen sie links liegen und stiegen eine zweite Treppe abwärts in einen langen Tunnelgang, der im Spurenarchiv endete. Graça verschaffte sich auch hier mittels ihres Codes Zutritt. Ungelöste Kriminalfälle der vergangenen Jahrzehnte stapelten sich in dem Gewölbekeller im hinteren Teil des Archivs. Der Entlüfter surrte unentwegt, dennoch roch es säuerlich nach geronnenem Blut.

»Hast du dich je an den Geruch gewöhnt, Graça?«

»Nein. Deswegen äußere ich mich gerne zynisch über Leichen. Beim Sprechen riecht man nämlich nichts, und Zynismus übertüncht das Entsetzen.«

Rasch fanden sie die Regale mit Fällen, von denen niemand mehr etwas wissen wollte. Und die mit den alphabetisch geordneten Kisten aus dem Jahr 1992. Sie suchten nach dem Buchstaben M. Gemeinsam hievten sie den Karton mit der Aufschrift »Guilherme Maia, suicídio« auf einen Tisch und öffneten den Deckel.

Graça streifte Latexhandschuhe, die sie stets in ihrer Tasche dabeihatte, über ihre schlanken Finger. »Statt Kondome«, fügte sie ernst hinzu. Trotz der brisanten Situation mussten sie wieder kichern. »Man sollte, von Gewalt umgeben, immer beschwipst sein«, befand Graça und untersuchte fachfraulich das Ende des Galgenstricks. »Kürzlich erst durchgeschnitten. Schau, wie der Hanf ausfranst.«

Dora beugte sich über die Schnittstelle. »Das bedeutet, ein Stück von diesem Seil, mit dem damals Tomás Maias Vater Guilherme aufgehängt worden ist, fehlt.«

Graça biss sich auf die Lippen. »Am Samstagvormittag sind das Pferd und die Leiche bei uns angekommen. Dieser

Ramirez und ein zweiter Polizist haben den Hengst aus dem Transporter direkt in den Stall der Abteilung für Spurensicherung an Tieren gebracht. Doch die Kollegen im Stall haben am Wochenende frei.«

»Somit ist es möglicherweise am Samstag passiert.« Graça rekapitulierte. »Ziemlich wahrscheinlich sogar. Ich war nämlich mit dem Toten allein im Seziersaal. Und ich habe eine Datei für ihn angelegt. In genau der Zeit muss sich Ramirez Zugang zum Archiv verschafft haben. Als Polizeidienststellenleiter hat er sich beim Archivar eingetragen und ohne Probleme Zutritt erhalten. Simsalabim.«

»Wir schneiden ein kleines Stück vom anderen Ende ab. Als Geschenk für Cardoso.« Dora streckte die Hand aus.

»Nichts anfassen, Dora. Ich mache das.«

Dora reichte Graça das Klappmesser aus der Handtasche, das sie stets griffbereit hielt, so wie Graça ihre Latexhandschuhe.

»Und wie bist du an das Seil gekommen?«, fragte Graça.

»Das interessiert dann nicht mehr. Wenn du jetzt nachweisen kannst, dass das Stück Strick vom aktuellen Tatort und die DNA-Spuren daran mit diesem Seil hier aus der Kiste von einem dreißig Jahre alten Todesfall übereinstimmen, ist der Skandal über den dazugemogelten Galgenstrick zur Beweismanipulation in einem Mordfall wasserdicht. Das bricht Ramirez so oder so das Genick. Dann interessiert ein weiteres fehlendes Stückchen niemanden mehr, und einzig Cardoso weiß, woher es kommt.«

Graça legte Dora eine Hand auf den Arm. »Ich kümmere mich darum. Gleich morgen früh. Ach, wie ich dich und deine unkomplizierte Art vermisse, Mädchen. Ehrlich.«

Das Stück Galgenstrick verschwand in einem Plastiktütchen, ebenfalls aus Graças Handtasche, und anschließend in Doras Tasche. Danach räumten sie den Karton an Ort und Stelle zurück und verließen das Gebäude auf demselben Weg, auf dem sie hineingekommen waren.

Zwei Straßen weiter, am Taxistand im Santa-Marta-Viertel

vor dem Hospital, verabschiedeten sie sich mit einer herzlichen Umarmung und dem Versprechen, nicht wieder Monate und einen Mord lang bis zum nächsten Wiedersehen mit Cocktails und Tratsch zu warten.

»Das, was da bei der Polizei in Grândola passiert, muss aufhören, Dora. Hörst du?«, sagte Graça und stieg in das vordere Taxi ein.

»Versprochen«, sagte Dora und winkte dem Wagen hinterher, bis er in die nächste Straße abbog. Teufel noch mal. Graça hatte eben ihren Job riskiert. Ihr sicheres Gehalt. Ihre Rente. Und sich an Doras Seite gestellt.

Sie stieg in das zweite Taxi und nannte dem Fahrer ihre Adresse.

13

Lissabon und Murta, Dienstag, 17. Juni

Egas weckte Dora mit aufgeregtem Flattern. Sofort hellwach, war ihr erster Gedanke: Herrje, eine Frühgeburt.

Mit einem Satz sprang sie aus dem Bett und lief zur Fensterbank, wo Afonzine-Henriqua ihr träge über den Rand des Nachttopfes hinweg entgegenblinzelte. Dora schob eine Hand unter den weichen gefiederten Bauch der Rabenhenne und tastete die vier Eier ab. Alles in Ordnung, sie fühlten sich warm und heil an.

Wozu denn dann das Theater?, fragte sie sich, streckte den Kopf aus dem geöffneten Fenster und sah die drohende Gefahr auf dem Balkongitter nebenan sitzen. Dora zischte laut: »Kssscht«, und die Katze hüpfte vor Schreck ins Wohnzimmer der Nachbarwohnung.

Pedros Wuschelkopf erschien. »Reicht es nicht schon, dass du dich mit Sérgio verkracht hast?«, rief er, und seine Augen blitzten angriffslustig.

Aufregung vor sieben Uhr morgens war Dora nicht mehr gewohnt. Sie giftete zurück. »Wie wäre es, wenn du dich raushältst?« Das fehlte ihr noch, dass sich Cardosos Liebhaber in ihre Angelegenheiten einmischen wollte. »Wenn ich deine Katze in meiner Wohnung erwische, lernt sie fliegen. *Compreendes?*«

Wütend schloss sie das Fenster. Sie musste schließlich die Rabenbabys beschützen. Aber Egas sollte ein- und ausfliegen können, wie es ihm beliebte.

Die Lösung war das Badezimmer. Es lag an der Außenseite des Hauses, weit entfernt von Gesimsen und Balkonen. Von da aus konnte Egas prima starten und landen, ohne dass Pedros vogelfressendes Fellbündel ihn daran hindern konnte.

Dora ging voraus durch den Flur Richtung Bad. Egas watschelte hinter ihr her. Dort angekommen, hüpfte er auf den Waschbeckenrand und von dort auf den Sims.

»Dorrra«, krächzte er und flog auf und davon.

Kluger Vogel.

Dora ging in die Küche, brühte Milchkaffee auf und rührte drei Löffel braunen Zucker ein. Im Kühlschrank lag noch eine Schachtel Rumkugeln. Genau das Richtige zum Frühstück. Ihr Handy vibrierte. Ricardo! Doras Herz machte einen Galoppsprung. Sie drückte auf »Anruf annehmen«.

»*Bom dia!*«, rief sie mit vollem Mund.

»Isst du schon wieder?« Ricardo lachte. Sein angenehmes Timbre drang an ihr Ohr.

Sie schaltete den Lautsprecher ein und konnte so naschen, Kaffee trinken und flirten. »Damit ich gestärkt bin. Für nachher. Für dich«, hauchte sie verführerisch.

»Das kann ich kaum erwarten. Bist du zur Mittagszeit in der Nähe?«

»Bin ich. Um fünfzehn Uhr habe ich eine Verabredung. Am Stelzensteg. Ich schaue mir ein klimaneutrales Modellhaus an. Kommst du mit?«, fragte sie aus einem Impuls heraus.

Ricardo sagte zu und schlug vor, dass sie sich bei Mário und Ana trafen.

Das passte Dora sehr gut, dann konnte sie bei der Gelegenheit gleich ein paar Dinge mit Mário klarstellen. Sie verabredeten sich für zwölf Uhr.

Als Nächstes suchte sie in der Navigationsapp den schnellsten Weg auf die Herdade Boa Esperança, das Landgut von Renato da Silva in Murta.

Es war kurz nach sieben Uhr. So blieb Dora ausreichend Zeit für einen Besuch bei da Silva, um anschließend nach Comporta weiterzufahren und mit Mário zu sprechen.

Sie beeilte sich unter der Dusche, zog sich sommerlich an, packte ein paar frische Kleidungsstücke ein und machte sich mit ihrem Gepäck ein zweites Mal auf den Weg in den Alentejo.

Sie hatte kaum die Brücke Vasco da Gama über den Tejo hinter sich gelassen, als Korkeichenhaine und Weinstöcke sie empfingen, die in Reih und Glied kräftig grün belaubt dem Horizont entgegenflossen. In Alcácer do Sal nahm sie die Abfahrt und folgte der IC 1-Schnellstraße an der Burgstadt vorbei über den Sado und bog nach Westen auf die N 253 ab.

Ab hier dehnten sich die Meersalzsalinen aus, die früher Américo Carvalho gehört hatten und jetzt Renato da Silvas Eigentum waren. Ein weitläufiges Gebiet mit lukrativer Einnahmequelle. Dora wusste, dass Meersalz aus Alcácer im Gourmetsektor hoch im Kurs stand. Wegen des Schlicks im Meerbusen enthielt jedes Gramm eine extrem hohe Mineraldichte und war deswegen überaus gesund und weltweit für seine Qualität bekannt. Da Silva musste tatsächlich ein echter Salzkönig sein.

Dora erreichte die Abfahrt zur Herdade Boa Esperança, dem »Landgut der guten Hoffnung«, und nach kurzer Fahrt das Kontor. Auf dem Hof davor herrschte reger Betrieb. Schließlich war Salzerntezeit. Direkt vor dem Kontor türmte sich ein im Sonnenlicht gleißend glänzender schneeweißer Berg Meersalz auf.

Dora nahm ihre Handtasche mit, schlenderte Richtung Büro und trat ein. Hinter dem Schreibtisch saß eine städtisch gekleidete Brünette und sah Dora erwartungsvoll über den Brillenrand hinweg an.

»*Bom dia*, mein Name ist Valeria Ashanti.« Dora stellte sich auch hier mit dem Namen ihrer Großmutter vor und lächelte die Frau charmant an. »Ich bin Reporterin bei ›Nature‹, einem europäischen Magazin für Naturschutz und Naturfreunde, und auf der Suche nach Senhor Renato da Silva. Mir wurde gesagt, ich könne ihn hier finden.«

»Bedaure, aber ich kann Ihnen nicht weiterhelfen. Senhor da Silva ist nicht in seinem Büro.«

Dora blickte skeptisch über die Frau hinweg auf die geschlossene Tür links von ihr, hinter der sie da Silva vermutete, holte ihr Smartphone aus der Handtasche und rief da Silvas

Nummer aus Tomás' Kontaktliste an, die Romain in die Datei »Dora« kopiert hatte. Im Nebenzimmer hörte sie die Melodie von »Uma Casa Portuguesa«.

»Sie gestatten?« Dora ging an der Frau vorbei, öffnete die Tür zum Nebenzimmer und traf auf einen vital wirkenden Siebzigjährigen mit gepflegtem Backenbart und langem, zu einem Zopf zusammengebundenem Haar. Er sah erstaunt auf sein Handy, dann zu Dora. Unter schlohweißen Brauen blitzte ein braunes Augenpaar.

Dora schloss die Tür hinter sich und beendete den Anruf. »Uma Casa Portuguesa« verstummte. »Senhor Renato da Silva?«

Der Mann nickte. »Und mit wem habe ich das Vergnügen?«

»Dora Monteiro, Leiterin der Mordkommission Lissabon a. D. und Jugendfreundin von Tomás Maia, der momentan als Hauptverdächtiger im Mordfall Gustavo Carvalho im Untersuchungsgefängnis von Grândola sitzt und auf seine Anhörung vor dem Staatsanwalt wartet. Mich hat er gebeten, ihm zu helfen, was einigermaßen verzwickt ist, weil es Umstände in der Vergangenheit der Familien Maia und Carvalho gab, die für einen Mord aus Rache sprechen.«

Senhor da Silva legte das Handy ab und bettete die Hände wie zum Gebet gefaltet auf dem Bauch. Auf seiner Stirn erschien eine Denkfalte. »Ich höre gern weiter zu.«

Dora setzte sich ungebeten auf den Sessel vor dem Schreibtisch, legte ein Bein über das andere und ihre Unterarme auf die Sessellehnen. »Einiges spricht für ein Rachemotiv, anderes dagegen. Während ich nach Indizien suche, um Tomás zu entlasten, stoße ich ständig auf Hindernisse, die mir dies erschweren. Zum Beispiel bin ich über ein Bauprojekt gestolpert, das mitten im Naturschutzgebiet errichtet werden darf. ›Tróia for future‹. Sie haben sicher davon gehört. Bei meinen Nachforschungen über das Projekt habe ich herausgefunden, dass das Marschgebiet Carvalho gehört, Ihrem Nachbarn, aber die Reisfelder und Meersalzsalinen rund um den Sumpf Açude da Murta gehören Ihnen. Ich mache mir

Gedanken über die Zukunft dieser Gegend und überlege, ob das Wasser aus dem Stausee für Sie und andere Großlandwirte und Viehbarone noch reichen wird, sobald hier eine Feriensiedlung entsteht. In dem Zusammenhang bin ich auch auf die Protestbewegung namens ›Rettet Carrasqueira‹ gestoßen.«

Renato da Silva unterbrach Dora. »Deren Mitbegründer ich bin. Tomás Maia spielt mir auf meinen persönlichen Wunsch hin sämtliche Informationen über die möglichen Konsequenzen im Falle von Süßwasserknappheit im Mündungsgebiet des Sado zu. Ich und andere Landwirte in der Umgebung unterstützen ihn mit Geld, denn uns ist an unserer Existenz im Einklang mit der Natur gelegen.«

Dora war ganz Ohr. »Hinter Ihnen stehen demnach weitere Großgrundbesitzer?«

Da Silva nickte. »Und die Fischergemeinschaften von Carrasqueira, Alcácer do Sal und Setúbal.«

Das waren eine Menge Projektgegner, und alle hatten sie andere plausible Gründe dafür. »Der Ärger brennt also auf hoher Flamme.«

»Das können Sie laut sagen. Es ist schwierig, die Leute zusammenzubringen, ohne dass sie ihrem Ärger gehörig Luft machen.«

»Zum Beispiel mit Sprengstoff.«

Die buschigen Augenbrauen schossen in die Höhe. »Wie bitte?«

»Der Leiter der Antiterroreinheit, die am Sonntag den Strand von Comporta evakuiert, die Demo abgesagt und das vergrabene Dynamit im Sand gefunden hat, ist ein ehemaliger Kollege von mir.«

»Dora Monteiro, was wollen Sie wirklich erreichen?«

Da Silva hatte angebissen. Er wollte ihre Beweggründe erfahren. Unter Umständen waren ihm für die Aufklärung relevante Dinge bekannt, und nun wollte er abtasten, ob er ihr vertrauen konnte.

»Ich bin eine Aufräumerin, Senhor da Silva. Ich räume mit

dem Mord an Guilherme Maia auf und mit dem von Freitagnacht.«

Da Silva lehnte sich zurück. »Was wissen Sie denn in Ihrem Alter über den Mord von damals?« Seine Stimme klang verhalten, beinahe so, als lauere er auf etwas.

Dora wurde vorsichtig. Worauf mochte da Silva wohl anspielen? Natürlich konnte er nicht wissen, wie viel sie über die Vorfälle seinerzeit tatsächlich wusste oder nur ahnte. »Eine Familientragödie, wenn man so will. Américo Carvalho hatte einen Bruder, Vasco hieß er. Américo und Vasco haben je eine Hälfte aller Carvalho-Ländereien geerbt. Doch dann ist etwas passiert. Was genau, weiß ich nicht. Vasco ist verschwunden und seither unauffindbar. Américo war plötzlich Herr über den gesamten Landsitz und blieb es, bis Sie ihm 1992 den östlichen Teil mit den Meersalzsalinen abgekauft haben. Allerdings ohne Kaufvertrag.«

Da Silvas Augen verengten sich zu Schlitzen. »Woher wissen Sie das?«

Die Schärfe seines Tonfalls machte Dora stutzig. Ein sonderbares Kribbeln befiel sie. Was war hier los? Wieso reagierte da Silva plötzlich ärgerlich? »Aus dem Archiv im alten Grundbuchamt in Lissabon. Und dass Vasco nicht tot ist, weiß ich aus dem Sterberegister.«

Da Silvas Wangen blähten sich auf, seine Hand betastete seine Brust, und er hechelte nach Luft.

Dora sprang auf und ging zu ihm. »Geht es Ihnen nicht gut? Brauchen Sie einen Arzt?«

Da Silva schloss für einen Moment die Augen. Dann ließ er die Hand sinken, öffnete die Augen wieder und atmete tief ein und aus. »Danke. Es geht schon. Mein Blutdruck. Manchmal spielt er verrückt. Sie wissen einiges mehr als die Polizei, Senhora Dora.«

Soso. Blutdruck. Dora glaubte ihm kein Wort. Sie setzte sich wieder. »Als Ex-Polizistin bin ich eine ausgebildete Beobachterin und ziehe mehrere Möglichkeiten in Betracht. Auch abwegige. Mein Spleen. Sagen Sie, Senhor da Silva, hat

Sie der Polizeidienststellenleiter Ramirez aus Grândola schon besucht?«

Da Silvas Blick verriet Misstrauen. »Ramirez? Das hört sich spanisch an.«

»Stimmt. Ramirez mit z. Sein Vater ist Spanier. Er lebt in Tróia in einer Villa am Golfplatz.«

Da Silva zeigte sich verwundert. »Ach. Ein Spanier? Interessant. Nun ja, auf Tróia residieren ja so einige wohlhabende Kandidaten aus aller Welt.« Er streckte den Finger aus und rollte den vor ihm liegenden Füllfederhalter auf der Tischplatte hin und her. »Nein, Ramirez hieß der Polizist, der mich besucht hat, nicht. Es war ein Inspetor-Chefe der Mordkommission aus Lissabon.«

»Sérgio Cardoso.«

»Genau. Vor einer halben Stunde hat er sich verabschiedet. Er wollte genauso wie Sie mehr über den Sprengstoff erfahren.«

Im Grunde genommen erhoffte sich Dora andere Antworten, wusste aber nicht genau, welche Fragen sie stellen sollte. Es war wie verhext. Da glaubte sie sich auf der Zielgeraden. Ramirez hatte nachweislich Beweise manipuliert, wusste sie nun, und sobald Graça die Untersuchung an beiden Stricken abgeschlossen hatte, würde sie Cardoso davon in Kenntnis setzen. Spätestens am Nachmittag musste der Staatsanwalt Tomás frei- und Ramirez verhaften lassen sowie eine polizeiinterne Untersuchung einleiten. Dann wäre sozusagen alles erledigt. Aber eben bloß sozusagen. Dora wollte mehr. Sie wollte Juan und Francisco Ramirez *und* Américo Carvalho hinter Gittern sehen. Dazu fehlte ihr allerdings noch ein Stück in der kausalen Beweiskette. Sie hatte gehofft, sie würde es hier bei Renato da Silva finden. Aber sie hatte sich geirrt oder gar in ihren eigenen Gedanken verheddert.

»Was uns zu der Frage zurückführt: Wozu haben Sie dem Mordverdächtigen im Fall Gustavo Carvalho Sprengstoff besorgt?«

Da Silva drehte den Kopf zum Fenster, durch das man die

Salzseen, wo eine Armee an Salzschürfern das weiße Gold aus den Becken harkte, rötlich und cremefarben leuchten sah. Dora spürte da Silvas inneren Zwist, ob er ihr vertrauen könne, fast körperlich. Endlich sprach er weiter.

»Das Dynamit sollte die Kanalarbeiten für den Trinkwasserzufluss für die geplante ›Tróia for future‹-Siedlung sabotieren. Tomás weiß mit Sprengstoff umzugehen. Er wollte nachts agieren, wenn niemand auf der Baustelle wäre. Die Explosionen sollten die gegrabenen Kanäle wieder mit Sand zuschütten.«

»Haben Sie das Inspetor-Chefe Cardoso auch gesagt?« Dora ließ ihn keinen Wimpernschlag aus den Augen.

»Habe ich. Er wollte nämlich von mir wissen, ob ich in die Bombendrohung und das Bekennerschreiben involviert gewesen bin. Was völliger Nonsens ist. Mein Interesse an ›Rettet Carrasqueira‹ gilt der Wasserversorgung in der Dünenmarsch und dem Stelzenhafen mit seiner Fischergemeinschaft. Das Gebiet steht unter Naturschutz, und so soll es bleiben. Sonst geht das Bebauen für den Tourismus womöglich den gesamten Sado flussaufwärts weiter. Als Inspetor-Chefe Cardoso mir eröffnete, der Sprengstoff sei am Strand von Comporta vergraben gewesen, hätte mich beinahe ein Herzinfarkt ereilt. Gott sei Dank konnten alle Bomben rechtzeitig entschärft werden. Keine Ahnung, was da in Tomás Maia gefahren ist. Das können wir Landwirte natürlich nicht hinnehmen. Er wird aus dem Verein austreten müssen.«

Manchmal konnte Cardoso ein richtiges Schlitzohr sein. Dora war stolz auf ihn, denn er hatte da Silva nicht verraten, dass die Sprengsätze gar keinen Zünder gehabt hatten. »*Com licença*, Senhor da Silva. Ich würde gern noch einmal auf 1992 zurückkommen, sofern Sie gestatten.« Sie fragte formvollendet.

»Bitte«, meinte er. »Was möchten Sie wissen?«

»Kannten Sie zufällig Tomás' Vater Guilherme Maia?«

Da Silvas linkes Augenlid zitterte zwar nur einen Moment lang, aber lange genug, dass Dora es bemerkte.

»Lebend nicht mehr.«

Welch bemerkenswerte Antwort.»Aha. Somit haben Sie erst später von seinem Selbstmord erfahren?«

Da Silva echauffierte sich.»Von wegen Selbstmord. Das hat sich der selbst ernannte *o patrão* fein zurechtgelegt.«

»Sie glauben also an …«

»Mord. Ja, Senhora Dora, Sie haben richtig gehört. Gelyncht haben sie Maia. Aber nicht weil er gewildert hat, wie es den schlichten Gemütern im Dorf eingeredet worden ist.« Aus seinem Zopf löste sich eine Strähne und fiel ihm über die Wange. Jetzt erhob er sich abrupt aus seinem Bürosessel, schritt im Zimmer auf und ab und redete mit bitterem Unterton in der Stimme weiter.

Dora hütete sich, da Silvas Monolog zu unterbrechen, denn wollte sie das Familiengeheimnis der Carvalhos aufdecken, musste sie das Schweigen der Zeugen endlich brechen.

»*Coitadinho* Guilherme. Ein glühender Anhänger der neuen dritten Republik ist er gewesen, hat an demokratische Grundrechte geglaubt. Mir wurde erzählt, er habe jahrelang im Untergrund im militanten Flügel ›Luar‹ für die *liberdade* gekämpft. Zusammen mit anderen Fischern aus Carrasqueira. Er hätte es besser wissen müssen. *Caraças!* Carvalho ist ein Teufel, müssen Sie wissen, Senhora Dora. Nehmen Sie sich vor ihm in Acht. Sonst geschieht Ihnen womöglich Ähnliches. Das, was ich Ihnen jetzt erzähle, kann fatal sein.«

Dora spürte Schweißtropfen zwischen ihren Brüsten. Die Wahrheit war nur noch zwei, drei Sätze entfernt.»Ich passe auf. Versprochen.«

Da Silva sah sie prüfend an.»Guilherme wusste, was Carvalho seinem eigenen Bruder angetan hatte.«

Da Silva schenkte ihr tatsächlich sein Vertrauen, triumphierte Dora still.

»Vasco musste fliehen. Und zwar durch Spanien nach Frankreich. Er hatte einen Fehler gemacht und jemanden ins Vertrauen gezogen, der seinem Bruder Américo treu war. Derjenige hat Vasco bei der PIDE angeschwärzt und bei Américo.

Vasco schwebte in Lebensgefahr und tauchte ab. Die Gruppe ›Luar‹ wurde enttarnt. Américo hat das Ganze aber so hingedreht, dass die *compadres* glauben sollten, Vasco hätte die Widerstandsverbindung verraten. Danach war Vasco Freiwild. Für die PIDE – und für die Kämpfer von ›Luar‹. All das hat Guilherme gewusst, Senhora Dora, und viele Jahre Stillschweigen bewahrt. Erst als er seinen Grund und Boden in der Dünenmarsch einfordern wollte, hat er Américo erpresst. Schon mit seiner Drohung hatte Guilherme sich sein Grab geschaufelt. Faschistenpack, elendiges.«

Dora stimmte da Silva im Geiste zu, aber sie enthielt sich jeden Kommentars. Da Silva war sichtbar aufgewühlt, sodass sie es für besser hielt, ihm nur noch eine Frage zu stellen.

»Und wer hat Sie in das Familiengeheimnis eingeweiht?«

Da Silva seufzte. »Ein Fischer. An seinen Namen erinnere ich mich nicht mehr, aber er hat ein Boot, das so heißt wie eine berühmte Heilige.«

Dora schwitzte jetzt überall, am Rücken, im Nacken, am Busen. Da Silva meinte zweifelsohne die »Santa Aukta«. Es wurde wirklich Zeit, dass sie mit Mários Onkel José sprach – und mit Mário. »Ich danke Ihnen für Ihr Vertrauen, Senhor da Silva.«

Ihr Gespräch war beendet. Da Silva begleitete sie noch bis zu ihrem Auto. Sie verabschiedeten sich mit Handschlag.

»Möge es Ihnen gelingen, die Geschichte so zu rekonstruieren, wie sie wirklich geschehen ist, Senhora Dora. Damit die Toten künftig in Ehren ruhen.«

***

Viel früher als gedacht erreichte Dora Comporta. Es war erst kurz vor elf Uhr. Gut so. So konnte sie mit Mário sprechen, bevor der Mittagsgästeansturm kam.

Sie teilte die Plastikschnüre am Eingang der »Espelunca mágica« und trat in das Halbdunkel der noch menschenleeren Snackbar. Die Tische waren fertig gedeckt, und auf der Tafel an der Wand verkündete Mários geschwungene Handschrift das Tagesmenü. Gegrillte Sardinen, Schmorhähnchen in Tomatensoße und die obligatorische lokale Spezialität Ensopado de eiróses, Aaleintopf.

Mário schnitt Brot auf der Arbeitsplatte an der Wand hinter der Theke und hatte Dora den Rücken zugewandt. »Wir öffnen erst ab zwölf«, sagte er.

»Olá, Mário.«

Er zuckte zusammen, ließ das Messer fallen, fluchte, hob es auf und drehte sich zu Dora um. »Du bist es.«

»Ist Ana da?«

Mário schüttelte den Kopf. Seine Augen bewegten sich hin und her, er wirkte nervös. Was selten bei ihm vorkam, die meisten im Ort hielten ihn für einen Fels in der Brandung, der für alles und jeden stets einen guten Ratschlag hatte.

Dora kletterte auf einen Barhocker und legte die Unterarme auf den Tresen. »Wir müssen reden, Mário.«

Er kam näher, beugte sich in ihre Richtung und stieß hervor: »Clara hat mit der Sache am Strand nichts zu tun.«

Jetzt war es an Dora, perplex zu sein. »Wieso sollte sie denn auch etwas damit zu tun haben?«

Mário schnaubte. »Das Ganze ist Tomás' Idee gewesen. Ich hatte gleich ein schlechtes Gefühl dabei. Clara sollte behaupten, sie hätte ihn getroffen. Beim Meeting der ›Rettet Carrasqueira‹-Bewegung Freitagnacht. Sie sollte sagen, er sei sturzbetrunken gewesen. Clara hat auch das Handy versteckt und dich später extra angerufen. Tomás wollte das so und auch, dass ich behaupte, er sei betrunken gewesen. War er aber nicht. Und ein Meeting hat gar nicht stattgefunden.« Auf Mários Oberlippe glänzten Schweißperlen. Natürlich fiel es ihm schwer, Tomás zu belasten. Aber Clara gehörte zur Familie. Seine Cousine würde er sicher nicht für eine Lüge ans Messer liefern.

»Du kannst beruhigt sein. Clara steht nirgends unter Verdacht.«

Mário fuchtelte mit dem Brotmesser in der Luft herum. »Das sagst du. Aber du bist ja auch keine Polizistin mehr. Dein früherer Kollege ist da anderer Meinung. Er hat sogar damit gedroht, Clara einzusperren.«

»Glaub mir, so weit wird es nicht kommen«, versprach sie. Doch Mário blies verächtlich Luft aus, was Dora ihm keineswegs verübelte.

»Ich möchte mit dir über dein Grundstück in der Dünenmarsch sprechen und gar nicht über Clara.«

Mário riss die Augen auf. »Sprich leise. Bitte.« Sie beugten sich beide über die Theke, bis sich ihre Nasenspitzen beinahe berührten.

»Wie kommt es, dass dein Onkel José als einziger von allen Fischern sein früheres Grundstück in der Dünenmarsch von Carvalho rückübereignet bekommen hat – und zusätzlich eines für dich?«

Mário hielt einen Moment lang die Luft an, bevor er antwortete: »Ana weiß nichts davon. Ich will, dass es so bleibt.«

Dora stimmte sofort zu. Manche Geheimnisse behielt man besser für sich.

»*Tio* José kennt die Wahrheit über die ach so angesehene Familie Carvalho. Er weiß, warum Guilherme Maia ermordet worden ist.«

»Hat er dir etwas erzählt?«

»Gott bewahre, nein. Das wäre ungesund für mich, hat José gesagt.«

Das glaubte Dora sofort. »Weiter.«

»José hat Américo Carvalho unter Druck gesetzt und sein Ehrenwort gegen zwei Grundstücke getauscht.«

Dora überlegte. Zeitlich passte das zusammen. Die Rückübereignung zweier Grundstücke an José Ramalho hatte kurz vor Weihnachten 1992 stattgefunden, sechs Wochen nach dem Mord an Guilherme Maia am 11. November. José ebenfalls aus dem Weg zu räumen hatte selbst Carvalho vermutlich nicht gewagt. Zwei mysteriöse Tode kurz nacheinander hätte Ramirez nicht mehr vertuschen können ohne Intervention seitens der Lissabonner Mordkommission. Darauf hatte José wohl spekuliert. Ein kluger, wenngleich gefährlicher Schachzug.

»Du hast aber das Grundstück kürzlich an Carvalho zurückverkauft, Mário. Trotzdem kämpfst du lautstark gegen das geplante Bauprojekt in der Dünenmarsch. Kannst du mir bitte erklären, warum?«

Mário ließ die Schultern hängen. Er sah plötzlich um Jahre gealtert aus.»Ach, Dora. Es ist schwerer geworden in den letzten Jahren«, sagte er mit gesenktem Blick.»Mein Einkommen ist diese Kneipe. Ich kann sie nicht umbauen. Dafür fehlt mir das nötige Kapital. Als Wirt gewährt mir auch keine Bank einen Kredit. Obwohl ich täglich sechzehn Stunden arbeite, bleibt für mich nur so viel übrig, um die Kosten zu decken. Mehr als siebzig Cent für eine Bica oder einen Euro für eine Flasche Bier kann ich nicht verlangen, sonst kommen meine Gäste nicht mehr. Sie kämen auch nicht mehr zum Essen, wenn das Mittagsmenü mit Getränk mehr als zehn Euro kosten würde, weil sie genauso wenig verdienen und auf jeden Euro achten müssen wie ich. Aber ich lebe nun mal von der hier arbeitenden Bevölkerung – und nicht von den Touristen. Die setzen keinen Fuß in meine Krimskramshöhle, außer vielleicht Rucksacktouristen. Oder verwöhnte Lissabon-Jüngelchen, die es schick finden, Bier für einen Euro aus der Flasche zu trinken und sich über mein altmodisches Mobiliar zu amüsieren. Es ist ein Teufelskreis.«

Endlich schaffte er es, Dora wieder anzusehen.»Die Urlauber und das Geld, das sie ausgeben können, das ist eine andere Welt, Dora. Eine, zu der wir hier im Alentejo nicht dazugehören – und mit ›wir‹ meine ich uns, die zum Fischen gehen oder eine Kneipe oder eine Bäckerei führen, oder die Regionalerzeuger. Es ist …« Er haderte offenbar mit seinen Gefühlen und mit den Worten, die sie beschreiben sollten.»Es fühlt sich so an, als hätte uns die ›Straße der Madame‹ tatsächlich von Tróia und den Möglichkeiten dort abgeschnitten. Eine unsichtbare Grenze, die nur wir sehen, verstehst du?« Er wischte die ohnehin schon blitzsaubere Theke ab und schüttelte den Lappen über dem Mülleimer aus. So konnte er Dora den Rücken zudrehen, ohne unhöflich zu wirken. Seine Tränen sah sie trotzdem. »Anas Kinder sollen andere Chancen haben, Dora.«

Das war Antwort genug.

Mário hielt den Kopf gesenkt, nahm das Brotmesser wieder in die Hand und schnitt weiter Ofenbrot in Scheiben. Andere Chancen für Anas Kinder wünschte er sich. Deshalb brauchte er das Geld. Dora schämte sich dafür, geglaubt zu haben, Mário hätte eigennützig gehandelt. Im Gegenteil. Seine Schwester und seine drei Nichten waren ihm wichtiger als das eigene Los.

Die Plastikschnüre am Eingang raschelten. Ana kam herein, bepackt mit Tüten und Taschen voll mit Salat und Gemüse. »Ich bin spät dran. Oh. *Olá*, Dora. Liebes. Schön, dich zu sehen.« Sie hauchte Dora im Vorbeigehen Küsschen rechts und links auf die Wange und verschwand in der Küche.

Dora verließ die Theke und setzte sich an einen Tisch am Fenster. Sie beobachtete das Treiben auf dem Marktplatz vor der Kirche und wartete auf Ricardo.

Auf dem Platz tummelten sich jede Menge Leute. Die meisten waren Urlauber, unschwer erkennbar an der Badekleidung. Sie bevölkerten die beiden Bars gegenüber und die hip aufgestylten Terrassen davor, wo Musik aus Lautsprechern dröhnend um die Wette eiferte und metergroße TV-Monitore aufgestellt waren, um Fußballfans oder Tennisfans anzulocken.

Ein Jeep der GNR tauchte auf und drehte seine Runde in Schrittgeschwindigkeit um den Platz. Neben Doras Mustang bremste er ab. Moutinho, einer der drei Muskelberge aus Francisco Ramirez' Trio, stieg aus, umrundete ihr Auto und blickte sich suchend um. Schnurstracks kam er in die Zauberspelunke und zu ihr an den Tisch.

Das wird ja immer besser, dachte Dora, mimte aber die Unnahbare. Ein zweites Mal würde sie nicht kuschen. Zusammen mit der Erinnerung an den demütigenden Moment mit Gomes spürte sie die Wut in Hochgeschwindigkeit auflodern.

»Bist du schon wieder hier? Und stocherst in alten Geschichten herum, die dich nichts angehen? Hier kümmern wir uns selbst um unsere Belange. Kapier das endlich. Unser Chef hat eine offizielle Beschwerde gegen dich eingelegt. Anscheinend reicht das nicht, wir müssen dir wohl ...«

Dora schnellte von ihrem Stuhl und baute sich wie eine Furie vor ihm auf. »Was, Moutinho? Wollt ihr mir dann Manieren beibringen? So wie ihr es mit anderen macht, die etwas wissen, das euch schaden kann? So wie Gomes es mit mir am Sonntag gemacht hat? Das nennt man Nötigung und ist strafbar. Richte ihm aus, dass ich Anzeige erstattet habe. Seine DNA-Spuren befinden sich schon bei den Internen.« Sie bluffte, ohne mit der Wimper zu zucken, und labte sich an Moutinhos überraschter Miene.

Mário kam dazu. »He, was ist los?«

Moutinho trat den Rückzug an. »Eine Formalität. Nichts weiter.« Raschen Schrittes verließ er das Lokal.

Ana eilte aus der Küche. »Was ist denn passiert?«

»Nichts, alles gut. Falsch geparkt«, flunkerten Dora und Mário unisono.

Mário bezog wieder Stellung hinter der Theke, und Dora setzte sich. Durch das Fenster beobachtete sie, wie Moutinho in den Polizeijeep stieg und wegfuhr.

Der Puls unter ihrer Schädeldecke schlug so schnell wie ein Trommelwirbel. Diese Willkür musste ein Ende finden, so wahr sie Dora Monteiro hieß.

Immer noch aufgebracht über die eben offen ausgesprochene Drohung, lenkte sie ihre Gedanken zurück zur Mordnacht. Das half ihr dabei, sich zu beruhigen. Tomás war demnach nicht, wie er behauptet hatte, betrunken gewesen. Er hatte Gustavo tatsächlich umbringen wollen, hatte es aber mutmaßlich nicht getan. Denn entweder hatte er Gustavo auf seinem Ausritt verpasst, oder Gustavo hatte schon am Baum gehangen.

Alles, was er ihr erzählt hatte, war gelogen gewesen. Er hatte sie nach Comporta gelockt, damit sie ihm half, den Mord an seinem Vater aufzuklären. Dafür hatte er ihre Freundschaft auf den Scheiterhaufen geworfen, hatte sie manipuliert und wie eine Marionette über sein persönliches Rachefeldzug-Schachbrett geschoben. Er hatte verhaftet werden *wollen*, weil er darauf gebaut hatte, dass sie seine Unschuld beweisen könnte. Sie hatte es geschafft. Der Galgenstrick löste den Fall nun von allein, und Tomás wäre bis zum Ende des Tages wieder frei. Jetzt war die Staatsanwaltschaft gezwungen, das Verfahren von damals wiederaufzunehmen und Ramirez und Carvalho verhaften zu lassen.

Normalerweise hätte sie triumphiert. Aber im Moment war ihr absolut nicht nach Triumph zumute. Sie war bestürzt über Tomás' Egoismus. Er war einzig an sich und seinen Gefühlen interessiert. In Unschuld glänzen wollte er und erst im zweiten Schritt das Projekt »Tróia for future« stoppen. Dazu hatte die Sprengstoffaktion am Strand gedient. Er hatte die Muskeln spielen lassen wollen, so wie Jorge es eingeschätzt hatte. Der Welt zeigen, wozu er fähig war.

Ricardos weicher Kuss auf ihre Wange holte Dora aus ihrer Grübelei zurück in die gegenwärtige Wirklichkeit und in den sich rasch mit hungrigen Arbeitern und deren Gesprächen füllenden Raum. Die Gäste blinzelten alle mehr oder weniger auffällig zu ihr und Ricardo herüber und steckten danach die Köpfe zusammen.

»Lass sie ruhig tuscheln.« Ricardo flüsterte ihr ins Ohr, wie sehr er sie vermisst hatte.

»Einen Moment lang überfiel mich die Angst, ich hätte dich nur geträumt.« Dora staunte selbst über ihren Mut, ihre Empfindungen laut auszusprechen. »An dich zu denken tut weh, und wenn du nicht bei mir bist, sogar noch mehr.«

Er nahm ihre Hände in seine, drehte sie um und küsste sie sanft. »Da bleibe ich am besten öfter in deiner Nähe.«

Ihr Herz klopfte schneller. »Damit mein Herz lachen kann.«

Sie bestellten Sardinen für Dora und im Ofen geschmortes Hähnchen für Ricardo und spielten gegenseitig mit ihren ineinander verschränkten Fingern, bis das Essen kam. Das Dessert ließen sie aus, der Kaffee war rasch getrunken.

Dora schlug vor, zur Maia-Hütte zu fahren. »Wir haben noch eine ganze Stunde Zeit.«

✳✳✳

Ricardo lenkte den Jeep über die holprige Sandpiste von Carrasqueira zum Stelzensteg. Ein futuristisch designtes Elektroauto stand neben den eher älteren Fahrzeugen der ansässigen Fischer und wirkte wie ein Fremdkörper. Die Frau, die dazugehörte, wirkte auch so.

»Ist sie das?«

»Ja.« Dora saß neben Ricardo und wollte ihn am liebsten bitten, auf der Stelle in die andere Richtung abzubiegen, in den Feldweg am Sado Richtung Osten. Immer weiter sollte er fahren. Sie und er, eine Runde zu zweit um die Welt. Danach würden sie entweder heiraten oder sich gegenseitig die Pest an den Hals wünschen. Stattdessen wappnete sie sich für ihre Begegnung mit der vermutlich derzeit am besten bezahlten Immobilienmaklerin Portugals, Senhora Carla Maria Santos.

Die Maklerin erwartete sie. Sie trug eine weiße Dreivierteljeans mit Strassapplikationen an den Nähten, eine weiße Hemdbluse, Mokassins aus weichem Leder und eine weiße Handtasche. Die ebenholzschwarzen Haare hatte sie zu einem Pferdeschwanz zusammengebunden. Am Handgelenk trug sie eine teure Uhr. Dora fühlte sich an Graças selbstsicheres Auftreten erinnert.

Der Eindruck vertiefte sich, nachdem Senhora Carla Ricardo flüchtig begrüßt hatte und ihre Aufmerksamkeit danach Dora widmete. Zwar unauffällig, aber nicht unbemerkt scannte Carla sie. Von den ihr eigenwillig vom Kopf abstehenden Locken bis zu den Zehen, die rot lackiert aus ihren weißen Sandalen lugten.

»Senhora Valeria. Es freut mich, Sie und Ihren Begleiter kennenzulernen. Zum Modellhaus sind es nur ein paar Minuten zu Fuß. Wollen wir das Stück laufen?« Carlas Lächeln war einnehmend und hörte dennoch vor ihren Augen auf.

»Gern«, sagte Dora und schob ihre Hand demonstrativ in Ricardos. Von wegen »Begleiter«. »Gestatten Sie mir gleich zu Beginn eine Frage: Dieser hässliche Steg hier wird doch sicherlich abgerissen, nicht wahr?«

Carla sprang sofort auf Doras Gesprächseinstieg an. »Hier wird ein Yachthafen entstehen. Die Fischergemeinschaft muss vorher natürlich umsiedeln.«

Ricardo wollte wissen, wohin.

Worauf Carla den Arm ausstreckte und nach Setúbal auf der anderen Seite der Bucht wies. »Dort herrschen wesentlich bessere Arbeitsbedingungen als hier. Die Fischer werden froh sein.«

Hoffentlich wissen das die Fischer auch schon, hätte Dora gern erwidert, blieb jedoch still.

Hinter einer Reihe Pappeln stand das Modellhaus. Ein Holzhaus mit Reetdach und Aussicht auf die Bucht von Tróia und auf die Serra da Arrábida. Ein traumhafter Flecken Erde zum Wohnen – oder um seinen Urlaub hier zu verbringen, mitten in der Dünenmarsch, wenige Schritte bis zum Ufer.

Ein im Sand angelegter Garten empfing sie. Strandhafer-büsche raschelten im Wind. Knoblauchnelken und Ginster verströmten würzige Duftnoten. Dazu die salzhaltige Luft am Meerbusen. Lilafarbene und strohgelbe Mittagsblumen leuchteten wie ein Blütenteppich rund um das Modellhaus.

Dora war beeindruckt. Schob sie gedanklich einmal die Tatsache beiseite, dass die Siedlung ins Naturschutzgebiet und auf einst enteignetes Land gebaut werden sollte, gefiel ihr das blau-weiß gestreifte Haus.

Ricardo legte ihr einen Arm um die Taille und zog sie dicht an sich heran. Aufmerksam lauschten sie Carlas Ausführungen über den klimaneutralen Bau aus heimischen Hölzern in Verbindung mit der historischen maurischen Lehmmörtel-bauweise.

»Wände aus Lehm bescheren den Häusern ein ganzjährig gleichmäßiges Raumklima.« Carla zeigte auf ein Stück Außenmauer, an der man den Lehm und das Holz verarbeitet sehen konnte. »Boden und Dach sind mit Kork isoliert, der aus heimischen Korkeichenhainen stammt. Als Unterbau dienen Stelzen aus Beton und verhindern ein Absinken in der Dünenmarsch. Das Dach ist mit Schilf aus Portugal gedeckt. Versorgt wird jedes Haus autonom mit einem in sich geschlossenen Stromkreis, bedient aus Sonnenenergie und Windenergie.«

»Ein Traumhaus, nicht wahr, Liebste?«

»Du nimmst mir das Wort aus dem Mund, Liebster.« An Carla gewandt, fragte Dora: »Ist die Wasserversorgung auch autonom geplant?«

»Eine Entsalzungsanlage wird für Brauchwasser in den Gärten sorgen. Die Pools werden mit Meerwasser gespeist, was wesentlich gesünder ist und neben Energie auch Kosten spart. Chemische Reinigungsmittel sind somit unnötig. Ein ausgereiftes Rundum-sorglos-Konzept für die Zukunft Ihrer Kinder. Das Wasser aus der Leitung stammt aus dem Stausee von Santa Susana.«

»Was passiert bei Wasserknappheit?«, fragte Ricardo.

»Ein unterirdisches Wasserreservoir wird die Versorgung der Häuser stets garantieren«, erklärte Carla.

»Und die Bauern?«, fragte Dora beiläufig.

Die Maklerin parierte charmant. »Die Bauern verfügen über eigene Reservoirs.«

Dora bohrte Ricardo ungesehen einen Finger in die Seite als Zeichen dafür, dass er die nächste Frage stellen sollte.

»Ich arbeite zufällig auf dem Landgut, zu dem diese Ländereien östlich des Fischerhafens gehören. Vor zwei Jahren herrschte während der Sommermonate so große Wasserknappheit, dass das Vieh verdurstet ist und die gesamte Getreideernte vertrocknete. Und das ohne die geplante Feriensiedlung. Wenn hier nun zusätzlich Wasser verbraucht wird, fehlt es an anderer Stelle. Die Bauern besitzen nicht genügend eigene Reservoirs, weil sich alle aus der gleichen Quelle bedienen, nämlich aus dem Stausee.«

»Sie können sich gern bei einem anderen Projekt, das ich betreue, ein Haus in den Bergen ansehen. Dort brauchen Sie sich diese Gedanken nicht zu machen, Senhor ... Wie war noch der Name?«

»Ricardo Mendes.«

»Senhor Ricardo. Wie gesagt, der Fortschritt fordert immer Opfer. *Kein* Fortschritt fordert auch welche. Lediglich auf anderen Ebenen.«

»Ach, das bisschen verdurstete Vieh. Kollateralschaden. Die Menschheit sollte sowieso weniger Fleisch essen.« Doras Stimme klang neutral, und so überhörte Senhora Carla die bissige Ironie in ihren Worten.

»Die ›Tróia for future‹-Siedlung wird für Belebung der Region sorgen, für Arbeitsplätze – und einen klimaneutralen Fußabdruck hinterlassen. Beim besten Willen kann ich mich nicht auch noch um das Wasserproblem der lokalen Landwirtschaft kümmern.«

»Natürlich nicht.« Dora nickte scheinbar verständnisvoll. »Ich hörte, Sie wollen die Zufahrt mit einem bemannten Schrankendienst überwachen lassen. Ansässige werden demnach vom Strandbad ausgeschlossen?«

Carla winkte ab. »Das macht gar nichts, Senhora Valeria. Die Leute hier wissen, wo ihr Platz ist. Das wussten sie immer schon, nicht wahr?«

Dora seufzte gespielt erleichtert. »So bleiben wir unter uns.«

Carla schenkte Dora und Ricardo ein filmreifes Lächeln. »Möchten Sie noch mehr über das Haus erfahren?«

»Verraten Sie uns den Preis.«

»Schlüsselfertig neunhundertfünfzigtausend Euro. Wir haben fast alle Grundstücke verkauft. Falls Sie Interesse haben, empfehle ich Ihnen, sehr bald einen Vertrag für das Kaufversprechen abzuschließen. Es sind nur noch wenige Objekte übrig.«

Ricardo beendete die Posse. »Wir sagen Ihnen in den nächsten Tagen Bescheid.«

Nachdem sich Carla verabschiedet hatte, gingen Dora und Ricardo zum Stelzensteg.

»Sehr geschäftstüchtig.«

»Eher geschäfts*süchtig*.« Dora hatte bislang gedacht, *sie* würde auf einem Vulkan tanzen. Im Vergleich zu Carlas Tanz war ihrer eher einer auf dem Dorffest. »Carla Maria Santos will Häuser auf einem Grund vermakeln, der von den Bauträgern noch nicht gekauft worden ist. Weil er überhaupt nicht verkauft werden darf, weil der Boden in der Dünenmarsch den Carvalhos grundsätzlich nicht gehört. Und das Areal außerdem mitten im Naturschutzgebiet liegt. Aber das spielt aus unternehmerischer Sicht offenbar alles keine Rolle. Carla verdient in jedem Fall. Ob das Geschäft zustande kommt – oder nicht. Entweder sie behält die Anzahlung des Kaufversprechens. Oder sie verdient mit der Makelei. Deswegen kann sie so cool wie ein Eiszapfen sein. Sie gewinnt immer.«

»Kannst du das für mich bitte dechiffrieren?«, bat Ricardo.

Hand in Hand schlenderten sie über den Steg. Es war ein kristallklarer, heller Nachmittag. Die Linie zwischen Himmel und Meer flimmerte. Das Meer lag träge, cremeweiß wie Milch in der Bucht und schwappte bis an den Rand des Steges heran. Bunt angemalte Fischerboote schaukelten angeleint hin und her.

Dora hielt Ausschau nach Mários Onkel José, doch sie konnte weder ihn noch sein Boot »Santa Aukta« entdecken.

Der Steg wurde Richtung Meer schmaler. Wind frischte auf. Welche Wohltat. Dora hielt ihr Gesicht der Brise entgegen. Sie setzten sich auf den Rand des Steges, zogen die Schuhe aus und planschten mit nackten Füßen im Wasser. So saßen sie eine Weile schweigend da.

Dechiffrieren sollte sie, wünschte sich Ricardo. Dann wollte sie das versuchen. »Die Landschaft am Südufer des Sado um uns herum nennen die Fischer ›Land ohne Grund‹. Es gehörte per königlichem Dekret den Fischern. Unter Regimeführer Salazar wurden die Fischer ihrer Grundstücke enteignet, und sie wurden der Herdade Carvalho zugeordnet. Laut dem fortbestehenden Duldungsrecht durften die Fischer trotzdem in ihren Hütten wohnen bleiben.«

»Das bedeutet, die Fischer wohnten zwar auf ihrem Land,

aber es war nicht mehr ihr Grund, sondern ihr Eigentum gehörte zum Latifundium.«

»Genau. Zum Carvalho-Latifundium.«

Ricardo stutzte. »Das Marschgebiet an der südlichen Sado-Mündung gehört aber immer noch der Familie Carvalho, auch heute, fast fünfzig Jahre nach der Nelkenrevolution.« Dann verstand er. »Américo hat den Fischerfamilien ihren Grund nicht zurückgegeben.«

»Nein. Hat er nicht. Schlimmer noch. Er hat denjenigen, der versucht hat, das gemeinschaftliche Eigentumsrecht einzuklagen, aufgehängt.«

»Guilherme Maia.«

»Die anderen Grundstückseigner haben die Botschaft verstanden und hielten still.«

»Aus Angst vor Repressalien hat niemand gegen Carvalho ausgesagt. Deshalb sitzen Täter und Opfer seither sozusagen zusammen unter dem juristischen Damoklesschwert.«

»Stimmt. Bis auf einen«, murmelte Dora. Sie hatte das Tuckern eines Bootsmotors vernommen. Es kam aus Richtung Setúbal und wurde rasch lauter. Ein Fischerboot pflügte durch das Wasser und steuerte direkt auf sie zu. Es war die »Santa Aukta«.

Dora stand auf, zog die Sandalen wieder an und blinzelte ins Sonnenlicht. »Ab jetzt wird es unschön, Ricardo. Die Polizei wird bald hier einfallen wie ein Wespenschwarm. Ich werde bissig sein und keine Zeit für Schmusereien haben. Den Fischer, der da kommt, will ich allein sprechen. Überhaupt werde ich noch einiges allein erledigen müssen. Falls du jetzt *Tchau* sagst – und ruf mich an, sobald es vorbei ist –, bin ich dir nicht böse.«

Ricardo band seine Schuhe zu und stand ebenfalls auf. Dora schwieg. Sie sollte nicht ihm die Entscheidung überlassen, sondern ihn wegschicken. Sollte sie, aber sie wollte es nicht.

Er legte den Kopf schief und studierte ihre undurchdringliche Miene. »Du willst, dass ich gehe.«

Nein!, schrie ihr Bauch. »Ja«, sagte sie und biss sich so fest auf die Unterlippe, dass sie Blut schmeckte.

Ricardo wich zurück. Sie streckte die Hand nach ihm aus, wollte das Ja mit einer liebevollen Geste revidieren, doch ihre Fingerspitzen verfehlten seinen Arm um Zentimeter. Er drehte sich um und balancierte über die Holzbohlen zurück ans Ufer. »Hey, Menina. Kannst du mir helfen und das Tau am Steg verknoten?«

Sie wandte sich wieder dem Wasser zu. Mários Onkel José stand in seinem Boot direkt vor ihr. Eine Zigarette hing ihm im Mundwinkel. Er trug eine Schiebermütze, trotz zweiunddreißig Grad Hitze ein Flanellhemd, eine Stoffhose und Gummistiefel. Dutzende Krakententakel kringelten sich durch die engen Maschen der Käfige, die in seinem Holzboot gestapelt waren. Mit großen schwarzen Augen glotzten sie den Fischer an, so als bettelten sie darum, wieder freigelassen zu werden.

Dora fing das zugeworfene Seil auf und knotete einen Palstek an einen Balken.

»Ah, Dora, du bist das«, sagte José.

»Bin ich, José. Könnten wir uns ein paar Minuten unterhalten? Nur du und ich. Niemand wird davon erfahren.«

José stellte sich breitbeinig in die Mitte seines Kahns und bückte sich zu den Reusen. »Was meinst du mit ›Niemand wird davon erfahren‹? Wovon?«, fragte er misstrauisch und hievte die ersten zwei vollen Käfige hoch auf die Bohlen.

Dora wich zur Seite aus, die Oktopustentakel mit ihren Noppen waren ihr nicht geheuer. »Davon, dass du 1992 einen Pakt mit dem Teufel geschlossen hast.«

José wuchtete die nächsten zwei Käfige aus dem Boot. Seine hellblauen Augen verdunkelten sich. Er rollte sich eine neue Zigarette, zündete sie an, inhalierte tief. Dann sprach er. »Manchmal bleibt einem nichts anderes übrig, als sich mit dem Teufel zu verbünden. Menina Dora, du kannst das vielleicht nicht verstehen. Aber wir hier im ›Land ohne Grund‹ sind entweder Diener und arm oder frei und arm. Ich bin lieber Letzteres. Jeder Krake, den ich töte, tut mir leid, weißt du? Doch des Kraken Tod bewahrt mich davor, ein Lakai der Carvalhos zu sein.«

José sagte all dies ohne Bitterkeit. Er war ein Seemann. Er verspürte weder Angst vor dem Leben noch vor dem Tod. Die Wirklichkeit für ihn und seinesgleichen kannte er gut. Die vor und die nach der Revolution. Er hatte nie etwas anderes kennengelernt, als darum zu kämpfen, dass es so blieb, wie es war. Ein Dasein in Demut und Bescheidenheit. Dora kannte das Gefühl des Eingesperrtseins nicht. Dienerin war sie nie gewesen. Und arm auch nicht. Aber ob sie deswegen automatisch frei war? Freiheit hatte schließlich viele Gesichter. Einige Menschen strotzten regelrecht vor Freiheit. Einige spürten sie gar nicht. Andere versuchten, sie sich zu erkaufen. Wieder andere verspielten sie. Die Suche nach dem Weg zur Freiheit hörte nicht auf. Vielleicht gab es keinen *richtigen* Weg zu ihr.

»Du und Guilherme. Ihr habt zusammen im Untergrund in Grândola gekämpft. Hat er dir damals davon erzählt, dass er über Américo Bescheid wusste? Dass Américo seinen Bruder Vasco an die PIDE-Agenten verraten hat, weswegen Vasco durch Spanien nach Frankreich fliehen wollte, weil er Angst davor hatte, dass er während des Verhörs die Namen seiner *compadres* preisgeben würde?« Für Dora war das eine mögliche Schlussfolgerung aus ihrem Gespräch mit da Silva. Vielleicht erfuhr sie jetzt von José den Rest der Geschichte, denn schließlich war auch er ein *compadre* gewesen. »Er hat dir doch davon erzählt, nicht wahr?«

José zog mehrmals an seiner Zigarette, bis ein Schwall Rauch ihn einhüllte. Dann inhalierte er ein letztes Mal, schnippte den Stummel ins Wasser. »Seit dreißig Jahren warte ich jeden Tag darauf, dass mir jemand genau diese Frage stellt. Jetzt ist der Moment gekommen. Ja. Es stimmt. Ich wusste davon. Guilherme hat es mir schon vor der Nelkenrevolution erzählt. Ich erinnere mich lebhaft daran, wie erschüttert er gewesen ist. Nie hätte er gedacht, dass Américo so weit gehen würde.«

»Aber warum hat Guilherme bis 1992 gewartet, um Américo unter Druck zu setzen?«

José stieß ein heiseres Lachen aus. »Américo hat seinem

Bruder Vasco ja nicht nur die portugiesische Geheimpolizei hinterhergeschickt, sondern außerdem die spanische. Vasco sollte nie wieder zurückkommen, verstehst du, Menina Dora? Aber irgendetwas ist dazwischengekommen. Vielleicht der Heilige Geist. Wer weiß.«

Dora schluckte. Erst von da Silva und jetzt von José zu hören, dass Américo Juan Ramirez angeheuert und bezahlt hatte, um seinen Bruder zu töten, damit er Alleinerbe wurde, verursachte ihr Übelkeit. Aber etwas war dazwischengekommen. Américos Plan war schiefgelaufen.»Das bedeutet?«

»Vasco ist wiedergekommen. Quicklebendig.« José sagte das mit Genugtuung.

Tausend Fragen ploppten in Doras Kopf auf. Aber sie zwang sich zur Geduld.

José sprach weiter.»Guilherme wusste, dass Vasco lebte und auf dem Weg nach Portugal war. Vasco hat ihm einen Brief geschrieben. Guilherme hat ihn mir vorgelesen. Da stand alles drin. Die Beinahe-Verhaftung durch die PIDE aus Grândola, Vascos überstürzte Flucht über die Grenze bei Marvão über den Kaffeeschmugglerpfad nach Spanien und alles über Américos spanischen Freund und was der mit Vasco gemacht hat, nachdem er ihn geschnappt hatte. Doch Vasco konnte dem spanischen Fascho entwischen und ist abgetaucht. In dem Brief stand auch, dass Guilherme damit vor Gericht ziehen und die Dünenmarsch zurückfordern solle. Damit die Gerechtigkeit siege, hat Vasco geschrieben. Guilherme war außer sich, und anstatt Anklage zu erheben, hat er Américo gedroht, mit dem Brief an die Öffentlichkeit zu gehen, sollte Américo nicht sämtliche Parzellen in der Dünenmarsch den ursprünglichen Eigentümern zurückgeben. Armer *compadre* Guilherme. Américo hat kurzen Prozess mit ihm gemacht.«

Dora spürte ihre Handflächen feucht werden. So war das also gelaufen. Und seither trug José die Last des Stillschweigens auf seinen Schultern. Bevor sie eine Frage stellen konnte, sprach José weiter.

»Der Spanier, den Américo damals beauftragt hat, seinen Bruder zu eliminieren, lebt seit Guilhermes Tod in Tróia. In einer schicken Villa. Bei seinem Sohn.«

Ja, dachte Dora, der Spanier. Juan Ramirez, von dem die Behörden in Madrid dachten, er sei tot. Jetzt wussten sie, dass er lebte und wo. »Das Haus kenne ich sogar. Und weiter?«

»Stell dir mal vor, ich würde das alles der Polizei erzählen. Von Anfang an. Von Vascos Flucht vor der Geheimpolizei und davon, dass sein eigener Bruder Américo spanische Faschisten bezahlt hat, um ihn zu fangen und aus dem Weg zu räumen. Würde mir jemand glauben?«

»Ich glaube dir.«

José lächelte wehmütig. »Ja, heute. Aber damals? Als alle noch den Kopf einzogen, sobald *o patrão* auftauchte?«

»Schwierig.«

»Würde ich es heute der Polizei erzählen, würde es niemanden mehr interessieren. Im Gegenteil. Die Polizisten aus Grândola würden mir das Fell über die Ohren ziehen. Das alte Spiel.«

Jetzt war der richtige Moment gekommen. José hatte sein Schweigen gebrochen, und Dora konnte ihn fragen, warum ausgerechnet er seine Parzellen zurückbekommen hatte. »Das alte Spiel. Und du? Was ist mir dir und Mários Grundstück? Wie hast du das geschafft?«

»Ich wollte meine Ruhe, Menina Dora. Und eine sichere Zukunft für meine Familie. Frei sollten meine Nachkommen ins Leben treten, finanziell unabhängig, und künftig nicht mehr so wie ich jeden Tag hilflosen Kreaturen den Garaus machen müssen.« Mit einer verzweifelten Geste zeigte er auf die Kraken in den Käfigen, die auf seine Hand mit dem Messer warteten. »Der Tribut meines kleinen Lebens sollte für alle reichen. *Compreendes?*«

Dora verstand seine Beweggründe durchaus. Dennoch hatte sein Stillschweigen dazu beigetragen, dass Américo seit Jahren als Mörder frei herumlief.

»Für mein Schweigen hat Américo ohne Einwand bezahlt.

Denn ich kannte ja nicht nur die gesamte Vorgeschichte über den versuchten Brudermord. Ich wusste von Guilherme außerdem von Vascos bevorstehender Rückkehr. Aber deswegen hat Américo sich keine großen Sorgen gemacht. Sondern darum, dass ich Kronzeuge sein würde. Ich war beim Nachtfischen, als es passiert ist. Ich habe alles gesehen und alles gehört.« Seine Miene verdüsterte sich. »Ich musste tatenlos zusehen, wie Américo und der Spanier Guilherme aufgeknüpft haben. Die Vorarbeiter Manuel und Ruben haben mitgeholfen. Jede Nacht wache ich auf und sehe das Bild vor mir. Je mehr Zeit seither vergangen ist, desto seltener schaue ich in den Spiegel. Heute würde ich anders handeln, aber heute habe ich auch keine Angst mehr vor Américo. Zurückholen würde das Guilherme trotzdem nicht.«

José lachte bitter und schaute Richtung Meer. Er kniff die Augen zusammen. Dora sollte seinen Schmerz über die eigene Unzulänglichkeit nicht sehen, aber sie erkannte ihn dennoch.

»Ich habe behauptet, ich hätte alles aufgeschrieben und bei einem Anwalt in Lissabon hinterlegt«, sprach er weiter. »Dabei kann ich gar nicht schreiben. Zu meinem Glück hat Américo das nicht gewusst. Sonst hätte ich vielleicht auch noch ›Selbstmord‹ begangen.«

Die Ironie in Josés Worten klang verwegen. José hatte gepokert und geblufft – und gewonnen. Das war damals seine einzige Waffe gegen die Angst gewesen, auch noch ein Opfer Américos zu werden. Dora an seiner Stelle hätte vermutlich genauso gehandelt und fühlte sich dem Fischer, der das Joch seiner Existenz mit sehr eigenwilligem Humor trug, verbunden. Er hatte seine Familie mit Herzblut verteidigt. Ein einsamer Held. Ein Seemann eben. »Vasco Carvalho ist demnach 1992 zurückgekehrt.«

José nickte. »Eine Woche nach Guilhermes Tod. Das Leben schert sich manchmal einen wahren Dreck um Gerechtigkeit, Menina Dora.« Er rollte sich eine weitere Zigarette. Dora versuchte sich vorzustellen, wie Vasco Carvalho reagieren würde, sollte er erfahren, dass derjenige, der ihn hatte umbringen sollen, genauso wie er selbst quicklebendig war und in luxuriöser Umgebung an der Blauen Küste residierte. »Hat Vasco seinen Bruder Américo zur Rede gestellt?«

»Hat er. Und dafür sein Erbe zurückerhalten.« José spuckte aus. »Stell dir vor, so billig ist Américo davongekommen.« Dora spürte ein Zittern aus ihrem Kehlkopf bis tief in ihren Bauch stürzen. Das war das fehlende Glied in ihrer Gedankenkette. Der Bruder. Dabei war sie ihm schon so nahe gewesen und hatte nicht erkannt, wer vor ihr gestanden hatte. Renato da Silva war Vasco Carvalho.

José beobachtete sie. »Na? Fällt der Eurocent?«

Dora hatte es plötzlich eilig. »*Obrigada*, José. Dein Geheimnis bewahre ich für immer auf. *Tchau.*« Sie rannte los. So schnell sie konnte über die wackligen Holzbohlen zurück und weiter den Feldweg entlang bis zur Hütte der Maias, wo ihr Handy am Ladegerät hing. Mit einem Ruck zog sie das Kabel heraus, lief in den Garten und rief Cardoso an.

»Komm schon, nimm ab.« Sie lief ungeduldig auf und ab.

Nach achtmaligem Klingeln sagte eine sonore Stimme: »Dieser Teilnehmer ist zurzeit nicht erreichbar, bitte rufen Sie später noch einmal an.«

Ungehalten klickte Dora auf die Wahlwiederholungstaste, zählte, fluchte, zählte und rief erneut an. Endlich, beim vierten Anlauf, meldete sich Cardoso.

»Überall hinterlässt du verbrannte Erde«, zischte er zur Begrüßung.

»Clinch beiseite, Sérgio. Du musst sofort nach Comporta kommen! Mit Verstärkung. Mit Kollegen aus Lissabon.«

»Sonst noch was, Eure Majestät?« Das klang eingeschnappt.

Dora überhörte seinen vorwurfsvollen Ton und beschränkte sich auf das Wesentliche. »Américo Carvalhos Bruder Vasco lebt.«

»Das weiß ich längst, Dora. Renato da Silva ist Vasco Carvalho. Willst du etwa für den eine Armee antanzen lassen?«

»Du wusstest davon?«

»Du bist nicht mehr meine Chefin. Ich ermittle ohne deine Order.«

Das war gemein, aber es war ihr egal. Sie war hin und wieder schließlich genauso gemein zu ihm. »Ihr müsst Vasco Carvalho davon abhalten, eine Dummheit zu begehen.«

»Eher glauben wir, dich davon abhalten zu müssen, die nächste Dummheit zu begehen.«

»Was soll das denn heißen?«

»Du hast dich unbefugt in den Polizeicomputer eingeloggt, als Inspetora-Chefe a. D. eigenmächtig an die spanischen Behörden geschrieben und Juan Ramirez angezeigt. Weißt du, was du da für ein Fass aufgemacht hast?«

Dora wollte nicht glauben, dass Cardoso ihr soeben ernsthafte Vorwürfe machte, weil sie dabei half, Alt- und Neufaschisten zu finden und vor Gericht zu bringen. »Sérgio!«

»Was, ›Sérgio‹? Du brandmarkst die portugiesische Nationalgarde als Brutstätte für Rechtsextremismus. Ist dir klar, was das bedeutet? Wie die Spanier uns jetzt betrachten?«

»Juan Ramirez hat Portugiesen umgebracht. Und dafür kassiert. Willst du das etwa unter den Tisch kehren?«

»Mach das Fass nicht größer, als es schon ist. Weißt du, wo ich bin?«

»Natürlich nicht!«

»In Grândola. Präzise: in Ramirez' Büro. Nachdem mich Graça am Vormittag über die *Angelegenheit* Galgenstrick informiert hat, fliegt mir der Fall um die Ohren.« Das Wort »Angelegenheit« klang sarkastisch überbetont, sodass Dora den Seitenhieb sofort verstand. Demnach ahnte er, dass sie Graça dazu angestachelt hatte.

Sie wollte etwas erwidern, aber Cardoso war noch nicht fertig. »Bei mir sind Mendonça, eine Polizeieinheit aus Lissabon sowie Beamte aus Spanien, die nach Juan Ramirez fahnden.«

»Das ging ja flott.« Dora freute sich aufrichtig, dass die spanischen Behörden gleich reagiert hatten. »Nachdem jetzt bewiesen ist, dass Francisco Ramirez Beweise manipuliert hat, muss der Verdachtsmoment gegen Tomás fallen gelassen werden«, triumphierte sie.

Cardoso stöhnte. Dann sprach er leise weiter, als wolle er verhindern, dass Mendonça mithören konnte. »Dora. Tomás ist nicht mehr in seiner Zelle, und beide Ramirez sind untergetaucht. Verstehst du jetzt, was du angerichtet hast?«

Doras Gedanken rasten dem Gehörten voraus. »Es kommt noch schlimmer, Sérgio. Vasco Carvalho dachte, dass Juan tot sei. So steht es nämlich in seinem Steckbrief. Nun weiß er aber, dass Juan lebt, und will ihn umbringen.«

»Weiß er das etwa von dir?«

»Ich wusste nicht, wer da Silva wirklich ist.«

Sie hörte Cardoso tief Luft holen, dann wetterte er los. »Mendonça hat ja so recht gehabt. Du und deine Profilierungssucht. Lass den Stein liegen, hat er gesagt. Aber nein. Du hebst ihn auf. Du weckst alle Kellerasseln, die seit Jahren darunter im Schatten leben und niemanden stören. Und jetzt krabbeln sie alle gleichzeitig los. Gut gemacht, Dora Monteiro. Der Mordverdächtige wurde entführt. Der Polizeidienststellenleiter spielt seinen eigenen Blues, und Vasco Carvalho ist außer Rand und Band. Wer weiß, wen er sich jetzt zuerst vorknöpft, Américo oder Juan?«, fauchte er und beendete den Anruf.

Unschön werde es, hatte Dora zu Ricardo gesagt. Nicht ahnend, *wie* unschön.

14

Herdade Carvalho, 19 Uhr

Er gab dem Hengst die Sporen. Das Jagdgewehr für Großwild um die Schultern gehängt, den Patronengürtel umgeschnallt, galoppierte Renato da Silva alias Vasco Carvalho den Feldweg entlang zur Herdade Carvalho. Das Pferd schnaufte, die Hufschläge dröhnten bei jedem Galoppsprung im Einklang mit Vascos klopfendem Puls in seinen Schläfen. Der Wald, die trockenen Gräser, alles leuchtete rot. Grellrot wie das Rachefieber in ihm. Er hatte nur eines im Sinn: töten. Kaum an der Herdade Carvalho angekommen, brachte er den Lusitano für das letzte Stück in den Schritt. Die ausladenden Tritte verursachten leise Geräusche auf dem Kies. Vasco stieg ab, band das Pferd lose an einen Eisenring an der Wand und trat durch die offen stehende Eichentür in das Herrenhaus. In der Eingangshalle hielt er inne, ließ seinen Augen Zeit, um sich an das Halbdunkel im Inneren des Hauses zu gewöhnen, und lauschte. Américos Stimme erklang aus dem Speisezimmer.

An der Wand entlang schlich Vasco näher, klappte lautlos den Lauf des Gewehrs auf und vergewisserte sich der Patronen im Magazin, schloss den Lauf wieder und hob die Waffe an die Schulter. Den Zeigefinger legte er neben den Abzug und ging Schritt für Schritt auf die Tür zum Esszimmer zu. Sein Bruder telefonierte.

»Was meinst du damit, ›die spanischen Behörden sind hier‹, Ramirez? – Aha. Verstehe. Das Püppchen mit den Locken hat sie benachrichtigt? Von Anfang an habe ich dir gesagt, du sollst die Monteiro nicht aus den Augen lassen. Das ist eine Hexe. Die ist mit allen Wassern gewaschen. – Was hast du gemacht? Beschwerde gegen sie im Präsidium eingereicht? Dass ich nicht lache. Die Monteiro hat Guiliano vor zwei

Jahren festgenommen. Die ist ein Vollprofi. Die scheißt auf Beschwerden.«

Vasco musste wider Willen grinsen. Dora Monteiro. Die Frau, die ihm am Morgen einen Besuch abgestattet hatte. Die mehr über das, was in Comporta vor sich ging, wusste als er selbst. Er bleckte die Zähne. Zähes Mädchen, das musste er ihr lassen. Welch Glück für ihn, dass sie nicht einmal geahnt hatte, wer er war. Sonst wüsste er immer noch nicht, dass sein Peiniger Juan doch noch am Leben war und nicht, wie Américo damals nach seiner Rückkehr behauptet hatte, tot. Dass er Américo Glauben geschenkt hatte, zeugte von seiner grenzenlosen Naivität. Ein Bruder, der seinen Bruder umbringen lassen wollte, kannte keine Skrupel. Das hätte er wahrlich besser wissen müssen. Als er dann noch Juans Steckbrief mit dem Vermerk »verstorben« im Internet gefunden hatte, hatte er nicht weiter über seine Rachelust nachgedacht. Nach etlichen Jahren auf der Flucht kreuz und quer durch Spanien, untergetaucht mit falschem Namen, heimatlos und ohne Kontakt zu seinen *compadres* war er einfach froh gewesen, nach Hause zurückzukehren. Um Frieden zu finden.

Nachdem er nun wusste, dass Juan doch noch lebte und keine halbe Stunde Autofahrt von ihm entfernt wohnte, war die Kruste über den schlecht verheilten Wunden der Erinnerung an allen Stellen gleichzeitig aufgebrochen. Das Wiedersehen mit seinem Foltermeister wollte er gebührend feiern. Mit Daumenschrauben. Elektroden. Und Juans Kopf unter Wasser. Aber erst war Américo dran.

Vasco hob das Gewehr bis ans Kinn und trat über die Schwelle ins Speisezimmer, als hinter ihm ein Schrei ertönte und Porzellan auf dem Mosaikboden zerschellte.

»Was zum Teufel ist da los?«, brüllte Américo.

»Ein Einbrecher, *patrão*! Mit Gewehr!«, schrie die Haushälterin und fiel vor Vasco auf die Knie. »Tun Sie mir nichts. Bitte. Bitte nicht.«

Ohne sie zu beachten, legte Vasco das Kinn auf den Kolben, kniff das linke Auge zu, zielte und zog den Abzug durch.

»Vasco!« Américo rutschte von seinem Stuhl unter den Tisch. Holz splitterte, Geschirr zersprang. Die Haushälterin schrie um Hilfe.

Vasco lud nach und schoss erneut. Die nächste Patrone traf die Tischkante. Er fluchte, machte kehrt, verließ das Haus, band sein Pferd los, hängte die Flinte über die Schulter, stieg auf und galoppierte Richtung Tróia davon.

***

Dora verharrte zwischen den Wildgräsern vor der Maia-Hütte, das Mobiltelefon in der Hand, und versuchte, eine Entscheidung zu fällen. Sollte sie sich in die Jagd auf Vasco Carvalho einmischen? Oder sollte sie sich auf der Stelle betrinken? Betrinken, umfallen, schlafen und nicht weiter darüber nachdenken, dass Cardoso *ihr* die Schuld für die verfahrene Situation gab.

Unschlüssig drehte sie Runden um ihren in der Einfahrt zum Garten geparkten Mustang herum. Fünf, zehn, viele Runden. Die Hände auf dem Rücken verschränkt, zwischen ihnen das Telefon.

Sie schimpfte. Mit sich. Mit Cardoso. »Die ›Straße der Madame‹ ist schuld an dem mörderischen Gerangel um das Stück Schlamm-Sand-Wüste am Sado. Gäbe es sie nicht, könnte das Paradies an der Blauen Küste ein Paradies bleiben. Aber nein! Die Marsch muss verhunzt werden. Unter Beton, Holz, Kork, egal was begraben werden. Damit eine Handvoll Leute so viel Geld verdienen, dass einem schlecht wird. Leute von der anderen Seite der ›Straße der Madame‹. Leute, die mit Geld geboren wurden und nicht wissen, was es bedeutet, wenig oder nichts zu besitzen. Während auf dieser Seite Fischer wie Onkel José jeden Kraken um Verzeihung bitten, bevor sie ihn töten.« Wütend stampfte Dora mit dem Fuß auf. »Weil sie sonst nicht überleben können, *caramba*.«

Ihr Telefon vibrierte. Es war Ricardo. Ein Teil von ihr freute sich, während die Ermittlerin in ihr genervt mit den Augen rollte. Sie gab ihrem Glücksgefühl nach und nahm den Anruf an.

Noch bevor sie Hallo sagen konnte, begann Ricardo zu sprechen. »Du hast ja prophezeit, dass es unschön wird, und ich habe dir nicht geglaubt. Eben war Inspetor-Chefe Cardoso mit einer ganzen Armee Polizisten im Schlepptau auf der Herdade. Sie haben Américo mitgenommen, besser gesagt verhaftet, und sind gleich mit Vollgas weiter. Just davor war unser sonst friedliebender Nachbar Renato da Silva hier und hat auf Américo geschossen, ihn aber nur mit einem Streifschuss an der Schulter verletzt. Wie in einem Cowboyfilm ist da Silva auf sein Pferd gestiegen und davongaloppiert. Richtung Tróia. Cardoso samt Polizeischar rast ihm hinterher.«

»Es geht noch weiter, Ricardo.«

»Bist du in Gefahr?«

Das war eine berechtigte Frage. Vater und Sohn Ramirez waren stinksauer auf sie und sicherlich nicht zimperlich, sollten sie sie in die Finger kriegen.

Alarmiert sah sie sich im Garten um. »Tomás ist aus dem Untersuchungsgefängnis verschwunden. Vermutlich von Ramirez und seinen Handlangern aus der Dienststelle verschleppt.«

»Und Cardoso hat keine Ahnung, wo er jetzt ist?«

»*Pois não*. Wahrscheinlich halten sie ihn irgendwo gefangen. Auf einem abgelegenen Hof, in einem im Nirgendwo abgestellten Wohnwagen, in einer unbenutzten Hütte in den Reisfeldern, was weiß ich. In einer Höhle, in die sie sich verkriechen. Wo sie ihre Falange- und Hakenkreuz-Flaggen aufhängen, wo sie auf die PIDE und auf Salazar, auf das Edikt von Granada und Franco mit Flaschenbier anstoßen, den rechten Arm erhoben.« Doras Puls flatterte.

Ricardo unterbrach ihre Litanei. »Ich kenne so eine Hütte. Sie steht mitten in der Wildnis im Korkeichenwald zwischen der Herdade Carvalho und Ervideira. Ich habe sie auf einem Ausritt entdeckt.«

Dora war ganz Ohr. »Sprich weiter.«

»Es sieht dort genauso aus, wie du es schwarzmalst. Flaggen, Devotionalien, ein einziges Horrorkabinett. Nie hätte ich mir vorgestellt, dass sich dort rechtsextreme Polizisten treffen. Ich dachte, es wäre das Versteck einer Gruppe hormonübersteuerter Jugendlicher. Nichts, was man ernst nehmen müsste. Himmel, Dora. Das klingt nach einem ganz schlechten Film.«

Nichts, was man ernst nehmen müsste. Das hatte Dora schon oft von Zeugen zu hören bekommen, die zwar ahnten, was passieren konnte, und dennoch bagatellisierten, was sie beobachtet hatten, weil sie nicht glauben wollten, was passieren konnte. Genau darauf spekulierten Typen wie Ramirez. »Wie kommen wir dahin?«

Ricardos Antwort kam ohne Zögern. »Wir reiten. Das ist schneller als mit dem Jeep.«

»Du bist verrückt«, wisperte sie in den Hörer.

»Nein, verliebt. Gib mir zwanzig Minuten. Komm zum Stelzenpier. Von da aus reiten wir querfeldein.«

»Abgemacht.« Sie beendeten das Telefonat.

In Windeseile zog sich Dora um und tauschte kurze Hosen und Sandalen gegen Jeans und Turnschuhe. Über das T-Shirt zog sie ihre Weste mit den vielen Taschen und steckte Klappmesser, Smartphone, Taschenlampe, Fernglas, Glock und Ersatzmunition ein. Den Rest des Gepäcks verstaute sie im Kofferraum des Mustangs, schloss die Tür der Hütte ab, legte den Schlüssel zurück an den angestammten Platz und fuhr los Richtung Stelzensteg. Im Rückspiegel wurde die Fischerhütte der Maias immer kleiner.

15

Ervideira, 21:30 Uhr

Dora parkte den Mustang hinter dem Schiffscontainer. Während sie auf Ricardo wartete, schickte sie Cardoso eine Nachricht.

»Ich reite mit Ricardo zu einer Lichtung im Wald, wir folgen der Sandpiste von Carrasqueira nach Süden Richtung Ervideira zum mutmaßlichen Unterschlupf von Ramirez. In der Hütte befinden sich reichlich faschistische Devotionalien. Ich melde mich, wenn wir die Hütte gefunden haben!«

Ricardo trabte hoch zu Ross mit einem zweiten Pferd heran. Dora steckte das Mobiltelefon ein. Ricardo brachte beide Pferde zum Stehen und reichte ihr die Zügel. Sie hob den linken Fuß in den Steigbügel, stieß sich vom Boden ab und stemmte sich in den Sattel.

Ricardo beugte sich vor, Dora beugte sich vor. Ihre Lippen trafen sich für den Bruchteil einer Sekunde, aber der Kuss reichte, um all das zu besiegeln, worüber sie bisher noch gar nicht gesprochen hatten.

Der Feldweg führte östlich an Carrasqueira vorbei. Bald gingen ihre Pferde vom Trab in einen zügigen Galopp über. Nach etwa zwei Kilometern ging es bergab durch einen Tunnel unter der Landstraße N 253 hindurch und weiter geradeaus Richtung Ervideira bei Grândola mitten durch einen der größten Korkeichenwälder Portugals. Die Sonne stand tief. Die Stammfüße der frisch geschälten Korkeichen leuchteten im abendlichen Licht kastanienrot. Die Rösser rannten Kopf an Kopf. Hin und wieder blickte Ricardo zu Dora herüber und sie zu ihm. Gefahr lauerte überall, wussten sie.

Plötzlich hob Ricardo die Hand, brachte sein Pferd zum Traben und schließlich in den Schritt. »Dora, komm mit, schnell.«

Sie folgte Ricardo zwischen ein paar Korkeichen hindurch hinter einen hochgewachsenen Ginsterbusch. Ein Motorgeräusch kam rasch näher. Die Dämmerung war fortgeschritten. Noch nicht dunkel, aber auch nicht mehr richtig hell. Das Zwielicht sorgte für ein verwirrendes Spiel aus Licht und Schatten.

Ein Polizeigeländewagen kam ihnen entgegen und rollte in Schrittgeschwindigkeit an ihnen vorbei. Dora erkannte Francisco Ramirez und zwei seiner Handlanger. Ares und Moutinho saßen mit ihm im Wagen.

Der Jeep entfernte sich Richtung Carrasqueira.

Sie ritten weiter und erreichten kurz darauf die Lichtung und die Hütte am Waldrand.

Im Schutz des Korkeichenhaines stiegen sie ab, banden die Pferde an, hockten sich hinter einen Busch und spähten die Lichtung aus. Vor dem Blockhaus parkte ein Polizeijeep. War der Unterschlupf leer? Oder war Gomes als Wache dort geblieben und lag irgendwo auf der Lauer?

»Warten wir, bis es dunkel wird, oder pirschen wir uns an, Dora?«

»Wir warten auf Cardoso«, flüsterte sie zurück und schaltete das Handy an, hielt es aber unter der Weste verborgen, damit das Licht des Displays sie nicht verriet. »Mist. Kein Netz.«

Als Dora den Blick hob, war Ricardo verschwunden. Sie entdeckte ihn, wie er sich auf allen vieren durch trockenes Wildgras auf die Hütte zubewegte.

»Himmel, hilf. Der ist ja genauso verrückt wie ich.« Dora krabbelte aus dem Busch hervor und folgte ihm. Als sie neben ihm auftauchte, zuckte er zusammen.

»Musst du dich so anschleichen?«, zischte er.

Sie legte ihm einen Finger auf die Lippen, während er sich gegen die Stirn tippte.

Gemeinsam schlichen sie zum Eingang. Dort gab sie Ricardo ein Zeichen, sich zu ducken, richtete sich auf und klopfte.

Dora hatte richtig geraten.

Gomes öffnete die Tür und wich zurück. »Scheiße.« Das war alles, was er zu sagen schaffte. Er hatte Angst vor ihr. Die sollte er auch haben, denn es dauerte keinen Atemzug, und Doras Ekel kochte hoch. Sich dagegen zu wehren schaffte sie nicht. Er war stärker als sie. Wie ein direkt in die Blutbahn gespritztes Gift breitete sich Hass in ihr aus. Hass auf Gomes, auf seine Hände, auf alles, an das er glaubte, aber am meisten hasste sie ihn dafür, dass sie sich von ihm hatte demütigen lassen, dass sie sich nicht gewehrt und seine Macht ertragen hatte.

Mit einem Schrei sprang sie ihn an. Ihre Fingernägel gruben sich in seine Wangen, ihre Daumen in seine Nase, die Fingerkuppen grapschten in seine Augenhöhlen. Ihr Knie schnellte hoch in seinen Schritt. Ihr anderer Fuß landete mit einem zielsicheren Tritt auf Gomes' Fußrücken. Mit einem Faustschlag in den Solarplexus brachte sie ihn zu Fall.

Kaum lag er am Boden, kniete sie sich neben ihn. »Los, grapsch mich an, du Monster. Probier es. Na los.« Sie zückte ihr Taschenmesser, klappte es auf, setzte es an – und hielt inne.

Was war bloß in sie gefahren? Dora erkannte sich selbst nicht wieder. Sie war nicht so brutal wie Gomes. Und wollte es auch nicht sein. Nicht aus Hass und nicht aus Rache. Denn wer andere unmenschlich behandelte, endete selbst entmenschlicht.

Alles, nur das nicht, durchzuckte es sie. Langsam stand sie auf, klappte das Messer zu und steckte es ein. Die Antwort auf Gewalt durfte nicht Gewalt lauten. Schluss damit! Gewalt gehörte bestraft. Vor Gericht. Nicht durch eigene Hand.

»Bist du in Ordnung?« Ricardos Worte erreichten sie erst mit Verspätung.

Er hielt sie umschlungen, ohne ihr Fragen zu stellen. Das war ihr größter Trost.

Allmählich fand sie zurück zu ihrer Selbstsicherheit – und erinnerte sich an Tomás. Wo hielt Ramirez ihn versteckt? Sie löste sich von Ricardo und suchte die Blockhütte ab.

Ricardo ging neben Gomes in die Hocke und fragte ihn nach Tomás. Gomes zischte ihm » *Vai para o caralho, pá* « zu. Maisbrei hatte Gomes wahrlich keinen auf der Zunge. Da lag er schon am Boden und riskierte trotzdem eine dicke Lippe. Ricardo lächelte Dora zu, dann Gomes an, holte aus und schlug den Muskelberg mit einem gezielten Handkantenschlag ohnmächtig.

Das war Präzision, registrierte Dora und fragte sich, wo Ricardo das gelernt hatte. Sie fand zwei Seilstücke an einem Haken an der Wand, reichte sie Ricardo und beobachtete ihn dabei, wie er Gomes im Nullkommanichts fachmännisch fesselte.

Ihr Geliebter, Gutsverwalter von Beruf, verhielt sich wie ein Profi. Gehörten Nahkampf und das Anlegen von Fesseln heutzutage zum Agrarstudium dazu, oder *war* Ricardo womöglich ein Ex-Bulle. Ex-Marine. Ex-was-auch-immer? So wie sie. Gerade als sie ihn fragen wollte, vernahm sie ein kehliges Geräusch. Instinktiv duckte sie sich, ihre Hand zuckte automatisch zu ihrer Glock. Ricardo duckte sich ebenfalls. Seine Hand wanderte auf seinen Rücken und in den Hosenbund.

»Dora?« Die Stimme klang wie mit einem Kissen gedämpft, erschöpft und trotzdem ungläubig hoffnungsvoll.

»Tomás?«, rief Dora und lauschte angestrengt.

»Alles so dunkel …«, antwortete er schwach.

Ricardo rieb sich über die Nase. »Ich glaube, sie haben ihn eingegraben, Dora.«

Sie gingen auf alle viere, krochen durch den Raum und klopften auf die Dielen, doch nirgends entdeckten sie eine Klappe oder ein loses Brett. Kein versteckter Hohlraum, kein Kellerloch. Nichts.

Dora wurde nervös. »Tomás. Sag doch was.«

»Ich friere.«

Ricardo suchte draußen weiter, krabbelte um den Polizeijeep herum und rief Dora zu sich. »Ich habe ihn! Unter dem Auto haben sie ihn eingegraben. Bis zum Kinn. Er ist geknebelt. Such den Autoschlüssel, beeil dich.«

In Windeseile ging Dora neben Gomes in die Hocke, durchwühlte seine Hosentaschen und wurde fündig. Mit dem Autoschlüssel in der Hand richtete sie sich auf, rannte hinaus, stieg in den unabgeschlossenen Jeep und wollte den Motor starten. Der Schlüssel passte nicht.

Ricardos Oberkörper war unter dem Wagen verschwunden. »Ich habe ihm den Knebel abgenommen. Aber er kriegt kaum mehr Luft. Sein Kopf ist bis zur Unterlippe mit eingegraben. Fahr den verdammten Jeep weg.«

»Der Schlüssel passt nicht.« Dass sie schrie, merkte sie gar nicht. Hektisch löste sie die Handbremse, stellte den Ganghebel auf Leerlauf und sprang ins Freie. »Hilf mir schieben.«

Ricardo kam unter dem Wagen hervor, stand auf und stemmte sich mit ihr gegen die Kühlerhaube. »Auf drei.«

Der alte Rover bewegte sich nur allmählich, doch mit vereinter Kraft schafften sie es.

Dora zog die Handbremse an, während Ricardo sich vorsichtig auf die Knie fallen ließ und Tomás' Kopf mit den Händen freischaufelte. Sie zückte ihr Handy und rief Cardoso an. Der Bildschirm zeigte nur sehr schwachen Empfang an. »Komm schon.«

»Dora?«, tönte es aus dem Handy.

Die Verbindung war miserabel. Dora vernahm Cardosos Stimme gänzlich verzerrt und hoffte inständig, er konnte sie besser hören.

»Sérgio. Wir haben die Hütte gefunden. Und Tomás. Die Schweine haben ihn eingegraben. Kannst du mich orten?«

»Nein. Hier in der Pampa haben wir nirgends Internet. Lass in Herrgottsnamen das Handy eingeschaltet, leg es irgendwohin. Ha! Jetzt habe ich Empfang, warte, warte, ich hab dich. Wir sind seit deiner Nachricht schon unterwegs, vielleicht noch fünf Kilometer entfernt. Aber über diese Buckelpiste kommen wir nur langsam voran.«

»Beeilt euch trotzdem. Tomás braucht einen Arzt. Ich höre ein Auto. Das könnte Ramirez sein, der zurückkommt. Mit Begleitung. Wenn die uns hier erwischen …«

»Wer ist ›uns‹?«

»Mein Liebster und ich.«

Ricardo machte ihr ein Zeichen, dass sie ihm helfen musste. »Gib Gas, Sérgio! Ramirez ist gleich da. Ich sehe bereits Scheinwerferlicht« Sie legte das Mobiltelefon mit dem laufenden Anruf in den Fußraum des Jeeps, schlug die Tür zu und kniete sich gegenüber von Ricardo hin, um ihm beim Ausgraben zu helfen.

Schon sah sie das Scheinwerferlicht durch den Wald herannahen.

»Tomáś, wir befreien dich«, stöhnte sie und grub mit Ricardo, so schnell sie konnte, weiter, doch die lose Erde rutschte immer wieder zurück in das Loch um Tomás' Kopf und Schultern. Tomás war mittlerweile ohnmächtig geworden. Dora gab ihm einen leichten Klaps auf die Wange, doch er blinzelte nur, kam aber nicht wirklich zu sich. Dora schimpfte mit ihm. »Du wirst jetzt nicht sterben, hörst du? Nach all dem, was du angerichtet hast, darfst du nicht sterben.«

Der Jeep erreichte die Lichtung.

Tomás röchelte, hustete, erbrach sich und hechelte nach Luft. »Dora«, stammelte er.

»Tomás!« Ihr Adrenalin raste gen Schädeldecke.

Ricardo rüttelte sie an der Schulter. »Wir müssen uns verstecken.«

Sie folgte Ricardo außer Sichtweite auf die andere Seite des Jeeps, duckte sich und zog ihre Glock, schussbereit. Ricardo stellte sich vor sie. Aus seinem Hosenbund tauchte eine neun Millimeter SIG Sauer P210 Target auf. Das wunderte Dora kaum mehr. Sie und Ricardo waren ein verdammt gutes Team. Nicht nur im Bett.

Ricardo gab ihr ein Zeichen, dass er Richtung Hütte vorausgehen würde. Auf die linke Seite. Sie folgte ihm.

Der Polizeijeep parkte rechts neben der Hütte. Moutinho und Ares stiegen aus und holten Tüten aus dem Laderaum. Und eine Kiste Bier.

»Hier sind wir eine Weile unter uns«, sagte Moutinho.

Wenn der wüsste, was ihm gleich blüht, dachte Dora grimmig und richtete den Lauf auf sein Knie. Die Polizisten standen im Lichtkegel der Scheinwerfer wie auf einer Bühne im Rampenlicht.

»Hey, Ares. Glaubst du, dass Maia schon die Radieschen von unten zählt?«

»Der hat geheult wie ein Weib, als wir ihn in das Loch gesteckt haben«, sagte Ramirez amüsiert und stellte den Motor ab. Die Scheinwerfer wurden dunkel.

»Gomes! Beleuchte gefälligst den Weg bis zur Treppe.«

Das konnten sie haben. Dora holte ihre LED-Stabtaschenlampe hervor, knipste sie an und richtete sie direkt auf die drei Männer.

»Leuchte auf die Stufen und nicht in unsere Gesichter«, rief Moutinho.

Ricardo deckte Dora mit seinem Körper, sie zielte unter seinem Arm hindurch.

»Keine Bewegung, Ramirez, sonst durchschieße ich dir das Knie.«

»Schau an, Tomás' Freundin will uns Angst einjagen. Was meint ihr, graben wir sie zusammen ein?«

Das Gelächter klang in Doras Ohren wie eine Kreissäge. Sie musste sich sehr zusammennehmen, um nicht zu schießen.

»Tomás' Freundin ist nicht allein. Eine Glock, eine SIG Sauer und ich sind bei ihr.«

Das Gelächter ebbte ab.

Dora gab einen Warnschuss ab. »*Quieto!*«

Keine fünf Sekunden später ertönten Polizeisirenen. Blaulicht schickte zuckende Blitze durch den Wald. Staub wirbelte durch die Luft. Vier Einsatzwagen stoppten im Halbkreis wie zur Wagenburg aufgebaut direkt vor Dora und Ricardo, die schützend um das Loch standen, in dem Tomás mittlerweile bis zur Brust freigeschaufelt im Licht der Scheinwerfer zu sehen war. Tränen liefen ihm über die Wangen und hinterließen helle Furchen in seinem verschmutzten Gesicht.

Beamte in Camouflage-Uniformen stürmten auf die in

Schach gehaltenen sogenannten Kollegen zu und legten ihnen Kabelfesseln an. Mittendrin stand Cardoso, der sich die Haare zurückstrich und mit fassungsloser Miene die Situation in sich aufnahm.

Zögerlich trat er näher und ging neben Tomás in die Hocke. Ameisen krabbelten Tomás über das Gesicht. »Grauenhaft«, stammelte Cardoso und klaubte ihm die Insekten von den Wangen.

Vier Polizisten knieten nun am Boden, gruben Tomás ganz aus, hoben ihn aus der Grube und versorgten ihn medizinisch mit dem Nötigsten.

Eine Limousine näherte sich dem Einsatzort. Der Fahrer stieg aus, und es kam ein Prinz-Eisenherz-Pagenkopf zum Vorschein. Dora traute ihren Augen nicht. Mendonça!

Er knöpfte seine Cordjacke zu und kam schnurstracks auf sie zu. Dora hätte schwören können, dass es dasselbe Jackett wie bei ihrer letzten Begegnung vor zwei Jahren war.

»Ist das ein Haarschnitt oder eine Perücke?«, wollte Ricardo wissen.

»Natur pur mit Föhnwelle.«

Mendonça baute sich vor Dora auf, als wäre er Häuptling, Papst, Kaiser und Moralapostel in einer Person. »Sie können sich glücklich schätzen, Zivilistin zu sein, Dora Monteiro«, blaffte er sie an. »Sonst würde ich eine Dienstaufsichtsbeschwerde gegen Sie einreichen, darüber hinaus ein Disziplinarverfahren einleiten, Sie bis zum Sankt-Nimmerleins-Tag suspendieren und Ihnen ein ärztliches Attest wegen Unzurechnungsfähigkeit ausstellen lassen. Da Sie aber nicht mehr im Polizeidienst sind, bleibt es bei einer Anzeige wegen unerlaubten Waffenbesitzes.«

Dora stieß einen verächtlichen Laut aus.

»Schön langsam, Freundchen.« Ricardo drängte sich zwischen Dora und den Chef der Kriminalpolizei Lissabon.

Mendonça entgegnete kühl: »Ich muss darauf bestehen, dass er sich nicht einmischt.«

Ricardo lachte. »Aber er besteht darauf, sich einzumischen.«

Das folgende Duell mit bösen Blicken gewann Ricardo, was an seiner überlegenen körperlichen Statur lag oder an der herausfordernd frechen Art, wie er Mendonças herablassende Zurückweisung pariert hatte.

»Senhora Monteiro besitzt gar keine Waffe. Beide Pistolen gehören mir.«

Dora schmunzelte innerlich hinter ihrer Unnahbar-Miene. Sie trat vor und verschränkte demonstrativ die Arme vor der Brust.

»Ich war Berufssoldat. Im Einsatz«, sagte Ricardo. »Als ehemaliger Offizier besitze ich einen Waffenschein für ein halbes Dutzend Schusswaffen.«

Dora konnte sich nicht entscheiden, ob sie wütend oder geschmeichelt sein sollte. Ihr Gefühl hatte sie nicht getrogen, Ricardo war ein Ex-Profi. Ein Offizier – und ein Gentleman, der sich schützend vor sie stellte. Dafür hätte sie ihn am liebsten umarmt. Doch sie mimte weiterhin die völlig gelassene Dora, die sie ehrlich gestanden schon lange nicht mehr war. Auch das hatte sie ihr Ausflug zurück ins Ermittlerleben gelehrt.

Mendonça wollte noch etwas erwidern, doch Ricardo ließ ihn nicht.

»Davon abgesehen hat Senhora Dora Tomás Maia das Leben gerettet. Ohne sie wüssten Sie und Ihre Abteilung nichts von der konspirativen faschistischen Zelle innerhalb der Polizeidienststelle in Grândola und könnten weder den Mord an Guilherme Maia noch den Mord an Gustavo Carvalho aufklären. Senhora Dora Monteiro sollte einen Orden verliehen bekommen. Finden Sie nicht auch?«

Mendonça schnappte nach Luft. »Dass ich mir das anhören muss. *Pá!* Von einem Ex-Offizier, noch dazu an *meinem* Tatort, in *meinem* Befugnisbereich. Das ist … das führt …« Das Satzende blieb in einer Wolke aus Zorn und Sprachlosigkeit hängen. Mit noch einem »*Pá!*« richtete sich der Coordenador-superior zu seiner relativ geringen Körpergröße auf und streckte das Kinn vor. »Sie hören von mir! Beide.«

Anschließend stakste er zu seiner Limousine und rief Cardoso zu sich.

Ricardo legte Dora einen Arm um die Taille. Ihre Wangen glühten. Chuzpe hatte er, ihr Offizier. *Caramba.* Sie hatte sich bis über beide Ohren verliebt.

Cardoso massierte sich die Schläfen und fragte Dora von der Seite: »Bist du zufrieden?«

Sie wusste, was er meinte. Den Schlamassel rund um die rechtsextreme Polizeitruppe mit Ramirez als Rädelsführer musste er jetzt aufräumen und Mendonça außerdem beruhigen. Nein, tauschen wollte Dora sicher nicht mit Cardoso.

»Danke.« Sie drückte seinen Arm.

»Wir sprechen uns«, knurrte er und folgte dem Ruf seines Vorgesetzten.

»Und jetzt?«, fragte Ricardo.

Dora spähte zum Notarztwagen, der mittlerweile eingetroffen war. »Ich möchte Tomás Lebewohl sagen.«

Ricardo nickte. »Ich warte hier auf dich.«

Was sie ihm hoch anrechnete, so wie alles andere auch, was er in der letzten Stunde für sie getan hatte. Sie kletterte in den Notarztwagen und sah Tomás ausgestreckt auf einer Trage liegen. Sein entblößter Leib war in Wärmefolie eingewickelt, in seiner Ellenbeuge steckte ein Katheter. Ein Sanitäter hatte ihm das Gesicht gesäubert.

Dora setzte sich auf den Rand der Trage und studierte seine Miene. Die Wangen waren eingefallen, die Augen lagen in tiefen Höhlen. Aufgesprungene Lippen hatte er und Hämatome im Gesicht und am Hals, am Körper sicher auch. Im Rudel waren Ramirez und seinesgleichen über ihn hergefallen, hatten ihn erst geschlagen, dann ausgezogen, zum Schluss eingegraben. Die Todesangst hatte Tomás gezeichnet. So hatte er sich seine Rache sicher nicht vorgestellt – von den Mördern seines Vaters bis zur Unterlippe lebendig eingegraben zu werden.

Eine warme Welle Mitgefühl umspülte Dora. Mit einem Rachefeldzug hatte Tomás sich von seinem Kindheitstrauma befreien wollen und es gegen ein noch grausameres Trauma eingetauscht. Welch unverhältnismäßig hoher Preis dafür, dass er nicht mehr als Gerechtigkeit gesucht hatte. Die er nun mit Ungerechtigkeit bezahlen musste. Bis an sein Lebensende würde er nicht mehr vergessen, was heute passiert war. Doras Mitgefühls konnte er sich deswegen sicher sein. Trotzdem. Er hatte sie in seinen Fehdezug eingespannt und zur Komplizin wider Willen gemacht. Er hatte Unbeteiligte erst in Gefahr und zusätzlich in Konflikt mit dem Gesetz gebracht. Er hatte Mários Liebenswürdigkeit missbraucht und ihn und seine Familie zum Lügen verführt. Das und mehr hatte Dora ihm unter die Nase reiben wollen. Doch als sie ihn nun ansah, wollte sie kein Wort mehr darüber verlieren. Nicht jetzt, nicht morgen. Nie wieder.

Der Zeitpunkt für ihren Abschied konnte kaum perfekter sein. Tomás' Unschuld war bewiesen. Er war gerettet – und am Leben. Der Mord an seinem Vater würde nun aufgeklärt werden, die Täter bestraft, der Name Maia rehabilitiert. Sie hatte den Kodex der einstigen Freundschaft ihm gegenüber erfüllt und ihn aus der Bredouille geholt.

»Du hast einen Schutzengel gehabt, Tomás«, flüsterte sie, und er schlug die Augen auf.

»Dora«, hauchte er. Seine Finger wollten ihre Hand berühren, doch Dora zog sie zurück. Er bekam ihr Handgelenk trotzdem zu fassen und hielt es krampfhaft fest. »Dora«, wiederholte er angestrengt eindringlich. »Ich musste sie retten«, stieß er hervor, versuchte sich aufzusetzen, scheiterte, bettete den Kopf auf das Kissen und schloss die Augen. »Ich *musste*.« Sein Arm fiel kraftlos neben ihn auf die Trage.

Dora überlegte, ob seine Worte etwas bedeuteten, aber vermutlich delirierte er. Es spielte sowieso keine Rolle mehr. Sie war hier fertig. So beugte sie sich vor, strich ihm das verschwitzte Haar aus der Stirn und flüsterte ihm ins Ohr: »Du bist frei, Tomás. Jetzt gehe ich. *Adeus.*«

***

Es war ein erinnerungswürdiger Moment. Dora konnte sich nichts Besseres auf der Welt vorstellen, als mit Ricardo durch den nächtlichen stillen Wald zu reiten. Näher als in diesem Moment hatte sie sich seit dem Tod ihres Vaters nie wieder einem anderen Menschen gefühlt. Es ging auf Mitternacht zu. Die Hufe der Pferde knirschten in entspanntem Gleichschritt im Sand. Die Milchstraße leuchtete ihnen den Weg durch den Korkeichenwald und bestreute das Firmament mit Sternenpuder. Im Alentejo, wo keine größere Stadt die Luft mit Licht verseuchte, glänzte der Nachthimmel wie eine Schatztruhe voller Silberlinge. Tausend Fragen wollte Dora Ricardo stellen, aber sie behielt alle für sich. Zumindest zunächst.

Er räusperte sich. Mehrmals. Bis er die richtigen Worte fand. »Du kennst das Gefühl, eine Uniform zu tragen. Den Stolz. Die Ideale. Das Verlangen, deinem Eid gerecht zu werden.«

Sie bejahte.

»Doch schon bald erkennst du das innere Gefüge der Staatsgewalt. Du beobachtest es in der Polizeischule, an der Akademie, beim Militär. Du erträgst den Drill. Die Erwartungshaltung, den Mund über alles zu halten, stellst du nicht in Frage. Denn du willst kein Kameradenschwein sein.«

Dora stimmte ihm zu. Allzu gut wusste sie, wovon er sprach. Sie selbst hatte auch oft gegen diese Windmühlen im inneren Radwerk der Kriminalpolizei gekämpft.

»Tja«, fuhr Ricardo fort. »Ich habe den Mund einmal nicht gehalten. Als ein Kamerad durch willkürlichen Drill zu Tode gekommen war, habe ich ausgepackt. Über den entwürdigenden Ton und Umgang der Drillsergeanten, über die öffentliche Diffamierung homosexueller Kameraden, über sexuelle Übergriffe auf weibliche Soldaten und über ihre Lust am Quälen von physisch schwachen Soldaten und Soldatinnen. Und ich wurde entlassen. Ehrenhaft, mit Tapferkeitsmedaille, vom Präsidenten an das Revers meiner Ausgehuniform angesteckt, und mit fetter Prämie belohnt.«

Dora presste die Lippen aufeinander, denn sie spürte, er war noch nicht fertig.

»Über meine Arbeit im Ausland als Soldat an der Waffe wollte ich nie wieder sprechen. Schon gar nicht über die Methoden, wie Menschen zum Reden gebracht werden. Mit dir möchte ich darüber reden.« Die letzten Worte klangen zaghaft.

»Irgendwann.«

Dora rückte ihr Pferd so dicht wie möglich an Ricardo heran und hauchte ihm zu: »Ich werde dir zuhören.«

16

Herdade Carvalho, Mittwoch, 18. Juni

Ein Hahnenschrei riss Dora aus ihren Träumen. Sie schlug die Augen auf und erblickte einen Tonteller mit einer aufgemalten Korkeiche an der Wand. Der Gockel krähte ein zweites Mal. Sie hatte die Nacht bei Ricardo auf der Herdade Carvalho verbracht, erinnerte sie sich. Neben ihr fand sie einen Zettel auf dem Kopfkissen: »Ich bin Pferde füttern.« Dora stand auf und zog ihren Slip über. Im Flur machte sie den Kleiderschrank auf und nahm sich ein T-Shirt und Boxershorts von Ricardo. In der winzigen Küche mit Feuerstelle, Büfett und Spülstein fand sie sich rasch zurecht und kochte Kaffee. Dazu schnitt sie Brot in Scheiben und legte es in Milch ein. Vor dem einzigen Fenster lag der Hof. Zum Herrenhaus führte ein Kiesweg durch einen Vorgarten. Dort hatte also die gesamte Tragödie einst begonnen. Es war ein ansehnliches Gebäude, und Dora stellte sich eine glückliche Familie darin vor und keine von faschistischen Strukturen beherrschte.

Sie zuckte mit den Schultern. Nicht ihr Zirkus. Nicht ihre Affen. Tomás war frei – und sie in gewissem Sinne auch. Sie verquirlte ein Ei, wendete darin die eingeweichten Brotscheiben und buk sie in einer Pfanne mit Olivenöl aus. Aus einem Küchenschrank angelte sie die Zuckerdose und fand sogar ein Tütchen mit Zimtpulver.

Während sie den süßen Morgensnack zubereitete und das frittierte Brot in Zucker und Zimt wendete, versuchte sie sich vorzustellen, wie es sich anfühlen musste, das gesamte Leben als Arbeiterin auf einem Landgut, weitab der nächsten größeren Stadt, zu verbringen. Wie im Gefängnis. Glaubte sie. Andererseits kannten die Landarbeiter kein anderes Leben, und vielleicht vermissten sie es deswegen auch nicht. So wie es Miguel Torga gesagt hatte:»Wer nie eingesperrt gewesen ist, erkennt Freiheit nicht.«

Mit zwei Gabeln fischte Dora die letzten Scheiben aus der Pfanne und wälzte sie in dem Zucker-Zimt-Gemisch, als aus der Hintertür des Herrenhauses eine Frau mit Kittelschürze trat, vor dem Leib einen Korb mit gewaschener Wäsche in den Armen.

Die Haushälterin!, durchzuckte es Dora. Mit ihr hatte sie die ganze Zeit schon reden wollen. Aber machte das jetzt noch Sinn? Sie wollte doch gar nicht mehr wissen, wer Gustavos Mörder war, redete sie sich ein.

Aber es half alles nichts, Dora musste auch noch Gustavos Geheimnis kennen und herausfinden, was die Botschaft »Jetzt schweigst du für immer« bedeutete.

Die angebissene Scheibe Pão dourado ließ Dora liegen, verließ das Haus durch die Hintertür in der Küche und lief barfuß über den Hof zum Wäscheplatz.

»Bom dia.«

Die Haushälterin schüttelte ein Laken auf und nahm Dora mit Ricardos T-Shirt und Boxershorts bekleidet missbilligend in Augenschein.»Wer bist denn du?«

»Ricardos Freundin Dora.«

»Aha. Ich bin Maria.« Sie klammerte das Laken akkurat aufgespannt an die Leine.

Eine Salazar-Marionette wie aus dem einstigen Propaganda-Bilderbuch, dachte Dora. Auf dem Latz an Marias Kittel entdeckte sie einen quadratischen hellen Fleck.

»War dort einmal das Abzeichen der Mädchenjugendfront aufgenäht?«

Maria hängte das nächste Laken genauso akkurat an die Leine wie das zuvor.»Was geht dich das an?«

Dora blieb gelassen. Nach dem, was sie in den vergangenen Tagen über die Nachwehen der Diktatur in Comporta erfahren hatte, konnte sie Maria ihre Abwehr nicht mehr übel nehmen.

»Nichts, aber ich suche nach Antworten, und vielleicht kannst du mir helfen. Ich bin schließlich zu jung für euren Verein.«

»So eine wie dich hätten wir auch gar nicht aufgenommen«, spuckte Maria ihr entgegen.

Dora wusste, was Maria meinte. Sie war eine *mestiça*. Und Mischlinge waren in der Mädchenjugendfront unwillkommen gewesen.

»Warst du die Gruppenführerin?«

Maria strich den Stoff an der Schürze glatt. »Kadettenführerin von der Mocidade Portuguesa Feminina in Grândola, Comporta, Melides und Alcácer war ich. Mehr als zweihundert Mädchen hörten auf mein Kommando«, verkündete sie.

Dora hatte richtig getippt. Maria war eine Salazar-Marionette geblieben. »Maria, mich interessiert, wovor Gustavo fliehen wollte. So hast du es zu dem Polizisten aus Lissabon gesagt.«

Maria wich zwei Schritte zurück. »Woher weißt du das?«

»Ich bin eine Kollegin von Inspetor-Chefe Cardoso aus Lissabon.«

Maria wirkte erleichtert. Sie wurde zutraulich. »Lourdes ist schuld. An allem! Maßlos verliebt war der junge Herr Gustavo in sie. Als hätte sie ihn mit ihren grünen Augen verhext. Ich habe gleich gemerkt, die wollte nur reich heiraten. Der *patrão* hat das auch gemerkt und einen Ehevertrag aufgesetzt. Nur Gustavo war blind. Ein blinder Engel der Liebe. Doch kaum waren die zwei kirchlich getraut und Lourdes in ihre Gemächer im Herrenhaus eingezogen, ging der Zirkus los.«

Das schien eine spannende Geschichte zu werden.

»Lourdes ist keine normale Frau.« Maria strich über das Kreuz an der Kette um ihren Hals. »Sie ist anders geartet. Poussiert herum. Mit Frauen. Mutter wollte sie nämlich nie werden. Nur reich. Deswegen musste Gustavo es tun. Schließlich ist er ein Mann, und ein Mann muss Nachkommen zeugen.«

Dora dechiffrierte folgendermaßen: Gustavos Witwe Lourdes mochte Frauen mehr als Männer und hatte sich Gustavo verweigert. Ganz schön mutig von ihr. Im Hause Carvalho vor allem, wo man Frauen wie Lourdes normalerweise auf keinen Fall duldete, sondern davonjagte. »Gustavo fand bei anderen Frauen das, was Lourdes ihm nicht geben wollte.«

Maria nickte. Ihr Dutt wackelte hin und her, eine Strähne löste sich aus dem kunstvoll aufgestellten Haarknoten. Sofort zog sie zwei Haarklammern aus der Schürzentasche hervor und steckte die Strähne fest. »Das hat der himmlische Vater nun einmal so vorgesehen. Wir Frauen müssen gehorchen und dem Mann dienen – und damit unserem Mutterland und der Regierung. Das ist unsere heilige Pflicht. Dass Gustavo zu anderen Frauen gegangen ist, daran war allein Lourdes schuld. Ich bete für ihn. Gott erbarme sich seiner verlorenen Seele.«

Maria glaubte tatsächlich an Lourdes' Schuld und an Gustavos Unschuld. Und das in einer Zeit, in der man Schafe klonen oder zum Mond fliegen konnte. »Du hast Kinder?«

»Sieben«, erklärte Maria. »Sechs Jungs und ein Mädchen. Großmutter bin ich, fünfzehnmal, und alle Kinder sind gut verheiratet und arbeiten entweder hier auf dem Gutshof oder in den Wäldern des *patrão*.«

»Respekt.« Dora meinte es ehrlich, denn sie konnte Maria mit ihrem krumm geschufteten Buckel, dem kantigen, faltigen Gesicht und den knotigen Händen nicht für ihren Glauben an Salazars Lektionen verurteilen. Welche andere Chance hatte sie damals denn gehabt? Hätte sie sich geweigert, Mutter zu werden, hätte ihr Mann sie gegen ihren Willen genommen. Mit sieben Kindern konnte keine Frau durchbrennen, und so hatte sie sich wohl arrangiert. Wie, wollte Dora sich lieber nicht ausmalen und war wieder einmal dankbar dafür, nach 1974 geboren worden zu sein.

»Mutter zu sein gibt meinem Leben einen Sinn. Lourdes versteht das nicht. Sie geht sich amüsieren«, stieß Maria hervor.

»Carlos und Liliana stammen demnach von anderen Müttern.«

Maria widmete sich den Kissenbezügen und hängte sie in Reih und Glied auf. »Carlos' Mutter lebt nicht mehr. Sie war eine Reispflückerin. Ein hübsches Ding. Hatte es auf den jungen Herrn Gustavo abgesehen, dachte, sie würde mit dem Baby ins Herrenhaus ziehen. Törichtes Weibsbild. Das Kind hat Gustavo mitgenommen und die Mutter verstoßen.«

»Und Lilianas Mutter?«

»Die war Carlos' Kindermädchen.«

»Ist sie etwa auch tot?«

»Nein, ja. Also damals noch nicht.«

Dora tippte ungeduldig mit den Zehen in den Staub. »Komm, verrate mir den Rest.«

»Lourdes wollte das Kindermädchen nicht mehr im Haus haben. Sie hat ihr Geld gegeben und sie weggeschickt.«

»Das ist aber nur das halbe Geheimnis. Habe ich recht?«

Maria zögerte erst, doch dann sprach sie weiter. »Das Kindermädchen war bald zum zweiten Mal schwanger, aber das hat Lourdes Gustavo verheimlicht. Lourdes hat dem Mädchen gekündigt, doch es ist nicht fortgegangen, es hat den Waldaufseher geheiratet und ihm das zweite Kind untergeschoben. Aber es ist Gustavos Sohn. Lourdes weiß das, und sie schweigt.«

»Wie heißt der Sohn?«

»Rui.«

»Wissen Carlos und Liliana, dass Lourdes nicht ihre Mutter ist?«

»Ich bin mir nicht sicher.«

»Und Rui? Kennt er die Wahrheit?«

»Die hat seine Mutter, der Herr sei ihrer Seele gnädig, vor ein paar Monaten mit ins Grab genommen.«

»Lebt und arbeitet Rui auch hier auf dem Gut?«

»Er arbeitet in Coimbra.«

»Ach. Studiert da nicht auch Liliana? Die Tochter?«

Maria druckste herum, bevor sie ihre Gedanken mit Dora teilte. »Liliana und Rui sind schon immer unzertrennlich gewesen. Schon als Kinder waren sie ständig zusammen.«

Das war alles sehr aufschlussreich. Lourdes war zwar Gustavos Frau und Erbin, aber nicht die Mutter seiner Kinder Carlos, Liliana – und Rui. Lourdes wahrte den familiären Schein, ließ sich *mamã* nennen, hatte geholfen, die ersten beiden Kinder aufzuziehen, aber das dritte hatte sie samt seiner Mutter vom Gutshof zu verbannen versucht. Rui wuchs bei seiner Mutter auf, mit falschem Vater und als Diener auf dem Landgut seines leiblichen Vaters. Eines Tages hatte der Sohn – durch welchen Zufall auch immer – womöglich die Wahrheit über seine Herkunft erfahren und war wütend geworden, zählte Dora eins und eins zusammen. Oder sein Ziehvater. Oder beide. Was wäre in diesem Fall passiert?, lautete die Frage. Vor Cardoso lag noch eine echte Mammutaufgabe, wenn er den wahren Täter entlarven wollte. Der Mord entpuppte sich letztendlich immer mehr als Familientragödie. Alle Carvalhos lebten mit Maulschlüssel umgehängt, und alle litten sie unter Américos Machtfuchtel. Das Sich-ducken-Müssen und Gezwungensein, eigene Gedanken und Neigungen zu verschweigen, machte mürbe und zornig. Eines Tages war die Flamme des Aufbegehrens womöglich aufgelodert und hatte viele Feuer entzündet.

»Maria, du kennst nicht zufällig den Namen von Lourdes' Gefährtin?«

Maria blickte sich gründlich um, trat näher und legte beide Hände an Doras Ohr. »Carla Maria Santos.«

Ausnahmsweise war sogar Dora einmal baff. »Nein.«

»Doch.«

Dora bedankte sich bei Maria für ihre Hilfe und wünschte ihr alles Gute.

Hinter jeder Tür lauere eine andere Lüge, hatte Carlos gesagt. Jetzt wusste Dora, was er damit gemeint hatte. Carlos kannte sicher auch Américos Geheimnis über Vasco, und wer die Gespielin seiner angeblichen Mutter war, war Carlos vermutlich auch bekannt, genauso wie das anstehende Immobiliengeschäft. Bestimmt kannte Carlos seinen Bruder Rui, mutmaßte Dora. Jetzt wunderte es sie überhaupt nicht mehr, dass er es auf dem Gehöft seiner sogenannten Familie nicht aushalten konnte.

Dora fand Ricardo in der Küche am Ecktisch sitzend. Er

trank Kaffee und aß dazu die von ihr frittierten Brotscheiben. Sie küsste ihn im Vorbeigehen, zog seine Sachen aus und ihre eigene Kleidung an. Mit einem vollen Becher Kaffee setzte sie sich zu ihm, sagte aber nichts.

»Bist du wirklich schon fertig mit dem Carvalho-Schlamassel?« Seine Frage klang skeptisch.

Konnte Ricardo etwa ihre Gedanken erraten? Sonst schaffte das nur ihr Großvater. Oder hatte er sie aus dem Küchenfenster bei ihrem Gespräch mit Maria beobachtet und war neugierig, was sie nun zu tun gedachte? Sie tunkte Brot in ihren Kaffee, ohne es zu essen. »Im Prinzip schon.«

»Im Prinzip. Soso. Maria hat geplaudert. Ich sehe es dir an, Dora. Sie hat dir Geheimnisse anvertraut und deine Lust angefacht, doch noch Licht bis in das letzte Dunkel des Falls zu bringen.«

»Maria war mitteilungsbedürftig. Stimmt. Sie hat mir erzählt, dass Lourdes Frauen liebt und sie gar nicht die Mutter von Gustavos Kindern ist. Es sind übrigens drei Kinder, nicht nur zwei. Carlos und Liliana sind bei Gustavo und Lourdes aufgewachsen. Ein drittes Kind, ein Sohn namens Rui, wuchs zwar auf der Herdade auf, aber im Haus seiner Mutter, des einstigen Kindermädchens. Heute arbeitet er in Coimbra. Kannst du mir folgen?«

Ricardo nippte an seinem Kaffee. »Ja. Kann ich. Aber es deprimiert mich.«

»Deprimierend ist das einzige passende Wort für das alles. Lourdes hat das damals von Gustavo erneut geschwängerte Kindermädchen heimlich fortgeschickt. Gustavo wusste demnach gar nicht, dass er ein drittes Kind gezeugt hatte. Lourdes belügt die Kinder, sie belügt sich selbst. Über zwanzig Jahre lang jeden Tag Lügen. Dass sie Frauen liebt, muss sie auch geheim halten, sonst jagt ihr Schwiegervater sie davon. Lourdes harrt aus und schweigt, bis sie eines Tages ihre Chance erkennt und gemeinsam mit ihrer Geliebten Carla Maria Santos ...«

Ricardo setzte die Tasse laut ab. »Lourdes und die Immobilienmaklerin sind ein Paar?«

»So ist es.«

Ricardo schnalzte mit der Zunge. »*Veja lá.* Schau an. Mir schien sie schon immer eher eine Partylöwin zu sein als eine Landwirtin.«

»Ich wünsche den beiden alle Gutes. Ganz ehrlich.«

»Und du, Dora? Was machst du nun, nachdem Américo und Ramirez verhaftet sind, das rechte Übel zunächst besiegt ist und Tomás freigelassen?«

Sie teilte die letzte Scheibe Pão dourado mit Ricardo. Was ihn umtrieb, stand ihm regelrecht in Großbuchstaben auf die Stirn geschrieben. »Magst du mich morgen in Lissabon besuchen? Zum Abendessen. Mit anschließendem Frühstück. Das nächste Mal komme ich dann zu dir.«

Er zog sie auf seinen Schoß. »Du meinst, wir sind jetzt ein Liebespaar?«

Dora bettete ihren Kopf auf seine Schulter und seufzte. »Das hört sich strategisch ausgezeichnet an, *querido* Ex-Offizier.«

Seine Hand strich zärtlich über ihr Haar. »Fährst du jetzt zu Liliana und Rui nach Coimbra?«

»Zu Liliana *und* Rui?« Dora wiederholte seine Frage. Er sagte nicht »*zu* Liliana und *zu* Rui«.

»Liliana lebt in Coimbra, und du hast eben gesagt, Rui würde dort arbeiten.«

Dora küsste ihn auf die Stirn und rutschte unruhig auf seinem Schoß hin und her. »Es ist das Wörtchen ›und‹, Ricardo. Es suggeriert, dass sie zusammenwohnen. Und das ist tatsächlich möglich. Maria hat erzählt, die beiden seien schon als Kinder unzertrennlich gewesen. Dabei ahnen sie nicht einmal, dass sie Geschwister sind. Jedenfalls glauben alle, dass sie es nicht wissen. Doch was ist, wenn sie es herausfänden? Carlos, Liliana und Rui? Dass sie ihr Leben lang von ihren angeblichen Eltern angelogen worden sind?« Dora spürte, wie sich das ihr wohlbekannte Ermittlerinnenkribbeln an ihren Haarwurzeln ausbreitete.

Ricardo sah sie prüfend an. »Du bist wie ein Chamäleon.

Eben noch anschmiegsam, im nächsten Moment zur Jagd bereit. Du bist also tatsächlich noch nicht fertig mit der Carvalho-Tragödie.« Ricardo traf ins Schwarze.

»Ich kann nicht anders«, gab sie leise zu und fixierte ein paar Zuckerkristalle auf ihrem Teller.

Ricardo küsste sie auf die Wangen, die Augen, den Mund und flüsterte an ihr Ohr: »Worauf wartest du dann noch?«

***

Ricardo setzte Dora in Carrasqueira am Fischerhafen ab, wo ihr Mustang seit gestern geparkt stand. Dora winkte Ricardo hinterher, bis die Staubwolke ihn und seinen Jeep vollends verschluckt hatte.

Sie drehte sich um und ließ ihren Blick über das bald achtzig Jahre alte abstrakte Gebilde des Stelzenpiers schweifen, der so weit bis in den Schlick führte, dass es den Anschein erweckte, man könne über das Wasser laufen.

Ein Fünf-Tage-Rennen mit emotionaler Achterbahn lag hinter Dora. Wie in Zeitlupe drehte sie sich nach Osten, dorthin, wo alles begonnen hatte und wo es sein Ende nehmen würde. Zur Korkeiche. Von dort spähte sie über das Mündungsdelta gen Norden, wo Lastkräne im Containerhafen im milchig trüben Morgenlicht flimmerten und Setúbal sich an den Meerbusen schmiegte.

Gen Westen drehte sie sich nun, die geschwungene Gipfellinie der Serra da Arrábida rückte in ihr Sichtfeld, die Halbinsel Tróia. Zwischen Tróia und Carrasqueira lag die Dünenmarsch ausgebreitet. Heimat von Kranichen, Flamingos, Langusten, Krebsen und Adlern, von Fischern und ihren Familien, die seit über hundert Jahren hier siedelten und im Einklang mit der Natur und deren Launen lebten.

Dora nahm Abschied vom »Land ohne Grund«. Tomás war frei. Das nach rechts gerückte Schlangennest ausgeräuchert. Das Bauprojekt würde bald gestoppt werden. Der Cais Palafítico blieb krumm und schief im Meerbusen stehen. Die Fischer konnten Seemänner bleiben. Das seit über fünfzig Jahren beschwiegene Carvalho-Familiengeheimnis hatte sich endlich aufgeklärt. Nur wer Gustavo letztlich ermordet hatte, blieb noch im Dunkeln. Dora wollte schon einsteigen, losfahren und sich auf den Weg nach Coimbra machen, als sie einen Mann rufen hörte.

»*Boa tarde!*« Ein Hirte lief eilig den Sandweg vor dem Stelzenhafen entlang, im Schlepptau drei Hunde und eine Herde Schafe, und kam direkt auf sie zu. Dora hörte die Weideglocken der Leittiere blechern klingeln.

Der Hirte winkte ihr mit seinem Hut zu. »Senhora Dora, nicht wahr?«

Verdutzt sagte Dora: »Ja«, und der Hirte stellte sich als Arsénio vor. »Der *pastor*.«

Arsénio trug eine alentejanische Hirtentracht. Einen Janker über weißem Leinenhemd. Eine Lederhose. Auf dem Kopf einen Filzhut. An den Füßen lederne Almodóvar-Stiefel. Und ein rotes Tuch keck um den Hals gebunden. Die typische grob gewebte braun-beige Schafswolldecke trug er gefaltet über die Schulter geworfen. Eine Kalebasse, ein Horn und eine *lancheira* baumelten am Rucksack. Seine Hütehunde umringten Dora sogleich, setzten sich und ließen sich gegen sie fallen. Dora kniete sich ebenfalls in den Sand. Sie hätte drei Hände gebraucht, um den Hunden die Ohren zu kraulen, und versuchte es mit zwei Händen abwechselnd. Die Hunde seufzten zufrieden.

»José schickt mich«, verkündete Arsénio. »Er sagt, ich muss Ihnen erzählen, was ich weiß.« Ohne Doras Reaktion abzuwarten, sprach er weiter. »Mein Leitschaf ist ein störrisches Biest, wissen Sie? Immerzu büxt es aus. Und geht dahin, wo der Klee besonders süß schmeckt. Nämlich am Rand der Dünenmarsch. Ich gehe da nie lang, das ist viel zu nah am Ufer, weil ich Angst um die Lämmer habe, die könnten im Schlick einsinken, und wie soll ich sie da retten? Hm? Eben.«

Dora wurde es allmählich warm, so umzingelt von derart geballter Fellmasse. Aber die drei Hunde blieben anhänglich an ihre Beine geschmiegt und hechelten vor sich hin. »Sie suchten nach dem Schaf?«

»Genau. Und da habe ich etwas gehört. Also, im Prinzip habe ich gar nichts gehört.«

Hatte er nun oder hatte er nicht? »Na was?«

»Ich konnte ja gar nichts hören, denn es war ein Elektroauto, was da entlanggefahren ist. Da, wo ich das Schaf wiedergefunden habe. Ein zitronengelb lackiertes. Verstehen Sie?«

Dora schob die Hunde sanft ein Stück zur Seite. Ihre Beine glühten. »Nicht ganz.«

»Ich habe mich noch gewundert. Schließlich war Santo-António-Tag, und alle Leute im Dorf waren bei der Prozession. Außerdem lebt das Fräulein doch gar nicht mehr bei ihren Eltern.«

»Fräulein?« Dora schmunzelte.

»Das Auto, das man nicht hört. Das Fräulein. Mitten in der Nacht. Verstehen Sie?«

Der Fischer José war ein wirklich netter Typ, und sicher hatte er es gut gemeint, als er den Hirten Arsénio zu ihr geschickt hatte, aber Dora fühlte sich etwas überfordert. »Äh, nein.«

»Das Fräulein war am Tatort.«

»Wer ist denn das Fräulein?«

»Na, die Carvalho. Liliana. Die war am Tatort.«

Doras Nervenenden vibrierten. »Hast du das der Polizei gesagt?«

»Nein, Senhora Dora. Die hat mich auch nicht gefragt. Die wollten nur wissen, ob ich Tomás gesehen habe.«

Doras Nackenhaare stellten sich auf. »Hast du?«

»Ja, auch an dem Baum.«

»Bevor oder nachdem du Liliana dort beobachtet hast?«

»Beides. Rui, der Sohn des Waldaufsehers, war auch dabei.«

Dora bedankte sich bei Arsénio, verabschiedete sich und stieg in den Mustang. Jetzt wollte sie erst recht nach Coimbra fahren, und zwar auf direktem Weg.

17

Coimbra, früher Nachmittag

Dora kannte sich in der ehrwürdigen alten Universitätsstadt Coimbra bestens aus und wusste, wie sie mit dem Auto zur romanisch-gotischen Kathedrale mit der türkisfarbenen Kuppel gelangte. Dort, im Herzen der Altstadt unter dem Alta-e-Sofia-Hügel und dem Universitätscampus, parkte sie. Die Mittagszeit war bereits fast vorbei. Doch Dora verspürte Appetit und fand im Traditionshaus »O Trovador« einen freien Tisch. Sie wählte Bacalhau vom Grill nach Art des Hauses. Während sie das Filet von den Gräten trennte, dockten die neuen Informationen, die sie während der Fahrt von Comporta über die A 13 vorbei an Santarém bis Coimbra telefonisch in Erfahrung gebracht hatte, an bestehende an: Im Museumshaus des verstorbenen Dichters Miguel Torga, wo Liliana Carvalho ein Praktikum als künftige Literaturwissenschaftlerin absolvierte, hatte man ihr bereitwillig Lilianas Kontakt und Adresse mitgeteilt.

Von Ricardo wusste sie, dass Rui eine Lehre als Gitarrenbauer machte und am Turm von Coimbra im ehemaligen Kerker in einer Werkstatt für Instrumentenbau arbeitete. Dort hatte sie angerufen und Ruis Adresse erfahren. Und ihre Ahnung hatte sich bestätigt: Liliana und Rui wohnten zusammen in einer Wohnung. Wie das alles zusammenpassen mochte, darüber dachte sie nun nach, während sie den Bacalhau mit warmem Olivenöl und fein gehacktem Knoblauch und dazu ein sensationelles Süßkartoffelgratin mit grünem Spargel sowie eine halbe Flasche grünen Wein aus dem Hause Sezim genoss.

»Jetzt schweigst du für immer«, wiederholte Dora im Geiste die Nachricht von Gustavos Mörder. Fürwahr. Niemand außer einer Handvoll Eingeweihter wusste von den drei Kindern.

Liliana und Rui waren also beste Freunde. Als Kinder hatten sie zusammen auf dem Landgut gespielt. Als Jugendliche auch noch. Sie waren vermutlich ebenso vertraut miteinander gewesen wie einst Tomás und Dora. Dann war Liliana nach Coimbra gegangen – und Rui war ihr gefolgt. Was danach passiert war, konnte Dora sich nur ausmalen und zog in Erwägung, dass die beiden sich ineinander verliebt hatten. Den Rest sollten sie ihr selbst erzählen.

Eine knifflige Aufgabe lag vor ihr, schließlich wollte sie gleich die beiden potenziellen Mörder Gustavos besuchen. Ricardo hatte ihr nach den Ereignissen am Blockhaus im Wald die Glock zurückgegeben, und die lag jetzt vorsichtshalber in ihrer Handtasche.

Dora gönnte sich noch einen Kaffee, bat um die Rechnung, bezahlte und machte sich auf den Weg. Fünf Minuten zu Fuß durch das verwinkelte Altstadtviertel später erreichte sie ein an die einstige Stadtmauer angeschmiegtes Natursteinhaus mit Aussicht auf den Mondego-Fluss, die Auen und das Kloster Santa Clara am Ufer gegenüber. Geradezu idyllisch. Sie drückte den Klingelknopf und hörte eine weibliche Stimme. Lilianas, wie sie vermutete.

»Ja bitte?«

»Boa tarde. Mein Name ist Dora Monteiro. Ich bin keine Polizistin, auch keine Detektivin, sondern eine Freundin von Tomás Maia. Ich weiß, was Sie mit Ihrer Botschaft ›Jetzt schweigst du für immer‹ meinen. Darf ich reinkommen?«

Aus der Gegensprechanlage knarzten erst aufgeregt klingende Wortfetzen, dann summte der Türöffner.

Dora stieg die Holztreppe hinauf und gelangte durch eine offen stehende Tür in eine Wohnung. Dort traf sie auf zwei völlig verstörte und verängstigte junge Leute. Liliana hatte rot geweinte Augen und Rui dunkle Augenringe, die von schlaflosen Nächten zeugten. Er rückte einen Stuhl in die Mitte des Wohnzimmers und bot Dora an, sich zu setzen. Liliana und er nahmen auf dem Sofa gegenüber Platz und hielten sich an den Händen.

Rui eröffnete das Gespräch. »Sie wissen, dass wir Geschwister sind.« Seine Stimme klang monoton.

»Ja. Von Maria.«

Liliana lächelte, aber es sah unendlich traurig aus. »Maria de Conceição. Natürlich wusste sie es. Und nie hat sie ein Sterbenswort gesagt.«

Dora entschied sich, direkt zu sein. »Sind Sie ein Paar?«

Liliana begann zu weinen.

Rui zog sie in seine Arme und antwortete für beide. Seine Worte verließen seinen Mund stockend und heiser. »Wir haben es durch unser Baby erfahren.«

Doras Miene gefror.

Liliana schluchzte laut und sprang auf. »Ich habe es verloren.« Sie zeigte auf ihren Schoß. »Als hätte es nicht in mir bleiben wollen. Das viele Blut. Der Notarzt. Es war zu spät.« Kraftlos sank sie zurück auf das Sofa. »Unser Baby war tot.«

»Es war nicht richtig ... gebaut, verstehen Sie?« Nun liefen auch Rui Tränen über die Wangen.

Doras Lippen zitterten. »Sie haben dann einen DNA-Test gemacht.«

Rui nickte. »Können Sie sich unseren Schock vorstellen?«

»Ja«, sagte Dora. »Das kann ich.«

Wieder sprang Liliana auf. »Das sollte er büßen. Er musste für sein Schweigen bezahlen.« Sie vermied es, Gustavo *papá* oder Vater zu nennen. »Wir wollten sein Leben für das unseres ungeborenen Kindes.«

Rui saß mit hängendem Kopf auf dem Sofa, unfähig, seine Liebste zu trösten. Dann sah er Dora an. »Wir haben den Plan geschmiedet, ihn zu töten. Waren regelrecht besessen von unserer Idee. Vollkommen gefangen in unserem Schmerz. Wir haben uns so sehr eine eigene Familie gewünscht. Weil wir uns lieben. Weil wir unsere Liebe unseren Kindern schenken wollten. In einer *richtigen* Familie.«

Rui hielt inne. »Aber er hat alles kaputtgemacht«, fügte er dann leise hinzu. »Liliana und ich waren uns sofort einig, wie wir es machen würden: aufhängen und ihn beim Sterben beobachten. Uns sollte er bei seinem letzten Herzschlag sehen. Der Galgenbaum sollte der gleiche sein wie der, an dem unser Großvater damals den Fischer Maia gelyncht hat. Als Symbol für all die Lügen. Natürlich wussten wir, dass Gustavo nachts ausreitet. Vor allem wenn er Streit gehabt hatte. Carlos haben wir deswegen in unseren Plan eingeweiht. Er war der Köder. Verstehen Sie?«

Dora verstand sogar mehr, als ihr lieb war. »Carlos hat den Streit am Abend des Mordes extra angezettelt.«

Lilianas Augen glänzten fiebrig, und sie stemmte beide Hände in die Hüften. »Wissen Sie, was er meinem größeren Bruder alles angetan hat? Einen Mann wollte er aus Carlos machen und hat ihn deshalb nachts im Wald ausgesetzt. Allein. Damit er mutig wird. Ich habe mich mit einer Taschenlampe und einer Decke hingeschlichen und Wiegenlieder für Carlos gesungen. Weil er Angst hatte. Und geweint hat. Unentwegt. Und wenn Carlos als kleiner Junge Fieber gehabt hat, dann hat *er* ihn in Eiswasser gesteckt. Stellen Sie sich das einmal vor. In *Eiswasser*! Das eigene Kind. So grausam kann doch kein Vater sein!« Liliana rang nach Luft. Ihre Schultern bebten auf und nieder. »Aber ich konnte Carlos nicht retten.«

Deswegen hatte Carlos seinen Vater in einer Wanne voll mit Eiswürfeln symbolisch »totbaden« wollen, erinnerte Dora sich an das, was Cardoso ihr erzählt hatte.

Rui stand auf und legte seiner Geliebten und Schwester eine Decke um die Schultern.

Kühn reckte Liliana das Kinn. »Carlos hatte ein Recht darauf, uns zu helfen.«

»Wir hatten alles sorgfältig vorbereitet, trugen Handschuhe und Plastiküberzieher über den Schuhen, sogar Schutzkleidung aus dem Krankenhaus. Aus der Virologie hat uns ein Bekannter zwei Anzüge besorgt, damit wir keine Spuren am Tatort hinterlassen. Den Strick haben wir in Lissabon gekauft und am Freitag spätabends über den Weg in der Nähe der Korkeiche gespannt. Wie eine Kartoffel ist er in den Sand gefallen«, fuhr Rui fort. »Nachdem er vom Pferd gestürzt war, bin ich zu ihm und habe ihn geknebelt und ihm die Hände gefesselt. Liliana kam dazu, und wir haben ihm zusammen die Schlinge um den Hals gelegt. Gleiche Last, gleiche Schuld. Verstehen Sie?«

»Immer besser«, gab Dora zu.

»Dann haben wir ihn zum Baum gezogen. Dort hat Liliana ihm vorgelesen.«

Dora war es plötzlich sehr kalt. »Sein Todesurteil?«

Rui bejahte.

Liliana öffnete eine Schatulle auf der Fensterbank, holte ein Kuvert hervor und fuchtelte Dora damit vor dem Gesicht herum. »Hier steht es drin. Alles steht hier drin. Was er uns angetan hat. Und Carlos. Und Lourdes. Was er unserer leiblichen Mutter angetan hat. Und dass wir ihn gelyncht haben, weil er unser Baby auf dem Gewissen hat. Ein Mädchen. Inês sollte es heißen.« Lilianas Stimme erstickte in Wehlauten.

Dora hielt es nicht mehr auf dem Stuhl aus. Sie stand auf, nahm Liliana in den Arm und wiegte sie wie ein Kind hin und her. »Sschhh, schhhh.« Dann fragte sie Rui: »War Gustavo schon tot, als Tomás Maia vor Ort war?«

Rui wurde noch eine Spur blasser. »Nein, es dauerte ziemlich lange, bis … bis es vorbei war. Wahrscheinlich war unser Knoten zu locker geschlungen. Tomás tauchte auf einmal auf, stellte sich zu uns und wartete mit uns ab, bis Gustavo aufhörte zu zappeln. Dann hat er gegen den Baum uriniert. Ich glaube, Tomás und Gustavo waren sich spinnefeind.«

»Die beiden quälte eine Fehde in zweiter Generation«, erklärte Dora. Tomás hatte ihr erzählt, dass er an den Baum gepinkelt hatte. Dass ausgerechnet dieses Detail nicht gelogen war, kam Dora genauso absurd vor wie damals, als Tomás ihr davon berichtet hatte. Doch nun machte sogar dieser Akt einen morbiden Sinn. »Ihm habt ihr dann alles erklärt. Dass ihr Geschwister seid. Wie ihr es herausgefunden habt. Und von eurem Plan, Gustavo umzubringen.«

»Ja«, gab Rui zu. »Er sagte, wir sollen uns keine Sorgen machen, denn wenn einer wegen Mordes an Gustavo eingesperrt werden würde, dann er.«

Darauf hatte Tomás spekuliert, begriff Dora, und hatte demnach gar nicht deliriert. Er war klar bei Verstand gewesen, als er im Notarztwagen zum Abschied zu ihr gesagt hatte: »Ich musste sie retten.« Er hatte die Geschwister beschützen und sich selbst, zumindest zunächst, als Täter opfern wollen. Schließlich war er Opfer der Carvalhos, seit er zwölf Jahre alt gewesen war. Er kannte die Scham. Den Schmerz. Die ohnmächtige Wut. Tomás konnte bestens nachvollziehen, wie Liliana und Rui sich gefühlt hatten, nachdem sie die Wahrheit herausgefunden hatten. Doch die Geschwister traf keine Schuld. Schuld trugen Américo und Gustavo. Sie gehörten bestraft.

Dora mutmaßte weiter, dass Tomás sein Glück zuerst nicht hatte fassen können. Seit Jahren wünschte er sich Gustavos Tod, denn nur so konnte er Américo heimzahlen, was der ihm mit dem Mord an seinem Vater angetan hatte. Ruhelos war Tomás deswegen durch die Welt gezogen, bis er den einzigen Ausweg aus seinem Dilemma hatte wählen wollen: Mord. Doch der Zufall hatte ihn zu einer anderen Lösung geführt, Gustavo starb durch die Hand seiner eigenen Kinder. Liliana und Rui hatten ihn, aus Tomás' Sicht der Dinge heraus betrachtet, gerettet. Endlich war er von seinem Racherausch befreit gewesen. Als er jedoch das zu erwartende Ausmaß der Situation erkannt hatte, fühlte er sich den Geschwistern gegenüber verpflichtet, sie ebenso zu retten, und lenkte die Spur des Mörders kurzerhand auf sich.

Als Nächstes war sie, Dora, ins Spiel gekommen, denn Tomás hatte darauf gebaut, dass sie beweisen könnte, dass er unschuldig war. Um Dora und Cardoso auf falsche Fährten zu führen, hatte er gelogen und andere außerdem dazu angestiftet, ihm dabei zu helfen. Das war das Muster, nach dem sie gefahndet hatte.

Tomás hatte ja nicht ahnen können, dass der Fischer José die ganze Geschichte kannte, die zum Mord an Guilherme geführt hatte, und Dora diese erzählen würde. Und Tomás hatte ebenso wenig voraussehen können, dass Dora einen Zusammenhang zwischen den Morden von damals und heute wittern würde. Beinahe wäre es Tomás tatsächlich gelungen, sie an der Nase herumzuführen und immer weiter von den wahren Tätern fortzulocken, wären da nicht Doras Intuition, die mitteilungsbedürftige Maria und der Hirte Arsénio gewesen. Tomás' Vorsatz war edel gewesen, das sprach Dora ihm nicht ab. Aber er hätte ehrlich sein können. Sie hätte ihm trotzdem geholfen.

»Ihr wolltet heiraten«, mutmaßte sie.

Rui knetete die Hände. »Einen Termin für unsere Traumhochzeit hatten wir schon. Den 13. Juni.« Er lächelte in Erinnerung an seine und Lilianas Vorfreude. »So haben wir es uns gewünscht. Ja. In der Kathedrale Sé de Lisboa. Liliana und ich waren eines der zwölf ausgewählten Pärchen, die in diesem Jahr am 13. Juni zu Ehren des Lissabonner Stadtvaters Santo António in der Domkirche vom Bischof getraut werden sollten.« Sein Lächeln erstarb. »Ausgeträumt. Liliana hat ihr Hochzeitskleid begraben. In einer sargähnlichen Kiste. Und ein Holzkreuz aufgestellt. ›Hier ruht mein liebendes Herz‹, hat sie in das Holz graviert.« Verzweifelt presste er beide Hände vor sein Gesicht. »Wir haben unsere Hochzeit abgesagt, den Bischof belogen, behauptet, wir würden uns trennen. Danach haben wir den Mord geplant. Und den 13. Juni als Datum dafür ausgesucht, weil unsere Hochzeit der glücklichste Tag unseres Lebens hatte werden sollen. Das ist jetzt vorbei. Liliana und ich bleiben unser Leben lang unglücklich.«

Seine Hilflosigkeit machte Dora betroffen. Das Unglück würde Liliana und Rui ab jetzt überallhin folgen. Tag und Nacht. Bei jedem Kuss. Bei jedem Besuch auf der Herdade. Jedes Mal wenn ein Kinderwagen ihren Weg kreuzte. Die Wahrheit über ihre Herkunft blieb ein schwarzer Fleck auf ihren Seelen. Ein Abdruck, der nie wieder verschwinden würde. Als lastete ein Fluch über der Familie Carvalho, der sich vom Großvater bis zu seinen Enkeln vererbt hatte. Ausgerechnet die unschuldigen Geschwister standen nun für die Verbrechen ihres Vaters und Großvaters am Pranger. Zum Verzweifeln ungerecht war das. Liliana und Rui liebten sich – und durften sich nicht lieben. Sie wollten ihr Leben miteinander verbringen – und durften es nicht. Falls sie es doch taten, konnten sie niemandem verraten, dass sie Geschwister waren. Sie würden Menschen, die ihnen nahestanden, anlügen müssen – oder sich für immer trennen.

Das war das traurigste Geständnis, das Dora jemals einem Täter entlockt hatte.

Sie verabschiedete sich von den beiden und fuhr wehmütig in sich gekehrt zurück nach Lissabon. Sie hatte das Buch über den Carvalho-Maia-Fall schließen wollen, aber nein. Sie hatte ein neues Kapitel aufgeblättert, das sich nun mit ungeahnter emotionaler Intensität an ihr festsaugte und ihr die schwierigste Entscheidung ihres Lebens abverlangte. Der Mord hatte sie zum Zauberlehrling gemacht. In den Fängen des Sogs, den sie durch ihre nimmersatte Neugier selbst heraufbeschworen hatte.

18

Lissabon, Donnerstag, 19. Juni

Dora hatte wie ein Stein geschlafen und wachte am nächsten Tag erst kurz vor Mittag auf. Sie blieb liegen, genoss die Brise, die durch das Schlafzimmerfenster hereinwehte und ihre erhitzte Haut koste, und fixierte einen Punkt an der Decke, den nur sie sehen konnte.

Ihre emotionsgeladene Begegnung in Coimbra mit Liliana und Rui drängte sich bildhaft zurück in ihr Bewusstsein. Sie sah Blut. Den toten Fötus. Sie hörte Lilianas Schreie. Ihre Vorstellungskraft scherte sich nicht um ihr Mitgefühl mit Liliana und Rui, im Gegenteil, der ganze Film lief vor ihrem inneren Auge ein weiteres Mal ab. Dora hörte Lilianas Wimmern, spürte Ruis Hilflosigkeit. Immer und immer wieder. So gnadenlos grell, bis Dora den Zauberlehrling in die Wüste schickte. Und mit ihm ihr Mitleid für Liliana und Rui.

Sie rang sich zu der einzig möglichen Entscheidung durch, die sie in diesem Fall mit ihrem Gewissen vereinbaren konnte. Schluss mit Carvalho. Schluss mit Ramirez. Schluss mit der Angst.

Voller Elan stieg sie aus dem Bett und begrüßte im Vorbeigehen ihr Rabenpaar. »Hallo, du Glucke. Na, du Beau.« Sie guckte in den Nachttopf. Den vier Eiern ging es gut. Afonzine-Henriqua und Egas offensichtlich auch.

Es tat wohl, wieder zu Hause zu sein, auf dem eigenen Fensterbrett sitzend Kekse zu knabbern und süßen Espresso dazu zu schlürfen. Mit der Keksdose auf dem Schoß rief sie ihren Großvater an und lud auch ihn für neunzehn Uhr zum Abendessen ein.

Anschließend wählte sie Cardosos Nummer. »Vertragen wir uns?«

Seine Erleichterung war unüberhörbar. »Unbedingt.«

»Ich koche. Maurice kommt, Ricardo kommt. Und du und Pedro auch. Neunzehn Uhr. Kleiderordnung schick, bitte.«
»Wir sind pünktlich«, verabschiedete Cardoso sich. Zuletzt sendete sie Ricardo einen Guten-Morgen-Gruß, schrieb ihm ihre Adresse und gestand ihm ihre *saudade* nach ihm. Wenige Sekunden später bekam sie eine Herznachricht als Antwort.

Nach einer schnellen Dusche machte Dora sich auf den Weg zu den Markthallen und zum Delikatessenhändler an der Praça da Figueira, wo sie alles für das abendliche Mahl zu kaufen fand. Bepackt mit Taschen und Tüten, kehrte sie nach Hause zurück, legte Musik aus den Kapverden auf, und schon vibrierte Cesária Évoras Stimme durch die Mansarde.

Am späten Nachmittag war Dora fertig, der Kühlschrank seit Jahren das erste Mal wieder mit von ihr zubereiteten Köstlichkeiten gefüllt und der Tisch gedeckt. Zur Belohnung prostete sie sich im Spiegel mit einem Glas Wein zu und machte sich fein für den Abend zu fünft.

Um Punkt sieben Uhr hörte sie vor der Wohnungstür einen Tumult. Sie öffnete. Vor ihr standen Cardoso, Pedro, Maurice und Ricardo und stellten sich einander vor. Sie sahen sehr schick aus. Mit Hemd, Bundfaltenhose und Lederschuhen. Cardosos Hemd war gestreift, Pedros gepunktet. Doras Großvater trug Rot und Ricardo Schwarz, was seinen sonnengebräunten Teint noch besser zur Geltung brachte.

Zusammen mit ihren Gästen wehten eine Duftwolke Aftershave und jede Menge gute Laune in den Flur. Es gab Blumen und Pralinen, Küsschen für Dora und von Ricardo ein kleines Geschenk. Hübsch verpackt und mit einem Kärtchen versehen.

Neugierig betrachtete Dora das Päckchen, widerstand dem Drang, das Papier auf der Stelle aufzureißen, nur mit Mühe und legte es neben ihrem Teller auf den Tisch. Während Cardoso Kerzen anzündete, inspizierte Pedro das Rabenpaar. Ricardo unterhielt sich zwanglos mit Maurice in der Küche, der eine Flasche Conde d'Ervideira dekantierte.

Derweil arrangierte Dora die Blumen auf dem Fensterbrett und im Regal, berauscht von den männlichen Timbres, die ihre Wohnung erfüllten. Sie liebte sie alle vier. Natürlich jeden anders. Es war gut, zu lieben. Das hatte sie aus dem Fall Maia kontra Carvalho gelernt, nachdem sie hatte erfahren müssen, wozu Menschen fähig waren, die nie geliebt hatten und nie geliebt worden waren.

Das Mahl war Dora grandios gelungen. Zu den Tapas aus Anchovis mit Ei und Kapern, sautierten Jakobsmuscheltalern mit Safranschaum und gegrillten Paprikaschoten mit Honig gab es noch eine Pfanne voll mit pikant gewürzten flambierten Garnelen. Anschließend servierte Dora einen im Ofen geschmorten Zackenbarsch mit Cocktailtomaten und Süßkartoffeln und zum Dessert Leite-Creme mit Ananas.

Anregende Konversationen begleiteten das Essen – über Fußball, Kochrezepte, Katzen, Rabenelternschaft, über die Kapverden, Aveiro, die Algarve. Kurz gesagt: Sie sprachen über alles, nur nicht über den Mordfall. Erst beim Digestif kam das Thema auf.

»Hör mal, Dora«, begann Cardoso. »Es gibt da ein paar Dinge, die ich dir sagen möchte.«

Dora nippte an ihrem Kristallglas mit Portwein. »Nur zu.«

Cardoso holte tief Luft. Pedro nickte ihm aufmunternd zu und legte seine Hand auf Cardosos Arm. »Nachdem klar war, dass Ramirez Beweismittel manipuliert hat, haben die Ermittlungen rasant an Fahrt gewonnen. Woran du ja nicht unerheblich beteiligt gewesen bist.«

Dora bettete beide Hände auf den Tisch. Scheinbar völlig gelassen, dabei jagte ihr Puls gerade Richtung Höchstmarke. Sie war gespannt, in welche Richtung Cardosos Ausführung gehen würde, und legte sich für den Fall, dass er in eine Ermittlungssackgasse geraten war und sie um ihre Meinung bitten wollte, bereits mögliche Antworten zurecht. »Weiter.«

»Die Dünenmarsch wird nach eingehender gerichtlicher Prüfung wohl nicht mehr bebaut, und es sieht danach aus, dass die Parzellen trotz der abgelaufenen Verjährungsfrist nun endlich den früheren Eigentümern zurückgegeben werden.«

Das freute Dora ungemein, dann sollte Tomás sein Elternhaus doch noch erben.

»Der Vorvertrag zwischen dem Bauträger und den Carvalhos ist nichtig. Das Institut für Meeresforschung in Setúbal hat Einspruch gegen das Projekt eingelegt, der Antrag auf die Baugenehmigung ist zurückgezogen worden«, fuhr Cardoso fort. »Die Kaution für das Kaufversprechen behält zur Hälfte die Immobilienmaklerin. Die andere bekommt die Witwe.«

Das hatten die beiden Turteltäubchen Carla und Lourdes wirklich sehr smart eingefädelt. Ihr Ausweg hatte nicht Mord gelautet, sondern Durchbrennen. Buchstäblich mit einem Koffer voller Geld.

»Was ist mit den Kindern?«, wollte Dora wissen und näherte sich allmählich dem Brennpunkt des Mordfalls.

»Sie erben zu gleichen Teilen.«

Dora tat erleichtert. »Dann kann zumindest kein neuerlicher Erbstreit aufflammen.« Sie bemerkte im Augenwinkel, dass Ricardo die Augenbrauen zusammenzog. Bestimmt hatte er eine andere Reaktion von ihr erwartet, schließlich wusste er von ihrem Ausflug nach Coimbra, und er wusste, dass es drei Kinder gab. Geschickt lenkte Dora das Gespräch deswegen um. »Wird der Fall Guilherme Maia neu aufgerollt und Américo Carvalho endlich vor Gericht gestellt?«

»Der Antrag liegt schon beim Staatsanwalt.«

»Freut mich. Was passiert mit Francisco und Juan Ramirez?«

»Francisco wird wegen Beihilfe zum Mord an Guilherme Maia vor Gericht gestellt. Bei den Handlangern Gomes, Moutinho und Ares lautet die Anklage auf schwere Körperverletzung. Als rechtsextremes Kleeblatt haben sie die Gegend kontrolliert und alle Leute, die ihnen ein Dorn im Auge waren, tyrannisiert. Als Polizist wird keiner von ihnen je wieder arbeiten. In der Blockhütte im Wald hat die Abteilung für

Spurensicherung eine Menge DNA-Spuren gefunden. Blutspuren waren auch dabei.«

Dora faltete ihre Serviette zu einem Schiffchen. »Sie haben Menschen dorthin verschleppt und gequält.«

»So sieht es aus.« Cardoso wischte sich Schweißtropfen von der Oberlippe. »Juan Ramirez befindet sich in Haft in Madrid und wartet auf seinen Prozess. Das Anwesen in Tróia wurde beschlagnahmt und Senhora Ramirez aus Portugal ausgewiesen.«

»Das ging ja schnell.« Dora verspürte große Erleichterung über die demokratische Schubkraft. Frau Gerechtigkeit ließ sich doch nicht ewig an der Nase herumführen. Trotzdem goss sie Öl ins Feuer. »Du und Mendonça wolltet Francisco und Juan Ramirez laufen lassen, Sérgio.«

Cardoso verschluckte sich.

Pedro klopfte ihm auf den Rücken, bis Cardoso wieder Luft bekam. »Mendonça hat mich mit deinem Posten geködert. Ich habe Ja gesagt, weil ich gehofft hatte, dass mich die Kollegen dann endlich respektieren und nicht mehr verspotten, wenn ich die Karriereleiter hinauffiele. *Pá.* Das Gegenteil ist der Fall. Jetzt lachen sie, dass sogar schon eine ›Schwuchtel‹ Inspetor-Chefe sein könne. Ich schäme mich so, Dora. Pedro hat gesagt, ich soll es dir erzählen. Aber ich war feige. Schlimmer noch. Ich bin mir untreu geworden. Das habe ich erst gemerkt, nachdem du mich mit der Nase in meine eigene Schlammbrühe getunkt hast.«

Dora stand auf und holte den Plastikbeutel mit dem abgeschnittenen Stück Galgenstrick aus ihrer Handtasche. Der Moment, ihn Cardoso zu überreichen, hätte kaum passender sein können. Es sollte ihn daran erinnern, warum er Polizist geworden war und wofür sie und er etliche Jahre gemeinsam gekämpft hatten und er künftig allein weiterkämpfen würde. Sie legte das Corpus Delicti auf den Tisch.

»Du warst im Archiv? Mit Graça. Das hätte sie ihren Job kosten können.« Cardoso sagte es mit einer Mischung aus Bewunderung und Neid.

Dora strich sich ein paar Locken hinter die Ohren. »Irrelevant. Ich gebe dir den Galgenstrick mit einem guten Rat: Jedes Seil hat zwei Enden.« Sie stand auf und schenkte reihum Portwein nach. »Frag dich einmal, was wäre, wenn, Sérgio. Auf diesem gedanklichen Weg bin ich auf den vertauschten Galgenstrick gekommen. Trau dich ruhig. Spiel mit deinem Wissen. Misch es neu. Anders. Aber nicht nach Dienstplan.« Sie ließ einen Humidor mit Zigarren und Zigarrenschere herumgehen. Maurice wählte eine Espléndidos, lehnte sich in seinem Stuhl zurück, knipste die Spitze ab, zündete die Zigarre an, paffte gemütlich und spähte abwechselnd zu Dora, Ricardo, Pedro und Cardoso. Seine Augen blitzten, bestimmt amüsierte er sich königlich.

Ihrem Großvater konnte Dora nichts vormachen. Er hatte längst durchschaut, dass sie Cardoso in eine bestimmte Richtung führen wollte.

Cardoso wog das Tütchen wie ein Gewichtsstück in der Hand. »Wenn das Ende des Seils im Mordfall Gustavo Carvalho bewiesenermaßen von Guilherme Maias Galgenstrick von vor dreißig Jahren stammt, lautet die logische Umkehrfrage: Wo befindet sich nun das dafür herausgetrennte Stück von Gustavos Strick und welche DNA würde die Spurensicherung darauf finden?«

Dora zündete sich einen Club-Zigarillo an. »Ramirez trug am Tatort keine Handschuhe.«

Mit einem Ruck der Erkenntnis richtete Cardoso sich auf. »Natürlich trug er keine! Er hat absichtlich noch mehr Spuren auf dem Galgenstrick hinterlassen, weil seine DNA längst auf dem Seil gewesen ist. Von Anfang an hatte er darauf abgezielt, Tomás die Schuld anzuhängen. Das kann nur bedeuten, dass er entweder selbst in den Mordfall verwickelt ist oder er jemand anderes decken will.« Cardoso strahlte zufrieden.

Dora strahlte genauso zufrieden, denn sie hatte erreicht, was sie wollte. Francisco Ramirez galt nun potenziell als der mutmaßliche Mörder.

Cardoso stand vom Tisch auf – »Mit Verlaub« – und zog sich zum Telefonieren in die Küche zurück.

Ricardo schnitt einer Zigarre mit lautem Schnapp den Kopf ab. In seinen Augen tanzten kleine Teufelchen Tango. Dora fühlte sich auf frischer Tat ertappt. Was natürlich Quatsch war, denn woher sollte Ricardo über ihr Gedankenschachspiel mit Cardoso Bescheid wissen? Um ihre Verlegenheit zu überspielen, packte sie endlich das Geschenk aus.

»Ricardo. Du bist ja verrückt. So etwas Schönes!« In der Schachtel glänzte eine filigrane Goldschmiede-Kostbarkeit mit Inês-de-Castro-Herzanhänger. »Hilfst du mir?«, bat sie.

Ricardo kam um den Tisch herum zu ihr, half ihr, das Kettchen anzulegen, beugte sich vor, hauchte ihr einen Kuss auf die Wange und wisperte: »Ein Andenken an deinen Ausflug nach Coimbra.«

Dora verstand seine Anspielung besser, als es ihr lieb war. Ricardo war ihr gestern nach Coimbra gefolgt!

Sie lachte und lachte, bis sie nach Luft schnappen musste. Ricardo hatte sie beschattet, und sie hatte es nicht einmal bemerkt. »Lass dich küssen.«

Noch während sie sich küssten, kehrte Cardoso aus der Küche zurück. »Mendonça persönlich wird Ramirez ins Verhör nehmen.« Doch niemand beachtete ihn. Als er Dora und Ricardo in inniger Umarmung sah, nahm er den Kaffeelöffel von der Untertasse und begann damit auf die Tischkante zu klopfen.

Maurice und Pedro taten es ihm gleich. Gemeinsam klapperten sie immer schneller mit den Löffeln auf den Tisch, bis der Kuss zu Ende war. Die Raben krächzten in einem fort »Dorrra« – und der Himmel über Lissabon leuchtete feuerrot im Licht des sich verabschiedenden Tages.

Dora lauschte in sich hinein. Es ist gut so, wie es ist, beschloss sie und wünschte Liliana, Rui und Carlos Liebe. Denn ein Leben ohne Liebe war wie Portugal ohne Meer.

Setúbal

EN 10-8

EN 10-4

Reserva
Natural
do Estuário
do Sado

ER 253-1

ER 261

EN 261-1

Herdade
da Fontinha

1. Das Luxus-Ferienresort Tróia
2. Die Villa Ramirez
3. »Straße der Madame« N 253-1
4. Praia da Comporta
5. Comporta mit Mários Zauberspelunke

6. Die Blaue Küste »Costa Azul«
7. Das Werbeschild »Tróia for future«
8. Straße Richtung Grândola
9. Die versteckte Hütte
10. Carrasqueira Stelzenpier

Karte: © OpenStreetMap-Mitwirkende

Kochrezepte

Venusmuscheln im Koriandersud – »Amêijoas à Bulhão Pato«

Diese Zubereitungsart wurde von dem portugiesischen Poeten Raimundo António de Bulhão Pato als Tribut an einen Koch, der Muscheln stets auf die im Folgenden beschriebene Weise zubereitet hat, in seinen Versen verewigt. Fortan bestellte man Muscheln »à Bulhão Pato«, und so gelangte der Name des Dichters in die Kulinarik.

Zutaten:
800 g Venusmuscheln
Olivenöl
6 Knoblauchzehen
Zitronensaft
Koriander, frisch

Zubereitung:
Die Venusmuscheln in einer hohen Pfanne mit Deckel in Olivenöl garen.
Die geschälten Knoblauchzehen untermischen und die Muscheln mit Zitronensaft erfrischen, sobald sie sich öffnen und schäumen.
Frisch gehackten Koriander darüberstreuen.

Jakobsmuscheln oder Pilgermuscheln – »Vieiras«

Frische Jakobsmuscheln werden auf den hiesigen Fischmärkten nur selten angeboten, und wenn sie frisch erhältlich sind, stammen sie in den meisten Fällen aus Südspanien oder kommen tiefgefroren ohne Schale als Muscheltaler (Scallops) in den Handel. Die Jakobsmuschel findet nach wie vor selten ihren Weg in die hiesige Küche, in Andalusien verzehrt man sie häufiger. So zubereitet, wie hier beschrieben, munden sie mir persönlich am besten.

Zutaten:
1 Lauchstange
Olivenöl
Pro Person 3–4 Jakobsmuschel-Medaillons (Scallops), frisch oder tiefgefroren
Salz
Rosa Pfefferkörner, im Mörser zerstoßen
Safran
Zitronensaft
400 g Kirschtomaten
1 würfelgroßes Stück Butter
Basilikum

Zubereitung:
Zuerst dünstet man den in feine Ringe geschnittenen Lauch in Olivenöl auf kleiner Flamme, bis er glasig wird, dann setzt man die (aufgetauten) Muscheltaler in den Sud. Salzen, pfeffern und mit Safran würzen.
Mehrmals wenden, bis sich die Medaillons aufplustern, dann mit Zitronensaft erfrischen, geviertelte Kirschtomaten einstreuen, mehrmals wenden und nochmals aufwallen lassen.
Die Muscheltaler auf heißen Tellern anrichten.
Das kalte Butterstück auf eine Gabel spießen und mit kreisenden Bewegungen in den Sud einrühren (einmontieren), Basilikum dazugeben und die Soße über die Muscheltaler träufeln.

Ofenfisch – »Peixe no forno«

Zutaten:
2 Zwiebeln
4 Knoblauchzehen
1 rote und 1 grüne Paprika
Olivenöl
Salz
Paprikapulver
2 Lorbeerblätter
1 Tasse Weißwein
1 reife Fleischtomate
1–1,5 kg Wolfsbarsch, gesäubert und entschuppt
4 mittelgroße Süßkartoffeln
Petersilie
Oliven

Zubereitung:
Eine Auflaufform bereitstellen und den Backofen auf 180 °C vorheizen.
Die Zwiebeln schälen, halbieren und in Scheiben schneiden. Den Knoblauch fein hacken und die Paprikaschoten in Streifen schneiden. Alles zusammen in ausreichend Olivenöl bissfest dünsten und mit Salz und einer Prise Paprikapulver würzen. Die Lorbeerblätter mitkochen und Weißwein dazugeben. Die Tomate fein würfeln und einrühren.
Den Schmorfond in die Auflaufform gießen, darauf den Wolfsbarsch betten und mit vorgegarten Süßkartoffelscheiben bekränzen.
Den Barsch für 20–25 Minuten im Ofen garen.
Mit Petersilie und Oliven garnieren und servieren.

Danksagung

Zu einer guten Geschichte gehören Menschen, denn kein Buch entsteht von allein. Im Buch sind es die Figuren, die eine Geschichte tragen, rund um das Buch sind es Buchmenschen. Meine Begegnungen mit ihnen waren flüchtig, einmalig, wiederkehrend, dauerhaft oder rein virtuell. Deswegen reflektiert »Rache im Alentejo« ebendiese Diversität. Alle Figuren in meinem Kriminalroman sind frei erfunden, und doch leben sie mitten unter uns. Oft unerkannt, noch öfter unterschätzt, tragen sie ihr eigenes Schweigen auf den Schultern, so auch ich. Reden hingegen erleichtert, habe ich durch Zuhören gelernt, denn Kommunikation bedeutet Prävention, Solidarität und Verständnis. Wer miteinander spricht, zeigt einen Willen zum Verständnis.

Genau diesen Willen zum Verständnis habe ich während meiner Arbeit am Manuskript erfahren. Von meinem Mann Arménio für all die jeder Schriftstellerin ureigenen Schrulligkeiten. Von meiner Erstleserin Gabi Skarupke und meinem Erstleser Jörg Ulrich Hahn. Vom Lektorat mit Stefanie Rahnfeld und Jana Budde. Vom Emons-Verlagsteam insgesamt. Dafür möchte ich meinen Dank aussprechen, denn dank Ihres und eures Einfühlungsvermögens konnte »Rache im Alentejo« das Buch werden, das ich schreiben wollte.

Catrin Ponciano
LEISER TOD IN LISSABON
Broschur, 272 Seiten
ISBN 978-3-7408-0783-2

Der Hitzesommer hat Portugals Hauptstadt fest im Griff, als ein
Toter in der Kirche São Miguel im malerischen Altstadtviertel
Alfama gefunden wird. Inspetora-Chefe Dora Monteiro erkennt
auf den ersten Blick, dass der Mord nicht zufällig genau an dieser
Stelle geschah. Ein vergilbtes Foto führt sie auf die Fährte eines
mächtigen, aber seit Jahrzehnten tot geglaubten Mannes. Ist
er der Mörder? Je weiter Dora ermittelt, desto tiefer gerät sie
in ein gefährliches Netz aus alten Seilschaften, die weit in die
Geschichte Lissabons zurückreichen ...

www.emons-verlag.de